该书的出版受到广东外语外贸大学西方语言文化学院的大力支持

РУССКОЕ ЛИТЕРАТУРОВЕДЕНИЕ XX ВЕКА

Школы ·концепции ·направления

20世纪俄罗斯文论

学人 · 学派 · 学说

〔俄罗斯〕К.А.巴尔什特（К.А.Баршт） 著

杨可　李昂　费俊慧　周兴武　译

北京大学出版社
PEKING UNIVERSITY PRESS

著作权合同登记号 图字:01-2023-1776

图书在版编目(CIP)数据

20世纪俄罗斯文论：学人·学派·学说 /（俄罗斯）K.A. 巴尔什特著；杨可等译 . — 北京：北京大学出版社，2023.5

ISBN 978-7-301-33850-6

Ⅰ. ①2… Ⅱ. ① K… ②杨… Ⅲ. ①俄罗斯文学－现代文学－文学研究 Ⅳ. ① I512.065

中国国家版本馆 CIP 数据核字（2023）第 051675 号

书　　名	20 世纪俄罗斯文论：学人·学派·学说 20 SHIJI ELUOSI WENLUN：XUEREN · XUEPAI · XUESHUO
著作责任者	〔俄罗斯〕K.A. 巴尔什特　著 杨可　李昂　费俊慧　周兴武　译
责任编辑	李哲
标准书号	ISBN 978-7-301-33850-6
出版发行	北京大学出版社
地　　址	北京市海淀区成府路 205 号　100871
网　　址	http://www. pup. cn　　新浪微博：@ 北京大学出版社
电子信箱	编辑部 pupwaiwen@ pup .cn　　总编室 zpup@ pup .cn
电　　话	邮购部 010-62752015　发行部 010-62750672　编辑部 010-62759634
印 刷 者	北京虎彩文化传播有限公司
经 销 者	新华书店
	720 毫米 × 1020 毫米　16 开本　16 印张　237 千字
	2023 年 5 月第 1 版　2023 年 10 月第 2 次印刷
定　　价	75. 00 元

致读者

在过去的一个半世纪里，俄罗斯出现了多样的文学观念和流派。这是一个重要而复杂的话题，当然，对于外国读者而言，理解这些尤其困难。但是，如果不深入研究那些复杂的材料，就很难指望对俄罗斯的文学生活有正确的认识。可以说俄罗斯是一个以文学为中心的国家，书面文字、文学作品是其文化的基础，因此关于文学的学问在其人文科学体系中占有重要地位。我希望本书能帮助读者理解俄罗斯几代学人所创立的对待文学文本的不同方法及它们之间的异同，并进一步促进对俄罗斯特定的语文学研究的阅读和理解，从而阐明对待文本方法的本质和这些学术流派所创建的术语的意义。

这正是本书撰写的初心所在，现在它被译成中文，也是出于同样的初心。我想衷心感谢出版社和将此书译成中文的译者们，感谢他们在准备此书中文版的过程中所付出的辛劳，以及所展现的责任担当。同时还要感谢关注我这本书的读者，无论你们是在文学领域工作的专业人士，还是在校学习的大学生，或仅仅是对这个话题感兴趣的人。我希望这本书有助于形成对俄罗斯文论的正确认识，有助于加强中俄两国之间的科学与文化交流。

康斯坦丁·巴尔什特
2021 年 3 月 14 日于圣彼得堡

目录

引 言

俄罗斯文论传统的典型特征

本书研究文学理论和俄罗斯文论兴起与发展的历史，面向语文学专业的大学生。曾经存在的和现存的文学—美学学派、概念、学说的多样性及其相互矛盾的情况需要这样一种阐述，这种阐述将以系统的方式呈现这一极其复杂的材料。我们未必能在一本书中足够完整地描述这一对象。人们尝试弄清楚艺术文本所固有的基本方法的特征、相似性和矛盾，尝试弄清楚作为一门学科，从19世纪末至今俄罗斯和苏联发展起来的文学批评任务的思考，弄清楚这种思考所固有的基本方法具有哪些特征、相似性和矛盾。如果我们能给大家的这种尝试提供帮助，我们便可以认为完成了己任。

产生于18世纪中叶，随着将新的文学作品问世作为国家生活重大事件而呈现的新闻学的繁荣，俄罗斯文学批评应运而生。19世纪，在感伤主义和浪漫主义（Н. М. 卡拉姆辛，Н. И. 纳杰日金，Д. В. 维涅维季诺夫，П. Я. 恰达耶夫，Ап. 格里戈里耶夫）的努力下，“哲学批评”得到迅猛发展。在那些年，俄罗斯语文学生活中第一次提出了关于文学创作的本质、口头艺术的任务、文学的社会和文化作用、神话与文学之间的关系、文学作品的本质与结构等问题。比如，В. Г. 别林斯基论普希金的一些文章，第一次尝试系统阐释了俄罗斯文学史。别林斯基还证明了社会批评的合理性。这种社会批评预见了19世纪末至20世纪初社会文论的许多方面。新学科最早的两个术语是“人民性”和“现实主义”。对其踪迹的探寻往往仅局限于文本分析，但是这种文本分析除了能够使人了解作为被时代普遍接受的文化代码的文学文本附录外，几乎无法使人了解任何其他的形式。这时，M. A. 马克西莫维奇（1839）、A. B. 尼基坚科（1845），C. П. 舍维列夫（1846）的第一批俄罗斯文学史教程得以形成。在19世纪最后三分之一的时间里，文学史教程的数量达到几十种，其中包括 П. З. 季莫申的《文学理论系统阐释之经验》（圣彼得堡，1870，1875年第二版）、H. 列别杰夫的《文学基础》（莫斯科，1875）等。独立的文论尚未形成，而批评，以及并非以科学原则联系在一起的对文学文本的阐释，被视为口头艺术自我认识的仅有方式。建立积极的、符合逻辑“体系”的尝试不太容易被接受，人们也不愿意接受，只能从历史学中吸收处理文学文本的科学方法，因为历史学是19世纪最先进的人文学科，它几乎包含了当时已存在的一切可能的科学方法。此外，19世纪的批评乐于将哲学美学，特别是德国古典哲学成就与文学作品相结合。文学作品此时已被认为是最有价值的社会“主要艺术”，在浪漫主义美学框架内被接受为积累和保存美的普遍方式。

关于艺术世界对社会生活现实不可约性的命题获得了一种“纯艺术”理念形式，对此就连 A. C. 普希金也不感到陌生。该理念是建立文学创作本质和文学作品结构科学描写道路上美学思想的最高成就。浪漫主义者热衷于恶魔主题，但这并未阻止他们密切关注掌控文学作品内部空间组织规律的道德范畴。对道德理想的持续探索显然也与基督教价值观密不可分。文学批评的迅猛发展应归功于这一“纯艺术”概念。它拒绝在文学作品中和在已形成的关于作为独立美学精髓的文学世界的认识中“复制”现实思想。接近19世纪中期时，下列观点已经非常明显：文学文本需要其特殊的解释方式，其实质在于准确、等值地读取嵌入文本中的“意义”。这种类型的对文学作品的完整阅读在19世纪人们的眼中是具有重要意义的事件和文学的巨大成就，这种成就之巨大有时甚至不亚于该文本创建的意义。正因为如此，19世纪与文学并行的俄罗斯文学批评着重关注心理和哲理小说。许多批评家也是作家，而许多作家——几乎所有作家——都撰写过批判性文章。出现了不少介于文学作品和批评性文章之间的作品，这一交叉本身似乎并不具备煽动性。实质上，很明显，19世纪的俄罗斯文学批评是明确的文学分支，没有任何功利性，其不承认文学知识的科学性，却乐于承认自己的政论属性。

该类文学批评模式给周围世界带来了秩序，当时充当了其形成基础的是包含着“善良敏感的人”歉意的感伤主义。所谓“善良敏感的人”是指具有卓越精神和道德素养，其世界观具有特殊洞察力的人，具有“揭开谎言面纱”和“揭示真相秘密”能力的人。叙述者的道德纯洁能使人们更好地接近文学性和真理，而读者的道德完美能保证完整地理解体现在文本中的意义。这一思想是作者和读者道德理想要求的基础。人们毫不怀疑这些意义的存在，以及它们与宇宙稳定本体中心的直接联系。这里所讲的仅仅是意义的组合，有争论的只是文学空间结构支撑中心的位置何在。与此相联系的19世纪俄罗斯文学中对“理想”（“正面人物”）的探索与另一种探索相并而行。另一种探索指对文学创作的理想观点，对它们所相信的这个世界、对所再现的象征的事物或者甚至是“所反映”的事物的探索。“关于文本之文本”的情形并未被看作复杂和不寻常的情形：文学批评随笔有机地融入欧洲各民族文学体裁的系统中，文学作品的文学模式结构，加上与之有关的历史社会“现实”一起，被认为是理解文学作品的主要和正常方式。因此，在19世纪俄罗斯文化中，批评家充当导师与训导者的角色绝非偶然：在社会价值方面，这一地位恐怕在很长一段时间内都高于作家的地位。在俄罗斯，传统上每一位杰出的作家在其创作晚期都变成了改变叙述形式、创建各种“启示”“忏悔”“与友人的通信”和“作家日记”的某种“倡导者”。这实际上意味着尝试把在文学活动中发展的价值观转移到社会生活领域。这一类型的对文学作品的哲学美学评论在19世纪前三分之一的时间内，以及在俄罗斯文学的“白银时代”显著加强，在整个19世纪俄罗斯文学批评中占统治地位。

视文学文本为符号系统的认识逐渐成熟起来。这种符号系统能固定一定的生活投射，并能以此用一定空间形式使人们的那些符合价值体系的、对世界的一定看法模式化。直到20世纪中叶，在Ю. М. 洛特曼的努力下，“纯艺术”思想得以成为以所谓“文本观点”为基础的某种一致类型。文本被视为“真理对所描述世界态度”的特定看法[①]。实质在于，各式各样的文学美学模式，如古典主义、感伤主义、浪漫主义和现实主义以它们所具有的“文本观点”形式获得某种语义分母，这种“文本观点”在某种情况下获得特定的位置。在将文学世界视为价值论系统时，我们必须解释形成情节、人物体系等基础的具有一定价值态度的建构原则。在按照有价值的 / 无价值的轴心建立这一体系时，我们不可能对确定文学空间形成界限和方向的价值体系层级中最高点的制定问题避而不谈，因此，建立文本“观点”的现实需要应运而生。其位置表明代码的语义基础，借助该代码建立起了各种各样的诗学体系。根据洛特曼的假设，在古典主义中，这一支点植根于国家之中；在感伤主义中，它植根于自然之中；在浪漫主义中，它植根于人被理解为“唯一”个性的“我”之中。而现实主义则认为，这一支点可植根于任何一个人类个体中，其基础是关于存在之根本问题的哲学争论。这种哲学争论，比方说，是俄罗斯古典小说所固有的：这种类型的对广泛问题的讨论从19世纪中期开始替代了19世纪前三分之一的浪漫主义古老独白式诗句。我们在屠格涅夫、陀思妥耶夫斯基和托尔斯泰的小说中均能看到这些讨论。我们注意到，20世纪一些自称新的、“革命的”文学哲学方向，有时实际上是过去的和 / 或被遗忘的模式：1920—1950年的“社会主义现实主义”就是18世纪末古典主义概

① 尤·米·洛特曼：《艺术文本的结构》，莫斯科，1970，第320页。

念的重复，而后现代主义则重复了浪漫主义和感伤主义的美学方式。

文论的诞生是对现实主义美学挑战的回应。该模式认为，任何人身上都有可能存在真理。人通过与拥有不同的“过剩愿景”和不同“盲区”（即接受和理解不可及之区域）的其他人交换信息来克服自身的“盲区”。传统规则把关于世界的信息划分为虚假的和真实的，现实主义否认这一传统规则，拒绝将艺术性理解为“真实的”和“虚假的”两个静止点，在实际中不论是两个“真实的”存在点，还是两个“虚假的”存在点都可能发生相互作用。要求真、善、美之间必然联系的“索菲娅精神”在隐含性对话中心建立起来。索菲娅的“三位一体”应运而生，它是两种彼此感兴趣的存在点之间对话的直接表达。在寻找对上述两种存在点都非常重要的真理时，“我的”对“你的”正面立场是“善良”，而从外部（从“你方”）看则像是“美”。换言之，善与美作为真理的内部和外部，其位置根据分布在不同现实对话成员身上的视点发生变化，但每种情形都是真理的形式：在你眼中，从我走向真理之路即为美，在我眼中，由你通往真理之路即为善。现实主义作品中的情节是通过主人公主动拒绝索菲娅，即拒绝寻找真理，拒绝承认美和行善的价值，为了其他一些形而上的价值，以及“生活”“本能”、社会利益、爱的激情、“自然的呼唤”“愚蠢的任性”等形成的。总之，这一切已经在古典主义、感伤主义和浪漫主义这些俄罗斯文学从前的代码中占有神圣顶尖的位置。看起来，这似乎是浪漫主义 / 感伤主义统一对立的重复，只不过这种对立中被注入了新意。然而，特别之处在于，拒绝“索菲娅性”，即拒绝承认真、善、美之间的联系会导致拒绝整个宇宙，这种拒绝在现实主义中与真理有关。

这种对文学文本的态度是“逻各斯中心主义”非常典型的特征。现代解构主义指责“逻各斯中心主义”期望通过理解在文本中编码的信息看到宇宙意义，即真理。即便是这些“社会党人”批评家，也依然理解和普遍接受基督教价值观。这些批评家寻找“环境”对被现实所欺凌和侮辱的文学作品主人公的影响。“作品”这一术语本身集中在对文学文本的态度上。这种文学文本是“由作者出品的”，是由作者直接和充分表达的。相对于作者，文本的独立性看起来十分有限，几乎微不足道。对作为历史人物的作者和作品隐含的作者不加以区分的做法使人们觉得作者是比文本本身更重要的中心，因此，对文本的解析有时会引发关于作为审美人的作者和作为历史人物的作者的话题。这些萌芽，加上强劲而活跃的圣徒传记文学，便产生了“传记文学”的第一批文本。而文学文本本身几乎被像东正教圣像一样地解读，即不是作为可观看对象的图画，从美学上去解释，而是作为可以透视到其背后意义的一扇窗户，一个透明的正方形。对于Н. А. 杜勃罗留波夫和Н. Г. 车尔尼雪夫斯基而言，就是“所反映的现实”，对于И. 阿连斯基而言，就是“作者的个性”，对于浪漫主义和新浪漫主义—民粹主义而言，就是“国民精神”，对于П. А. 弗洛连斯基而言，就是“天堂乐土”等等。人们承认，文学作品并不具备这种具体含义，而仅仅充当通向这种含义的途径或作为其符号。这类将艺术文本理解为“真理符号”的看法与后来的象征主义文学实践和理论研究有着密切的联系。在此产生了构建关于文学文本之文本的一些构想：研究者所研究的不应该是文本结构，而应该忽略其存在，像穿越丛林中杂草丛生的小道一样穿越文本，通向文本意义，以便通过自身创作意识的努力来释放被囚禁在其中的灵魂，也就是被“有形表达”、艺术形式所囚禁的灵魂。但是，象征主义者在忽略作为一定结构的文本问题的同时，提出了作为具有与宇宙本体结构有关的象征意义统一符号的文本问题。他们将该符号的形成与接受理解为“两个世界”通过诗人强烈的诗学观照相联系的中介过程。所以说，在“战胜世界”中象征主义者的批评作用不亚于其文学文本的作用。

几乎一切对所研究的，更准确地讲，是对所描述的材料进行系统化的努力，要么可归结于尝试在一定感知角度下对“内容”进行转述，这种感知后来被一部分受众视为“正确的”（В. Г. 别林斯基），要么可归结于将文学作品的作者变为“生活的英雄”，社会生活现实被诠释成文本，而作家被诠释成其主人公。这反映了19世纪俄罗斯科学和社会生活的特征，其中对历史的浓厚兴趣是十分典型的。这时出现了所谓的“创作型传记”，这种描写作家创作过程的类型至今在全世界都极为流行。19世纪非常典型的另一类型的研究文章将两者融于一身。这类文章对文学主人公的生平事迹进行了解释，这些主人公一般从文学时空体中提取，或者直接安排在相应的社会生活现实领域。文学主人公在此被分为有特征的或无特征的、典型的或非典型的、正面的和反面的。与这些方法有关的包括历史文化学派的兴起，如Д. Н. 奥夫相尼科夫-库里科夫斯基的创作和“文学社会学者”的追求。“文学社会学者”赋予有关人物“活力”的问题以政治色彩，他们在文学主人公中寻找“进步”特征或非常“落后”的特征。在这些尝试中，通过了解人，了解主人公、作者、同时代的人，来了解文学，这是俄罗斯基督教文学的重要特征。极具特色的是，“人”这个词那时常常被用作“个人身份”之意。俄罗斯批评领域的一个典型特点是，它既确定文学肖像的流行体裁，也确定许多文学文本的结构特点。当时，在欧洲，人们正紧锣密鼓地寻找情节的来源，发展迁移理论，比如，影响与借用的理论；研究文学文本的神话根源，比如，格林兄弟和Э. 泰勒等的继承者们所做的研究。但俄罗斯由于不论是在文学中，还是在批评中都集中寻找对“俄罗斯问题”的答案，所以直到19世纪最后三分之一的时间里都不曾有过对上述追求的兴趣。到19世纪下半叶才出现了像A. 波捷布尼亚和A. 维谢洛夫斯基这样的学者。他们不仅以文学美学手段，而且用建立文学文本和作家诗学语言系统模式的尝试为俄罗斯的文学研究传统奠定了基础。那些年，证明文学文本描写种类独立性的尝试难能可贵，它们与各种政治哲学概念的普及密不可分，比如，马克思主义，比如，В. Г. 别林斯基、Н. Г. 车尔尼雪夫斯基、Н. А. 杜勃罗留波夫；民粹主义，比如，Н. К. 米哈依洛夫斯基；民间土壤派，比如，Н. Н. 斯特拉霍夫、Ф. М. 陀思妥耶夫斯基；宇宙主义，比如，Н. 费多洛夫、В. 索洛维耶夫、А. 费特、А. 布洛克和其他宗教社会运动人士。那些年，建立关于文学知识体系的所有努力与将文论分离成独立文学领域的思想密切相关，且均由社会政治动因所决定。文学批评被认为是作者以自己的名义对读者的直接倾诉，而不是通过文学主人公的间接文学倾诉，这似乎是要将作者与读者之间的文学美学对话回归到中世纪文化所特有的原始价值体系同一性范围。同时，说教对文学批评的影响之大，可与其对布道文学这一文学体裁的影响相提并论。19 世纪几乎所有的大作家，特别是 Н. В. 果戈理、Ф. М. 陀思妥耶夫斯基、Л. Н. 托尔斯泰，在其文学鼎盛期都患上了典型的“批评式忏悔导师症”这种俄罗斯特殊的疾病，这绝非偶然。其中的原因之一就是，19 世纪的俄罗斯批评被极为广泛地阅读，因而自十二月党人的批评起，它在形成社会舆论的同时，对人们的思想也产生了巨大影响。В. Г. 别林斯基现象便是其中极为鲜明的例子。在其努力下，批评成为主要文学体裁之一，对“自然派”的形成起到了促进作用，形成了屠格涅夫式“社会小说”和 Ф. М. 陀思妥耶夫斯基“意识形态小说”规则。然而，正是这种对社会—政治进程的原则性参与妨碍了其变为科学。直到 19 世纪末，科学概念才在描述文学作品文本任务的形成中获得一席之地。起初，其他人文科学方法论指导方针充当了这一角色，它们相互之间没有太多争论。在这个意义上表现最积极的是历史学、社会学、人类学、神话、哲学、美学和心理学。这一始于 1870 年的进程一直延续至今。许多目前存在的文论学派在发展中都关注历史学或心理学、语言学、生物学、信息理论或社会学，承认其影响，或者有时也常常否定其影响。有时，文论家对不同人文科学方法论的这种共融看起来似乎是无意识的，即便在今天，像莫里哀笔下不知道用小说讲述什么的主人公一样，一些学者忽视这一问题，并称自己是“局外人”，但还是积极地参与到为文论、为解决究竟是否应该分析、应该如何分析文学作品这些问题而战的持久斗争中，站在这一方或那一方。

作为关于文学艺术语言独立学科的诗学便产生于这一斗争框架内，这与日益认识到诗歌创作对人类活动其他类型产品的不可还原性有着密切的关系，它产生于持续不满和拒不承认历史、哲学、神话、心理学取代文论尝试的合理性之中。19 世纪暴风雨般的文学过程，特别是俄罗斯古典小说的发展是文论发展的重要前提。俄罗斯古典小说使人们思考研究文学现象的特殊方法，对人和国家一切生活领域产生了巨大影响。文论作为拥有自身对象、方法和科学原理的学问，其形成过程首先与 A. H. 维谢洛夫斯基（“历史诗学”）、Ф. И. 布斯拉耶夫（神话和口头创作研究）和 A. A. 波捷布尼亚（肯定所有言语表达总的诗学功能）等人的名字密不可分。在他们的努力下，第一次形成了新学科的基本概念，即主题与题材、作者与主人公、文学符号特性与文学文本内部结构特征。这门年轻的学科在其存在的头三十年，直到 20 世纪头十年，一直借鉴一些相近的更为发达的人文科学的方法和理念而发展，这些科学包括语言学、历史学、心理学、人类学、文化学等。

形式主义者承担了建立文论方法论的任务。该方法论是最初级的，尚不完善，但已是真正独立和具有整体性的方法论。他们发现文学作品中存在艺术结构，该结构根据聚合和组合轴组织的符号系统形式构建。在没有等值术语的情形下，他们试图描写文学文本的内部指号，提出用文学作品的概念作为其基础：文学作品被视为以“手段”形式保存其“所完成行为”轨迹的“事物”。这些轨迹可以作为独立的和构成文本实质的东西来研究。然而，在与“学术折衷主义”的激烈斗争中，他们否认或低估了文学文本存在的一些重要组成部分（如文学文本的语义），忽略了接受问题、作者问题。站在形式主义对立面的 П. A. 弗洛连斯基、Л. С. 维果茨基、M. M. 巴赫金、B. H. 沃洛什诺夫、П. H. 梅德韦杰夫、A. Ф. 洛谢夫和其他学者的著作填补了这一空白。“形式主义—形态主义者”和“词义揭示者”力图为文论这一新学科找到特殊对象和独特科学原理，可以把在该过程中占有特殊地位的象征主义批评家也纳入他们的队伍中。象征主义对形式主义者的“实证主义”，以及历史文化、心理等其他学派代表人物的“实证主义”一直持否定态度，认为文论仅仅与文学有关。他们坚持认为，它们之间的关系统一且不可分割，对 A. A. 波捷布尼亚关于自然语言诗学功能在社会生活中特殊功能的思想持同情态度。

20 世纪 10 年代中期，加入莫斯科逻辑小组和诗歌语言研究协会的一批学者第一次阐述了“诗学”这一拥有自身材料和自身方法体系的新学科的原理。在俄罗斯形式主义者们的努力下，后来在他们侨居捷克、奥地利、美国和其他国家时发表的论著中，源于心理学、社会学和历史学的文论成为强有力的方法论，并迅速获得认可。B. 什克洛夫斯基、Ю. Н. 蒂尼亚诺夫、Б. М. 艾亨鲍姆、М. М. 巴赫金、Д. С. 利哈乔夫、Ю. М. 洛特曼，以及俄罗斯其他一些学者的名字为如今整个语文学界所熟知，世界很多大学根据他们的研究讲授课程。可以毫不夸张地说，20 世纪前三分之一的时间内俄罗斯文论成就卓越，俄罗斯在那些年被认为是世界语文学中心之一。20 世纪 20 年代，这门年轻的学科所走的是这样一条道路，这条道路决定了世界语文学思想许多新方向的发展，法国、波兰、美国的几代研究者都从俄罗斯形式主义者身上学习。与此同时，在激烈的科学争辩氛围下，俄罗斯文论的其他学派也迅速发展，比如，神话学派（И. Г. 弗兰克－卡门涅茨基，О. М. 弗雷登贝克）、哲学学派（М. М. 巴赫金，А. Ф. 洛谢夫）、心理学学派（Л. С. 维果茨基）、社会学派（В. М. 福里切，В. Ф. 彼列维尔泽夫）等一系列学派。它们都对文论的发展做出了自己的贡献，它们之间的斗争是俄罗斯科学和文化史上最重要的一页。在 20 世纪 20 年代，当旧思想被废除，而新思想尚未推出之时，对新科学思想和理念迅猛发展极为有利的环境建立起来。令人不解的是，当在美国，比如 S. 弗洛伊德的著作被禁时，俄罗斯精神分析学派文论家的学术团体却蓬勃发展。在世纪之初，他们出版了自己的学术笔记，由 И. Д. 叶尔马科夫主编。十月革命后，他们甚至建立了自己的研究所，稍后它因“与托洛茨基有关”而被关闭。

从20世纪30年代起，俄罗斯的文论和其他人文学科一样遭到了重大的挫折。社会学，更准确地讲，马克思主义倾向的文化历史学派成为被认可的科学方法。理论思想只有在严格定义的框架内才被容许，因此，许多文论家，其中包括过去的形式主义者们，开始更多地投入文学创作、翻译、散文写作和撰写文学性传记或研究型小说。许多有才华的文论家很长一段时间内的事业变成了创建某些作家“生活与创作”的历史文学评论。他们从这些作家是否符合历史唯物主义标准这个意义上进行评述，但是，不同研究者对历史唯物主义的理解各不相同。由于对历史唯物主义理解的不一致，产生了一些毫无生机的论争，它取代了20世纪20年代暴风雨般的理论争辩。文论工作中意义第二重要的事情便是为全集、“编年史”写注解，以及撰写以学术论文形式呈现的注解个别主题的文章。Б. В. 托马舍夫斯基、С. А. 列依谢尔、Д. С. 利哈乔夫等人的文本考证成为该学科方法论上最为发达的特殊分支。应该承认，文论的各类应用分支在苏联时期均得到强劲发展。

至于诗学和文学理论，特别是在20世纪60年代法国和波兰文论辉煌成就的背景下，俄罗斯在20世纪30到60年代的成就看起来比较薄弱，俄罗斯文论学家从公认的老师变成了卑微的学生。直到60年代“赫鲁晓夫解冻”，才使形态文论得以重生，但这也是在爱沙尼亚，在塔尔图大学通过 Б. Ф. 叶戈洛夫和 Ю. М. 洛特曼，以及他们众多学生的努力得以实现的。稍后，在莫斯科和列宁格勒两地出现了一些从事涉及结构符号学方向学术活动的学者，比如，Вяч. Вс. 伊万诺夫、В. Н. 托波洛夫、Б. М. 卡斯帕罗夫等。在发展总体相当平庸的苏联时期，塔尔图，或称莫斯科—塔尔图结构符号学派成为俄罗斯学术界可以引以为傲的显著成就。在20世纪60—70年代，它是俄罗斯成就中唯一得到国际承认的。公平地讲，在西方国家，20世纪中期社会学文学批评和马克思主义文学批评也占有统治地位。世界文论领域所经历的“红色十年”

到40年代才结束，50年代时被众所周知的“新批评”所取代。新批评在方法论上还落后于俄罗斯形式主义成就，而后来则被结构主义、后结构主义、新神话主义、文学解释学、叙事与接受诗学、解构主义的“新历史主义”取而代之。这些方法论结构之间尽管有不同程度的差异，但它们形成了科学范式，在这种科学范式之外无法真正开展有分量的文学文本研究。所有这一切，俄罗斯语文学家，那些能够从学术折中主义的保护下全身而退的人，都必须重新学习。然而，即便是在这种艰苦条件下，生活也未停止，俄罗斯美学思想继续生存和发展。在世界知名和不太知名的专家和学者的努力下，高校语文学科得到延续。

尽管不得不经受所有的考验，20世纪俄罗斯文论史的许多特征与整个欧洲的进程仍然是相符合的。一种思想认为，文论是具有自身方法和科学原理的语文学科，另一种认识认为，作为学科的文论是不可能的（和/或不需要的），这两种认识之间的不断摇摆一直存在，一些观点和方法之间的斗争也一直存在，比如，实证主义认为，文学作品是完全可以用形式逻辑手段解释的文本；反实证主义认为，文学是解释周围世界的独特、唯一方式；社会学方法认为，文学作品是人的社会存在的直接反映；历史文化方法认为，文学文本是相对的文化和历史价值观；新神话主义认为，文学文本是记录或形成到文本中的神话；接受诗学认为，文本分析的基准点是接受它的形式和原则；结构分析方法的拥护者认为，文学文本的意义在其结构中；文论随笔的拥护者认为，严格系统的分析只会破坏作品，文论的任务是思考作品所给定的主题；Ю. М. 洛特曼认为，文学文本是宇宙模式的观点；解构主义者认为，文学文本是荒谬的，或者具有无限扩大的大量等价“阅读”。

20世纪俄罗斯文论优秀范本的典型特征在于致力于不仅将文学理解为一种社会功能或艺术形式，而且将之理解为人类认识其周围世界的方式，这与其整体文艺思想的典型特征相一致。如果说解构主义指责结构主义消极地服从“逻各斯中心主义”的支配，强加给可知对象对存在某种“中心意义”的主观信任，那么，稍稍改变一下这一术语，并去除其中的负面涵义，我们可将俄罗斯语文学传统的主要特征称为“逻各斯中心主义”。俄罗斯语文学即便是在最热衷于逻辑模式的时期，比如，在20世纪20年代，也始终追求将文学作品理解为意识的两个点之间共同关心的对话形式。这两点由其共同的存在，即意义相连，如果没有这种意义，不论是学者的严谨，还是解构主义的无政府主义热情，都会变成不良的无穷大，变成毫无拘束、毫无道理的认识论和本体论“黑洞”，进而变得没有任何意义。

M. M. 巴赫金论著的意义在民族文论综合特征的形成中特别重要。这甚至不在于其思想预先很多年就已确定了现代学者的探索方向，比如，解构主义者或叙事学者的探索方向，而主要是在于另一方面，那就是巴赫金在赋予作为文学交际基础的两个个性的“我”之间的对话以全球性意义时，从未忽视第三个因素，即基于传统东正教文化与话中之话有关的文学文本存在这一因素，即确定交际稳定性的因素。对文学文本意义和审美价值的理解一直与口头艺术标志研究相并行。两者从来不可能相互避开，比如，A. H. 维谢洛夫斯基和A. A. 波捷布尼亚，形式主义者和M. 巴赫金，Д. С. 利哈乔夫和A. Ф. 洛谢夫，以及“上帝之名崇拜者们”的探索。尽管俄罗斯文论传统不同流派之间存在深刻的分歧，但仍能看到它们之间在关注点上的某种联系：关注元音和辅音，关注显性的和精心掩盖的，关注审美价值和道德价值之间的相互紧密联系。实际上，早在19世纪下半叶就已形成的“索菲娅精神”在俄罗斯文学批评传统中具有一种科学探索主要媒介的特征。在不同流派代表的心目中，这些价值取向各不相同，他们对所指关系的理解也不尽相同，但有一点是不变的，那就是承认以下事实：以文学事实形式确定道德和审美价值之间存在一种联系。这种联系是深刻的，有时是含蓄和间接的。20世纪俄罗斯语文学思想研究代码的主要组成部分是在教会哲学和神学中所描写的，在H.

M. 卡拉姆辛、A. C. 普希金、H. B. 果戈理、H. C. 列斯科夫、Ф. M. 陀思妥耶夫斯基等 18—19 世纪俄罗斯作家的创作中所提及的关于美、善、真的思考。俄罗斯文学美学思想的"索菲娅精神"众所周知，它使人们寻找应该能够将之考虑在内的研究俄罗斯文学的方法。

俄罗斯文论的特点与西方文论的区别体现在这一持续的趋势中。西方文论总是以一种令人费解的方式坚持更加务实的特殊性质，即便是在不分青红皂白地拒绝积极理论观点的今天，也仍然如此。在关于俄罗斯各种不同文学文本的意义、结构和诗学语言问题背后，一直有一个关于感知其周围世界人的创作积极性的问题。俄罗斯文论，不论它代表哪种流派，总是保留了关于人在宇宙中的角色和命运的哲学思考，更不用说巴维尔·弗洛连斯基的东正教文学批评或 H. H. 别尔嘉耶夫的基督教"人格主义"了。俄罗斯美学思想的所有分支都经受了基督教文化传统强大的，尽管不总是那么明显的影响或者甚至是神学的直接影响，因为神学既提供主题，又提供问题，还提供解决科学问题的方案，比如，在 Б. A. 乌斯宾斯基、C. C. 阿维林采夫、Д. C. 利哈乔夫、A. Ф. 洛谢夫、Ю. M. 洛特曼的著作中就是如此。对 20 世纪俄罗斯文论遗产这一参数的研究还不尽如人意，因此更需要新的、更密切的关注。语文学者完全有必要了解至今语文学业已开发的方案和概念，鉴于此，我们认为，系统地研究貌似已经过时的经典作者，比如 A. A. 波捷布尼亚、A. H. 维谢洛夫斯基、Ю. H. 蒂尼亚诺夫、P. O. 雅各布森，Б. M. 艾亨鲍姆等这样一些经典作者的作品对培养理论思维能力大有裨益。文学诗学和理论形成过程还未完结，因此，收录至该教材的学者的著作不仅仅具有历史意义，而且，由于历史条件和形势需要，在开始了新一轮为民族文论传统复兴而奋斗的今日，他们与科学折中主义斗争的经验也具有现实意义。包含在前面几代文论家们著作中的思想储备还远未用尽，还可以开发，也应该开发，否则文论不可能有进一步的正常发展。

在“历时方面”，俄罗斯文论史体现了对待文学文本（文学创作、艺术）的科学方法相互替代的某种连续性。在“共时方面”，俄罗斯文论史表现为一种足够坚实的可以系统描述的科学范式，这种科学范式以一系列方法和学科形式表现出来。这些方法和形式是关于文学的科学所固有的，它们涵盖了各种理论方面和实际任务。需要注意的是，这里不包括艺术文本，比如，所谓“内在分析”的“学术折中主义”、自由的诠释和文学批评。这类文论的逻辑如下：阅读本身意味着差异阅读，因此，在这些条件下根本不可能有任何科学，因为没有可验证性、重复性，因此，不可能有经验。在“历史诗学”或比较文论框架内进行比较分析的可能性同样遭到否定。文本与超文本现实的界限也得不到承认。同样不被承认的还有文学文本机构或形式主义所找到的特殊“文学性”的存在。实质上，对于这种方法的追随者而言，根本就无文学可言，所研究的是文艺学，艺术（有情节的）和非艺术（无情节的）文本之间的区别被抹掉，这跟在后现代主义那儿所发生的事情同理。研究者的工作就是撰写描写其特定（给定）感知的文本，以及意义上接近“厚杂志的”一般性文学批评文本。当然，任何清单都不可能完全囊括这一范式，但是可以尝试指出这一无止境的“文论字母表”中最常用的标志。为了方便描述，我们将现存的所有文论学派和观念分为两大类，根据对文本的感知和分析方法的优先选择，其文本意义可归结为：（1）文本的内部结构，（2）也包括“其他文本”在内的某种文本外因素。其中最重要的有以下几种：

民俗学和“口头文学”研究 民俗学和“口头文学”研究在与文论紧密联系的同时，具有相对的独立性。在俄罗斯，这一方向的奠基人是A. 维谢洛夫斯基、Ф. 布斯拉耶夫、A. 波捷布尼亚，后来有B. 普罗普、E. 梅列金斯基。由于与神话学的紧密联系，民俗学同时乐于从仪式—神话文论中借用一些科学概念、材料和文本分析手段。文学文本在此被描写为口头创作存在的书面形式，科学分析便由此而来。

修辞学 修辞学脱胎于20世纪30年代被击溃的形式主义，利用分析不同作者个人文学的方言“形态”，从本质上解决历史比较学派的许多问题。俄罗斯修辞学学派最负盛名的代表是B. B. 维诺格拉多夫，他在30—50年代使该方向得以形成。可以将文论修辞学作为语言学对文学文本的方法论应用来描写。文学文本被归结为一定的“风格”，文本的主要功能和意义便是其支撑。

文本诠释 文本诠释一方面与文本的哲学美学批评密切相关，另一方面与文本学密切相关。广义上讲，诠释学是确立文本的真实性，比较分析各种清单、归因和年代，为了出版而进行的科学、普及、“文学碑文”形式的文本处理。狭义上讲，诠释学是关于理解含义的科学，这也是我们时下比较接受的。作为在中世纪就已出现的最古老的学科之一，诠释学一直追求普遍性，不论过去还是现在，都自称是文学研究的方法论。诠释学演绎是文论文本分析的主要工具，其目的在于理解建立在“文本—哲学文化符号”关系上文学作品意义的主要价值。诠释学的独特模式是在俄罗斯科学院俄罗斯文学研究所、俄罗斯科学院世界文学研究所等苏联时期的学术机构中成长起来的。

比较文论 比较文论是有关文学的现代理论中最强大的领域之一。大部分情况下，比较文论在大学教研室的主要历史文学课程中占主导地位。它研究不同民族文学发展的一般规律，如“流浪情节”“借用”和“影响”的形式，作家之间、时代和民族之间接触往来的其他形式。也可以把将文本翻译成另一种语言的历史和理论，将其对民族文学，对多文学领域研究的影响列入至此。该学派创始人是A. H. 维谢洛夫斯基。如今，代表该传统的是M. П. 阿列克谢耶夫组织的俄罗斯科学院俄罗斯文学研究所的相关部门。文学比较研究与文化学，不论是传统的文化学，还是结构符号文化学都有着紧密的联系，它将文学文本理解为在一定时空上下文中获取的历史文化现象。

文学传记 文学传记延续了19世纪占统治地位的“传记学派”的方法

和成就。基于作家的历史个性对其作品而言是第一性的这一观点，可以得出结论，凭借作家生活的历史描写可以深入了解其创作奥秘。作家的生活和创作用编年史以纯粹的形式呈现出来，用流行的系列书籍“名人生活”里的方式呈现出来。前者呈现得最成功的是 A. C. 普希金、Ф. М. 陀思妥耶夫斯基、Л. Н. 托尔斯泰，后者有 Л. П. 格洛斯曼关于 Ф. М. 陀思妥耶夫斯基的书。Н. 皮克萨诺夫在 20 年代尝试将传记文论简单方法论机制模式化，他建立了著名的“创作史”构想，并将作家“生活的历史”替换为更重要的“他书写自己作品的历史”，即所谓遗传文论。

遗传文论　遗传文论以描写文学文本过程为基础，建立其一系列衡量描写具体社会历史和文学美学事实（“影响”）的文学文本过程。由于处于历史比较诗学总体思路框架内，该方法提出，要在既解释“影响”，又解释“个人主动性”（Н. 皮克萨诺夫语）典型特点的因素影响下关注如何形成文本，关注文本的艺术形式。经验主义的传统学术风格完全否认文本的任何理论，这等于承认有可能将几种相互矛盾的方法论原则融汇到一种理论中，承认所有的或很多相互矛盾的理论都具有公正性。

文论参考文献　实质上，文论参考文献就是在转向解决文论问题，比如，在出版文集全集或生活和创作编年史时的版本学。在非常全面地编写和精良制作作家们参考书目的学术机构中，文论参考文献就像历史比较学派所做的一样发达。近年来，有人运用专门为此建立的计算机程序，例如，普希金小组的学术团队与“Альт 软件”公司共同完成了俄罗斯科学院俄罗斯文学研究所的 A. C. 普希金参考书目编写。

文化历史方法　19 世纪文化历史方法的统治地位几乎未受到任何挑战，在 20 世纪 20 年代其受到了马克思列宁主义的影响，且被广泛使用。文学文本牢牢地依赖于一定的社会历史情境，服务于对其进行描述，其艺术性完全由超文本因素来解释，其中最重要的有“影响”、生活条件、社会政治因素。

В. Ф. 彼列维尔泽夫、Г. М. 弗里德连杰尔等多次尝试使薄弱的方法论基础现代化，但因通常只是强调“物质美学”方法（М. М. 巴赫金语）的突出矛盾而均未成功。谈及实用文本学的需求时，文化历史方法有时在阐明文本写作、出版、发行、评论和翻译的条件和环境时是有帮助的。在俄罗斯科学院俄罗斯文学研究所 Ф. М. 陀思妥耶夫斯基和 И. С. 屠格涅夫文集全集注释中可以找到这种类型的例子。

神话民俗文论　神话民俗文论在魔幻童话、口头民间创作、传说和仪式性文本研究领域占主导地位。它有时用于研究这样一种文学文本，这种文学文本结构中包含了“民俗学”重建的方法成分。该认识的基础是，文学文本在其结构成分层面上保留了古老和现代神话的痕迹。此外，它本身同时也是“被记录的神话”。换言之，可以将文学创作解读为神话创作的变体形式。在该认识框架内以分析文学文本为基础，可以研究不同种类的“单一神话”，如太阳的、“世界树的”等等，研究自然循环，研究解释文学文本不同动机语义的习俗和仪式。

历史—考古文论　历史—考古文论研究的重点在于在文学文本中，特别是在古老的文本中，在神话或者仪式中寻找单个成分的古老根源。这是一种简单、清晰，但相当脆弱的方法，其弱点表现在否定作品存在统一的文本意义，表现在忽略其整体性和结构性上。由于它能帮助找到随时间变化而变化的借用情节的长链，这种方法有点像现代结构主义寻找“认识观”一样。该类型文论的典型特点是运用历史、文化学和民俗学手段。这种方法在研究作为历史个体，作为代表其时代文化之人的作家生活时十分有效，但在研究有某种抽象“结果”的文学文本诗学和语义时，它实际上毫无用处。

文学作品分析的心理方法分为两种类型：

（1）弗洛伊德方法　其主要任务是找到文学作品各种元素的心理性根源。除作品的文本外，作者生平、那个时代的特性、可能与研究主题有关的任何文本都能成为研究材料。与此同时，它没有对文学与非文学文本做出原则性区别，它们处于同样的地位。以同样的方式来解释文学作品主人公的行为动机，对它们的比较分析便属于弗洛伊德研究。文论的对象，即艺术，在此消失了，同样它也没有用方法、对象和分析心理学所固有的分析手段替代自身的理论。

（2）荣格方法 其基础是寻找天生的原型，它不取决于现存心理模式意志。这些现存的心理模式预先决定了所创造、记录的一切，以及它们所有承载者所做的一切。有声语言的情形，包括作家的创作过程，十分准确地揭示了一组特定原型及其特性，帮助人们理解导致艺术形式一定因素产生的原因。对文学作品的分析旨在弄清作者及其主人公潜意识的特点，但是，这里没有弗洛伊德学派所特有的对性的强调。

存在主义批评 （“人格主义”）存在主义批评创建了对文学文本的描写，以及与文学文本同时存在的对现实—作者—作品实现的文学交流的描写。批评的中心其实不是文学文本本身，而是作者的内心和个性。文本被视为两个“我”之间的中介，而且，分析应该去除与作者个性接触中的偶然性干扰，澄清那些有关作者的文本所承载的信息。俄罗斯象征主义者的批评，如 A. 别雷或 Вяч. 伊万诺夫的文章便是属于这一类型的文学分析。

文学的形态学研究 文学的形态学研究从形式主义开始，经过后来布拉格语言小组学者们的努力，还有从 60 年代开始的结构主义诗学塔尔图学派（Ю. М. 洛特曼）的努力，发展了这样一种思想，即文学文本存在一系列差异，这些差异使之无法被归属到政论、科学或哲学文本中。比如，A. 波捷布尼亚认为，文学文本存在一定的“形象性”；形式主义者认为，文学文本具有“文学性”；布拉格学派学者的观点是，文学文本具有与文学语言对立的自己的语言；塔尔图学派的看法是，文学文本形成了文学结构和“次要的模式系统”。或许，正是因为它将信息理论、生物学、数学、心理学、美学和其他科学的方法积极引入旨在开发科学描述的方法中，引入积极掌握不同概念和各种材料的结构符号学基本原理范围中，这一传统在俄罗斯文论中才最成功地顶住了相关学科的压力。形态学学派因其方法的灵活性、非教条性和中心总原则的严格性，事实上已经成为俄罗斯文论的主要科学方法。

诗歌学 诗歌学（包括节奏、量度、音韵学等）建立在20世纪形式主义者的重大发现基础上。实质上，它延续了形式主义者的研究，确定或补充了他们的结论。俄罗斯诗歌学派的成就记录在Б. В. 托马舍夫斯基的《文学理论》和В. М. 日尔蒙斯基的《诗歌理论》这两本书中。诗歌学是一种方法最明确和最具连续性的文学学科，它是在与研究诗歌文本的其他手段成功竞争的斗争中发展起来的。

结构符号学分析 其意义在于承认文学文本是符号系统，并在文学作品结构中找到横截面轴和成套范式，通过组成对立的双方，阐明作品内部客观世界的特性，在文本内部以及在与同一作者或其他作者其他文本的比较中找到规律性、一致性和区别，在作品的内部结构中，如情节设置、时间和空间参数等中，寻找规律性、一致性和区别。文论结构模式描绘了理论上的方法，该方法具有以下前提特征：

——严格区分文学文本和非文学文本；

——严格区分文本和所有其他的东西，即文本以外的现实；

——用内在的方式研究作品的内部结构，即“横截面轴心”；

——在区别中或与其他结构一致时，寻找所研究的文学结构的规律性。

从事这一领域研究的现代俄罗斯学者有В. В. 伊万诺夫、Б. А. 乌斯宾斯基、В. Н. 托波洛夫。针对形态主义者，即结构主义者，传统上人们指责他们图示化和抽象化，“扼杀艺术”，不重视“文本历史”。而针对院士们，主要指责他们的主观臆断，这种主观臆断表现在他们系统地追求赋予来自文学文本的主观印象以某种理论形式。平心而论，应该说，这种类型的偏见和缺陷是个别研究者所具有的特征，而非他们所代表的学派所具有的特征。

后结构主义对结构主义主要宣称的就是，作品所需的结构只是认识主体“逻各斯中心主义思维”特性的反映，这种结构在现实作品中是没有的。解构主义者的这种思想使他们更接近于遗传主义和内在文论研究。后结构主义，即解构主义基于一种谬误，这种谬误企图将我们的“逻各斯中心主义思维”定律强加于我们所研究的审美对象。文学文本不承载任何特定的意义，它只是一种没有开端和结尾的持续符号，是这种“话语”浩瀚海洋中同时汇入一个无尽的大写文本的“话语”，没有这一大写的文本，在这一大写文本之外，任何东西都不存在。因为每一个新的“话语”都是其他“话语”行为的产生和结果，承当着无限等价读数的文学作品，其语义是模糊而有条件的。这一构想实质上是哲学“驯服”文论的又一次尝试，这一次是后现代主义类型的存在主义哲学。此外，它与马克思主义类型的社会学文论在方法论上的相似性也很明显。如果说马克思主义中“个人主动性”（A. H. 维谢洛夫斯基语）和“作家的过度视野”（M. M. 巴赫金语）被化解于无限的辩证历史发展中，而各种文本是其消极的反射，那么，对于后现代主义而言，作者的个性便化解于大写的互文中，互文是一种无限的现实，所以对于我而言，它并不存在任何意义。

作家创作的实质在两种情形下都被理解为不以其承载者意志为转移的代谢过程。就像历史文化文论一样，后现代主义将文学和非文学文本混为一谈，即原则上不区分两者。这取消了科学材料的文论，将之归入研究言语“话语”和艺术“话语”。解构主义是结构主义关于“世界即文本”思想发展的极致。由于放弃结构，解构主义虽然嘴上还与科学神话作斗争，但实际上为复兴科学神话学和折中主义所有类型和形式创造了条件，从而以自己的方式重振了俄罗斯语文学视野。

作为科学的文论发展的主要趋势就是为自己的对象和原则而斗争，为弄清楚支撑性术语和文学文本的建立、运作和内部构造的基本概念而斗争。在这一点上的争论至今仍在继续。显然，文学理论可以在俄罗斯接下来的几代学者中再前进一步。这些学者是在这样的条件下成长起来的，在这里将不需要考虑瓦解学科的一些"倾向性"压力。这些倾向体现在从前的报纸社论上，或体现在占统治地位的方法中，这些方法保留在一系列学术机构的文化历史倾向中。在当今，严格抵制语文学时尚，抵制盲目跟随"偶像"或所谓"有声望"的杂志中所提供的流行标准和样板也具有重要意义。文论当今存在于处于隐蔽或公开相互斗争状态的众多不同流派和方法中。当今，我们拥有一组概念、流派和整套术语，它们在最佳状态下互不相似，互不重合（比如，文化历史和结构符号学派），而在最糟的状态下它们又表示不同但相似的术语，比如，A. A. 波捷布尼亚的"形象"、社会学派"反映论"中的"形象"和 Л. С. 维戈特斯基的"形象"。可以说，我们并非只有一种"文学理论"，而是有众多的、有时相互补充、有时相互排斥的文学理论。寻找能够建立现实科学范式的某种意义整体并不只是对异乎寻常主题的致敬，而是摆在每一种语文学研究之初的迫切需要。我们尽量避免混淆，所以将尽量少用专门术语，并且辅以解释。

总体而言，当代俄罗斯文论的主要趋势在于努力将文学文本理解为一种形式化的意义，一种针对"他人"并以传达自己生活观为主要价值任务而建立的事物，而这种作家生活观是以文学主人公的道德立场或"文本观点"形式呈现的。在这条道路上，文论与自己的两种极端做斗争。这两种极端就是 A. H. 维谢洛夫斯基早就已指出过的实证主义和形而上的折中主义。实证主义试图借助被视为真理的某一单个法则、某一合理图示或概念解释一切。这些概念既包括形态学的单独概念，也有侧重于文本语用的传统学院派文论的单独概念。折中主义研究借助于形而上学，缺乏任何理论基础，从而被各种图示和概念所产生的洪流淹没，这些图示和概念之间没有任何联系，杂乱无章地堆积在研究文本或一组文本之中。形而上的折中主义自信地认为，不需要任何其他的语文学。在这两种危险之上还增加了第三种危险，即企图建立作为非人文科学的文论（后结构主义），同时忽视关于人及其周围世界联系的本质问题。该问题暂时确实尚未解决。

遗憾的是，即便在当下，许多人仍认为现代科学中术语和理论混乱的局面是正常的，要么将之解释为学科尚年轻，要么干脆否认建立关于文学的科学统一术语空间的可能性。当今历史文论派范式中完成得最多的研究是带有神话学、遗传学和结构主义方法元素的研究。一些学者有意识地拒绝某种关于文论分析意义和内容的直接对话，认为这是一次性就已澄清了的问题。后一种现象在学院派文论代表人物中很常见，这看起来很荒谬，因为正是那些地方，应该区别于更加实用性的大学研究，而重点关注基础研究。不得不指出，俄罗斯的学院派文论大多专注于应用性问题，比如，文本学、来源学、文本的历史文学注释等，同时相反，在高校，如今越来越关注的恰恰是科学的理论方面，关注研究和开发新的方法，这是由教学过程的需要决定的。

我们所提供的教材涵盖了从 19 世纪末将关于文学的科学划分为独立科学学科至今的俄罗斯文论的整个时期。在笔者在以赫尔岑命名的俄罗斯国立师范大学语文系讲授的相关课程内容中，收录了最重要的俄苏文论学派，它们对 20 世纪俄罗斯和世界文化产生了显著影响。这些学派和思潮以一些学者的名字呈现出来，他们给我们留下的宝贵科学遗产从根本上推动了俄罗斯语文学的原创概念。我们既根据学者或美学学派知名度的高低，同时也根据其独创性和学术质量将各种不同材料收录至本课程。

几乎没有符合本课程的教科书。因此，我们建议学生们重点关注相应美学学派范围内文论研究者们所创建文本的原文研究，并以所提供的解释和参考文献为指导。在进行练习和准备考试时，如果难以找到我们推荐的版本，可以使用所指定文本的任何其他版本。本书材料的分组方式旨在帮助学生学会轻松地在美学学派和概念世界中找到方向，给出各种不同理论审美观点，研究文学文本方法的范例，并以此为他们未来的职业和教育事业提供帮助。当然，所提供主题未囊括时间范围的所有材料。

如果学生或者文学教师需要超出我们任务之外的参考资料，那么可以运用相应章节的参考工具书目和文献，比如，《文学百科字典》（莫斯科，1987），以及本书每部分所列出的参考文献。本书的主要任务是为学生提供比较研究的可能性，对那些我们认为最重要的、最有趣的、在俄罗斯语文学历史中留下明显足迹的美学概念进行对比研究。该类型的比较分析有助于形成对所学材料的专业态度，以一种自然而然的方式丰富语文学学生培养体系的众多历史文学课程。这也说明了不同学派和概念比较研究的必要性。如果没有这种比较研究，文论研究者的理论知识对于现实的职业工作，即教学和科研是不够的。20世纪俄罗斯文论研究的教学意义难以估量，没有对这些材料很好的了解，就没有对相关历史文学课程的等值掌握。

自然，每一位现在的语文学家和语言文字教师都支持现有的，而且，通常是早已熟知的某种理论导向。但并非每个人都能意识到自己理论偏好的意义所在。俄罗斯神话学、历史—文化学、心理学、形式主义、结构主义、“表现力诗学”，以及其他学派的成就不再是习以为常的批评对象，不再是对于“美食家”而言某种带有异国情调的东西，而是现在已愈发重要的学术资料。如果不研究这些资料，无法想象如何成为合格的专家、高校和中学教师。学习这些资料能帮助每一位文学教师完善文论自我意识，在众多不同的审美观念中，在众多不同的文学分析方法中“认识自我”。

当然，该书不可能全面覆盖俄罗斯语文学所发展的所有学派和概念。我们的任务，就是将所提供的材料建立到一定的体系中，指出年代框架、概念特点，指出我们认为整体上对学科今后发展有特别重大影响的不同文论学派和概念主要参与者的名字。由于偏爱不同的流派，我们每一个人都应该明白，任何理论构想，类似于在运用范围和功能上区别于其他工具的某种工具，都有其优劣，有一定的可能性和局限性。就像外科医生在做手术时不可能只用一把手术刀一样，文论研究者在研究具体文本（作品）时，如果不走极端的话，不可能只用某一种实践分析手段来限制自己。通常的情形是不同方法的混合和交叉。我们认为，有必要使分析文本的语文学家很好地了解交叉的究竟是哪些概念，以及在公认透明的科学原则框架内究竟在哪些地方交叉。这能提高文论研究的认知质量，也能促进新的理论经验的形成。显然，掌握大量概念和分析方法是优秀专家的独特品质。

当今对俄罗斯语文学思想影响极大的是西欧和美国文论传统，特别是新社会学思想、新弗洛伊德主义（“性别”文论）、新文化学思想、新神话学思想、叙事学、后现代主义和解构主义。这没什么不好，因为科学原则只存在于与其他科学原则对话交锋的条件下，而只有在它们的实际运用行之有效时才能生存下来。显然，俄罗斯文论的传统知识在此获得了特殊的意义。研究俄罗斯语文学思想的优秀遗产有助于未来的语文学者和文字教师更准确地确定对文论各学科主要问题的态度，从而形成职业信条。

第一章

A. H. 维谢洛夫斯基的历史比较法

亚历山大·尼古拉耶维奇·维谢洛夫斯基（1839—1906）1858年毕业于莫斯科大学历史—语文学系，曾在柏林、布拉格、佛罗伦萨等地进修。1872年起任圣彼得堡大学世界文学教研室教授。自1859年起，他作为一名广泛文化背景下的文学研究者开展学术活动。他是“历史诗学”理念的创建者，该理念对20世纪语文学影响深刻。他首次提出了在不同艺术形式、种类、体裁共时和历时相互影响和相互联系中对它们进行比较研究的思想。根据A. H. 维谢洛夫斯基的理论，文论的主要任务在于研究社会发展一定历史时期产生的一定文学美学形式所遵循的规律。

维谢洛夫斯基的“历史诗学”决定了整个20世纪俄罗斯语文学流派的整体方向。由B. M. 日尔蒙斯基于1940年编辑的《历史诗学》第一版已成为珍稀文献。1989年出现了维谢洛夫斯基该著作的新版本。他的有关对严格定义上的世界文学所有现象，以及对它们所有基本参数的全面历史比较分析的思想，以其宏大的规模令人印象深刻，需要几代人努力钻研，也许，要借助于运用即便是现在我们也尚未掌握的技术去钻研。如今，成千上万的学者在开发维谢洛夫斯基“历史诗学”研究领域的各个部分。俄罗斯一些学术机构正在将“历史诗学”理念作为其研究基础，忠实地保留其原则。

维谢洛夫斯基的著作将俄罗斯文学美学发展分为两个时期：将文学仅仅视为任意的审美分析对象时期和将文论作为独立学科形成的时期。维谢洛夫斯基与A. 波捷布尼亚同时开始系统研究作为人文知识和人类活动特殊领域的俄罗斯文学。就像所有大理论家一样，维谢洛夫斯基是一位博学之士，所以他能轻松自如地将许多科学和知识领域的成就吸收到自己的著作中。其理论构想远离原始图示。他首次尝试界定“个人创作过程中传统的作用与界限”，这为现代文论许多方面的问题奠定了基础。民族文学发展不均衡、不连续，因此无法为开展比较分析提供足够的材料，这种状况阻碍了诗学史的建立，因此有必要将民族文学整合到世界文学中。俄罗斯第一个意识到这一必要性的人就是A. H. 维谢洛夫斯基。在圣彼得堡大学的讲座“论作为科学的文学史方法与任务”中，他第一次概述了这一系列问题，后来他亲自解决这些问题。其弟子，其理念的现代追随者，比如M. П. 阿列谢耶夫，在普希金之家建立了俄罗斯与外国文学联系部，也在继续解决这些问题。由此出现了关于全球文学和比较文论的概念。由此可见，历史诗学是文学比较研究手段运用的结果，该手段运用的目的在于建立理论诗学。

这些研究的总体方向后来与形式主义学术活动的活跃相吻合：让文论成为拥有自己的材料、方法、问题的独立学科。为了完成这一任务，必须建立负责处理作为整个文学过程的“感性诗学”。这一文学过程从古至今被视为一个整体。很显然，这一趋势的代表们遵循维谢洛夫斯基的定律，拒绝“哲学美学文论”这一理念。德国哲学美学早已发展该理念，它声称文学就是有目的地执行美的思想，它是艺术唯一的目的。它同样拒绝正如维谢洛夫斯基尖刻地指出的社会学文论的“批发式判断”。

维谢洛夫斯基第一次尝试证明诗学范畴本质上是历史范畴的观点：“我绝非想要掀起掩盖个人创作秘密的面纱，这一面纱由美学掌控，更多由心理学家操控，但是我们可能会得到其他负面的结果。这些结果在一定程度上能指出个人主动性的边界。显然，诗人受制于他从过往时代继承下来的材料，其出发点早已被他之前所完成的事情决定。任何诗人，莎士比亚或者其他诗人在进入现成的诗学文字时，都受制于对知名情节的兴趣、进入诗学时尚的成规，他出现在各种不同诗学种类发达的时刻。为了确定其个人主动性程度的高低，我们必须追溯历史，看他在自己的创作中用什么作为手段，那么，也许，我们的研究应该分解到诗学语言、风格、文学情节，并且以关于种类的历史顺序、其合法性以及与社会—历史发展的关系问题而结束。”这些关于文学家创作过程的“工具性”思想预示了形式主义者关于作家作为“导师”的思想。这种导师在自己工作中运用特殊“手段”，在自己的工作结果和艺术

“形式”中留下痕迹。

在创建真正的科学和摆脱随心所欲的知识分子投机文论道路方面，维谢洛夫斯基积极反对浪漫主义美学。浪漫主义美学依托19世纪流行的卡莱尔和爱默生理论，宣称崇拜创造历史的“伟人”。他们将伟大的作家纳入这种“伟人”之列，这解释了他们所做的艺术发现之意义，即使不同维度中的现有事物具有共同标准。而维谢洛夫斯基尖刻地挖苦普遍接受的艺术过程中的一些教条规范概念。维谢洛夫斯基将文学史这种类型的概念比作18世纪常见风格的公园，在这种公园中所有大小道路都通向一个统一的中心，“而且，总是觉得，纪念碑还是不能从各处都能看得到，因为要么光线不对，要么它不是那种可以矗立在中心广场的类型”。

谈到将文学文本划分到文论分析基础的艺术性时，维谢洛夫斯基当然明白，从一方面讲，真正的文学史在选择进行研究的作者时不能基于文学性层面，因为这一层面总是主观定义的。在此，维谢洛夫斯基与康德进行了论战。康德认为，文学史中只有那些卓越的作家才是至关重要的。而维谢洛夫斯基认为，必须研究次要的和次次要的作家们甚至“臭名昭著”的平庸写手们，必须研究最朴实无华的故事和最普通的传说。因为正是它们为但丁和莎士比亚准备了“个人主动性”。他要求人们仔细研究“群众……被剥夺的声音”，仔细研究众多文学和语言艺术古迹，它们被认为是次要的，但是没有它们文学史就无法想象。这些想法是如此独特，方法上是如此通透，以至它们被 B. Φ. 彼列维尔泽夫当做武器。彼列维尔泽夫是社会学学派支柱之一，他撰写的一些著作与为天才现象做准备的次要作家主题有关，比如韦尔特曼对陀思妥耶夫斯基的影响。

基于这一视角，维谢洛夫斯基提出了作家个人美学贡献（“个人主动性”）问题，提出了关于作家用其个人生活和其“主动性”之初那一刻已有的材料所创建的文学形式的非决定性问题。维谢洛夫斯基的功绩在于，他试图找到将具体作家现实所做的，与违背其意愿进入其创作中的东西分离。维谢洛夫斯基将这一思想发展到了合乎逻辑的程度，他同时指出，如果没有对之前所有文学发展创作过程意义的答案，就不可能回答涉及该作家创作的任何问题。因此，维谢洛夫斯基从试图构建统一的“历史诗学”走到了文学基本理论最重要的问题：关于文学形式的问题。他在制定新学科的对象时，用自己所有的论著证明，不可能构建某种基于作品“内容”分析的文论概念。毕竟，如果文学史是“语言文字史”，那么，它应该包括科学、神学、报刊政论、经济和其他非文学文本。如果文学史是以独特方式形成的特定“内容”的组合，那么文学史就变成了文化史，而文学理论就变成了文化学的一部分。某种同样的情形也发生在文化历史学派的文学文本中，而维谢洛夫斯基在与之斗争中开创了新学科的科学原则。只有艺术形式能确保确定研究范围的清晰性，它勾勒出文论的科学范围，并从中排除不具备文学性特征的文本。维谢洛夫斯基明确指出，有关文学文本与非文学文本的区别问题，是文论方法论的根本问题。

该概念与这些年非常流行的传记文论价值观不符。传记文学将某个作家的作品视为其“创作生活”的“事件”。维谢洛夫斯基在洞悉到作者隐含（理想）概念的同时，在作为历史人物的作者和作为文本编码外壳的作者之间划分出清晰的界限。根据维谢洛夫斯基的观点，文学作品在许多年的时间里，经历几代读者，变成“文学丰碑”，它分离于其历史作者，突出其隐含作者，并且获得一个又一个世纪中人们对其认知所带给它的价值。不可能借助于传记学的方法理解这样的“文学丰碑”，只可能同时研究时代生活和文学环境。维谢洛夫斯基认为，有着随时间变化而变化的独特意义的文学文本具有独立性，这一思想预示了“接受文论”问题。该问题是 20 世纪文学理论的主要成就之一。维谢洛夫斯基意识到了摆在试图揭开艺术创作之谜的文学史学者面前的巨大困难。因此他说，文学史学者可以，也应该确定“个人主动性”的范围，而绝不是确定个人创作过程本身，这种个人创作是由于其独创性和唯一性而从方法论中脱离出来的历史比较方法。

维谢洛夫斯基在制定其方法（“历史诗学”“个人主动性”）基础时，划分出文学史学者的两个基本任务：

- 找出作家依赖于周围环境的基本参数，类似当今所表述的“文化代码”；
- 弄清作家创作中一切继承而来的东西，一切重复的主题、形象。

根据维谢洛夫斯基的思想，文论研究应该沿着研究情节和主题的思路来进行，因为情节和主题是文学作品的主要结构要素。维谢洛夫斯基将情节理解为概括“以生存交替形式出现的人类生活和心理已知行为”的复杂图示。在他看来，与情节不同的是，主题是“形象地满足人类心灵或观察需求”的最简单的叙事单元。

这一对术语与分子概念之间的并列性一目了然。当时自然科学中正好提出了关于原子和由一定原子组合而成的分子的概念。维谢洛夫斯基在尝试为“历史诗学”构建真正的科学方法时无法忽视所审视的学科对象的主要因素问题。他想在文学文本中找到某种普遍和自然的单位，也就是说，对于所研究的结构而言，它们就像是活细胞之于生物学家、天体之于天文学家的东西。他所提出的“情节和主题”的对立的方便之处在于可以运用它来划分“个人主动性”和文学规范。维谢洛夫斯基构建了如此清晰与和谐的结构，并以此作为自己“历史诗学”的基础，我们不得不向其才华致敬。

显然，就像以比较分析氢原子为基础不可能建立起世界的物理图景一样，以比较分析主题为基础既不可能创建文学理论，也不可能创建文学史。借用的主题不会区别于自生的主题，所以混乱无法克服。而情节则是另外一回事，它们可以，而且也应该比较，因为它们是由已知的和形式上彼此相似的主题构成的。由于情节中一些元素（主题）的巧合，不匹配的元素变得非常清晰，因此可以根据客观参数进行比较，建立世界“历史诗学”各种不同部分的一定体系（范式）。正如维谢洛夫斯基所发现的那样，情节（主题的组合）只有一半植根于“个人主动性”中，其另一半通过作家周围的环境回溯到远古年代。

维谢洛夫斯基对关于文论对象界限重要问题的发展做出了重大贡献。如何区分文学文本和非文学文本，避免将“历史诗学”手段用于其他目的的错误？传统方式侧重节奏，侧重众所周知的“形象性”“文字图像”的饱和度以及类似不稳定、不确定的依据，其必须找到文学作品（“历史诗学”对象）与非文学作品（从“历史诗学”关注范围中自然去除的）之间的根本区别。维谢洛夫斯基在致敬哲学美学的同时也指出，抽象思维是将世界语言文字划分为诗学和非诗学的最重要因素。维谢洛夫斯基在诗意的文字中找到“普通名词意义”，也就是文字的直接情感动机。这种文字反映了对事物直接、生动的印象。这似乎是某种与 A. 波捷布尼亚著名的“内部形式”相似的东西，但是又有所不同，因为这里寻找的是文学符号的特殊性，所以，应该承认，维谢洛夫斯基在此所说的东西成为整个 20 世纪构建科学诗学的基础。维谢洛夫斯基在文学符号的特征中发现了能使它们形成艺术形式的某种特性。他看到，上下文在诗学中起着非常重要的作用，在此，词语比在日常言语中更大程度地预先决定相互的意义。维谢洛夫斯基预见到了“文学形态学研究”关于自动化和现实化、关于诗学功能和“规范转变”的思想，因此，他对用其他词向呆板的、失去其词的“称名意义”的词不断提供语义支持这一问题进行了论述，直至出现“尘世”或“红太阳”之类的同义反复搭配，以及出现随后需要用新定语支持的搭配。维谢洛夫斯基认为，修饰语之所以出现，其历史原因在于词语渴望恢复其以往鲜活的形象性。

事实证明，诗学风格的历史实质上就是修饰语的历史。在与不断固化的形式的斗争中，在创新性形式和固化传统之间的界限上有一条文学运动的主线。在维谢洛夫斯基看来，文学文本是人类存在的事实。该事实以创作积极性的表现形式呈现出来，它是积极性最完整的形式。因此，比较分析各种不同情节在不同民族文学不同作者中的表现，给作为统一文本的文学研究提供了材料。看来，正是维谢洛夫斯基这些天才的设想后来使得Ю. Н. 蒂尼亚诺夫发展出其著名的“文学事实”概念。必须强调的是，维谢洛夫斯基的这些思想除了具有巨大的理论意义外，在培育对文学存在的新认识，在为形式主义构建关于文学的新学科做准备的同时，还具有普遍的文学启蒙意义，为一些科学研究开辟了新前景，使人们指出一些观点的错误（比如，将中世纪的罗斯视为封闭和孤立的文化历史系统这一观点）。维谢洛夫斯基在其所找到的“历史诗学”原则基础上，发现了拜占庭文学对现代俄罗斯和欧洲文学发展的重要意义。他的有关世界文学发展具体时期的著作提供了不少有趣的结论。

维谢洛夫斯基特别关注文艺复兴时期，其中包括但丁的创作。在寻找作家创作中“个人主动性”与文学传统对立的这一传统开端时，维谢洛夫斯基得出这样的结论：文艺复兴时期是关于人的绝对价值概念卓有成效地影响了个人创作的思想解放的时期。维谢洛夫斯基认为，正是在那时开始了新时代文学，它使精神型新时代、新文化和新文学得以保存，它们至今仍处在那个自由的“个人主动性”思想轨道上。维谢洛夫斯基在其生命最后几年所写的关于B. A. 茹科夫斯基和其他俄罗斯作家的几部专著中，继续在具体的例子中发展他所找到的一定的比例原则，该原则存在于“个人主动性”和文学史学家的主要研究对象之间。维谢洛夫斯基试图以此与文化历史学派划清界限，后者根本上将文学和语言文字混合，将文学融于文化之中，将作者融于主人公身上，同时，维谢洛夫斯基提出了阐明文学特殊性的任务。在此，文学指的是作为不可还原成人类创作活动其他形式的独立现象。维谢洛夫斯基的这些思想借助于其学生（有时甚至是违背其意愿）在俄罗斯文论中得到运用，这些思想在他未来的反对派同时也是接班人——形式主义者，特别是 Ю. 蒂尼亚诺夫和 B. 什克洛夫斯基的著作中特别清晰地依次被提及。形式主义者完全赞同作者借助“个人主动性”在之前已有的传统基础上建立新东西的思想。形式主义者既是维谢洛夫斯基所奠定的科学传统最忠实的继承者，同时也是他最严厉的批评者。

诗学的科学范式整体上开发得不够充分。这体现在对一些问题的简单化上，在维谢洛夫斯基的概念中可以找到这些简单化的东西。他在赞扬这些年流行的“反映理论”时错误地认为，诗学是“生活的反映”，因而陷入与他自己所宣称的“个人主动性”原则的矛盾之中。这造成了“历史诗学”的一系列不一致性，这种不一致性后来遭到批评，并被 Ю. Н. 蒂尼亚诺夫、В. Я. 普罗普、М. М. 巴赫金和 Ю. М. 洛特曼成功克服。例如，因为认为文学文本是“物化的生活”，维谢洛夫斯基很平静地比较作为现实世界对象的文学作品，得出了令人印象颇深的“平行线、排列”，以及文学现象、风格、情节图示这些用因果关系连接的形式长链。在一系列真实而有趣，不过有时方法上并不正确的情形下，文学文本、神话和魔幻童话，竟然置于同一个分母下。这种方法的局限性导致人们无法理解诗学（文学）文本与非文学文本的区别。一方面维谢洛夫斯基有意避开文化历史学派，使文论远离社会学和哲学美学，但同时他又与民俗学走得太近。

维谢洛夫斯基也在不自觉之中致敬了社会学。在他看来，诗人和艺术家是人民大众、民族的代表和代言人。对冠以“主义”提法的某些让步也不仅可以追溯到佩平及其提出的“文化历史学派”，而且还可以追溯到维谢洛夫斯基本人。冠以“主义”的提法后来遭到形式主义者的恶毒嘲笑。在佩平那里，相对于个人起源，文学创作中的社会起源是第一性的，这样一来，就应该能够理解他的一系列“彼特拉克主义比彼特拉克古老”之类的矛盾说法。

后来，针对维谢洛夫斯基对情节和主题概念划分不清晰这一问题有很多的批评意见，而这正好是其原因所在。稍后，Б. В. 托马舍夫斯基对维谢洛夫斯基关于主题的解释表示了反对意见。维谢洛夫斯基认为，主题，比如，容易分解成一系列其他主题的“抢新娘”的主题，是“不可分割的统一体”。而在其他情况下，维谢洛夫斯基称为情节的东西很难发展成主题。他指出了危及“历史诗学”主要原则的主题和情节之间界限的模糊性。这种原则本身非常重要，也很有必要，然而，如果不制定准确的、不含任何折中的标准，这些观点就无法正确操作。Б. В. 托马舍夫斯基在自己的“文学理论”中（参见本书第二部分相关章节）对这些术语给予那么多的关注，明确其内容，这样做绝非偶然。

此外，在多项研究的帮助下人们发现，“借用论”和“自然产生论”不一定互不相容，它们并不相互矛盾，因此可以共存于同一文学文本的分析中。但 В. 什克洛夫斯基反对新形式是为了“表达新内容”的观点。按维谢洛夫斯基的理解，内容是主要的，形式是次要的。文学文本的这种结构（形式—内容）在世纪之初就已经显然不尽如人意，其原始性阻碍了新文学诗学的建立。形式主义者进一步指出，新形式的出现是为了取代失去文学意义的旧形式，同时不重复除其形式外任何地方都不存在的旧内容，什克洛夫斯基如是说。

О. М. 弗雷登堡从神话学角度对情节和主题的划分进行了尖锐的批评。她认为，不论是主题还是情节，都是形象的、神话认识的直接表达。它们之间的相似性多于差异性。由于强调文学形式与神话和仪式的关系，“历史诗学”的这些概念对 О. М. 弗雷登堡而言是某种超出文论研究主题范围的多余之物。主题似乎独立存在于神话学学者所认为的预先确定的所有叙事性神话之外。О. М. 弗雷登堡认为，不可能从具体表达的上下文中来具体表达艺术结构元素的意义，也不可能不顾其内部联系去使用它。我们不得不考虑她的这种想法，这的确是诗学最大的难题。

除维谢洛夫斯基以外，其他人也在文论中多次提出关于文学作品“不可分割的统一体”问题，维谢洛夫斯基的“主题”多次被人们尝试与神话或符号—象征交叉。特别是对为提出该问题提供最方便材料的魔幻童话的分析，不同学者建议将其作为构建历史诗学“类型”（A. 阿尔涅）、建立“神话成素”（K. 列维－斯特劳斯）、建立“主题成素”（Э. 丹杰斯）等的基础。诚然，该问题至今仍然是一个开放性的问题。事实上，关于“主题的不可分割性”问题本身仍然是一个绊脚石。因此，B. Я. 普罗普在其著作中用一系列具体实例证明了主题可分解为其构成的单位。此外，人们发现，主题的最后一个分解单位已经不再是一个文学整体，它使文学理论转向语言学问题。而这些现象只有在文学史之外，比如，在语言诗学范围内方可用于分析。所以普罗普在其《童话形态学》中建议划分出“人物功能”作为这种主要单位。从现代文学理论角度批评维谢洛夫斯基的观念并不难，并非他著作中的一切都毋庸置疑。同时，维谢洛夫斯基的思想被许多学者审视，而这正是学科发展的重要因素之一。他的一些观念相互矛盾，这不仅是因为文学理论发展不成熟、不完善，还因为整个人文科学方法发展得不成熟、不完善。我们针对维谢洛夫斯基的指责因他提出了对整个文论学科具有现实意义的问题。远非“历史诗学”的所有问题都得到了最终解决，因此，维谢洛夫斯基的著作在可预见的将来将不会失去其价值。维谢洛夫斯基关于诗学应该研究文学形式变化规律的主要思想为整个20世纪关于文学的未来科学，包括同样延续了这一传统的现代结构主义学派奠定了基础。

相关文献与问题

A.H. 维谢洛夫斯基的主要作品

1.《作品选与书信》，圣彼得堡，1999年（Избранные труды и письма. Спб., 1999.）

2.《历史诗学》，莫斯科，1989年（Историческая поэтика. М., 1989.）

3. А. Н. 维谢洛夫斯基《历史诗学》未发表的章节 //《俄罗斯文学》，1959年，第2期、第3期（Неизданная глава из “Исторической поэтики” А. Н. Веселовского // Русская литература. 1959. № 2, 3.）

4.《论文选》，В. М. 日尔蒙斯基序、М. П. 阿列克谢耶夫注，列宁格勒，1939年（Избранные статьи // Вступительная статья В. М. Жирмунского; коммент. М. П. Алексеева. Л., 1939.）

5.《文集》（未完成），圣彼得堡、莫斯科、列宁格勒，1908—1938，第1—6卷、第8卷、第16卷，（Собр. соч.（не завершено）. СПб.; М.; Л., 1908—1938. Т. 1—6, 8, 16.）

6.《阿尔贝蒂别墅》，莫斯科，1870年（Вилла Альберти. М., 1870.）

有关 A.H. 维谢洛夫斯基的作品

1. 阿尼奇科夫 Е. В. А. Н. 维谢洛夫斯基的历史诗学 //《创作的理论与心理学问题1》，第二版，圣彼得堡，1911年（Аничков Е. В. Историческая поэтика А. Н. Веселовского // Вопросы теории и психологии творчества. 1: 2-е изд. СПб., 1911.）

2. 果尔斯基 И.К.《亚历山大·维谢洛夫斯基与现代性》，莫斯科，1975年（Горский И. К. Александр Веселовский и современность. М., 1975.）

3. 果尔斯基 И. К., 沙达洛夫 С. Е. 历史—比较文论 //《俄罗斯文论中的学院派》，莫 斯 科，1975 年（Горский И. К., Шаталов С. Е. Сравнительно-историческое литературоведение. //Академические школы в русском литературоведении. М., 1975.）
4. 果尔斯基 И. К. 论亚历山大·维谢洛夫斯基的历史诗学 // 维谢洛夫斯基 А.Н.《历史诗学》，莫斯科，1989 年（Горский И. К. Об исторической поэтике Александра Веселовского //Веселовский А. Н. Историческая поэтика. М., 1989.）
5. 古谢夫 В. Е.《亚历山大·维谢洛夫斯基与现代性》，莫斯科，1975 年（Гусев В. Е. Александр Веселовский и современность. М., 1975.）
6. 叶列明娜 В. И. 维谢洛夫斯基遗产中的历史诗学问题 //《俄罗斯口头民间创作》，第 19 辑，列宁格勒，1979 年（Еремина В. И.. Проблемы исторической поэтики в наследии Веселовского.// Русский фольклор. В. 19. Л., 1979.）
7. 日尔蒙斯基 В. М. А. Н. 维谢洛夫斯基与比较文论 //《比较文论》，列宁格勒，1979 年（Жирмунский В. М.. А. Н.Веселовский и сравнительное литературоведение. // Сравнительное литературоведение. Л., 1979.）
8. 伊斯特林 В. М. 维谢洛夫斯基著作的方法论意义 //《纪念 А. Н. 维谢洛夫斯基院士》，彼 得 格 勒，1921 年（Истрин В. М. Методологическое значение работ Веселовского // Памяти академика А. Н.Веселовского. Пг., 1921.）
9.《科学院正式成员（А. Н. 维谢洛夫斯基）传记字典材料》，第一部分，彼得格勒，1915 年（Материалы для биографии словаря действительного члена АН（А. Н. Веселовского）. Ч. 1. Пг., 1915.）
10.《亚历山大·维谢洛夫斯基的遗产》，圣彼得堡，1992 年（Наследие Александра Веселовского. Спб., 1992.）
11.《纪念亚历山大·尼古拉耶维奇·维谢洛夫斯基院士》，《维谢洛夫斯基逝世十周年（1906—1916）纪念》，彼得格勒，1921 年（Памяти академика Александра

Николаевича Веселовского. По случаю десятилетия со дня его смерти（1906—1916）. Пг., 1921.）

12. 苏西赫 С. И.《А. Н. 维谢洛夫斯基的历史诗学》，选自俄罗斯文论史讲座，下诺夫哥罗德，2001 年（Сухих С. И. Историческая поэтика А. Н.Веселовского. Из лекций по истории русского литературоведения. Н. Новгород, 2001.）
13. 特鲁宾岑 Н.Н.《亚历山大・尼古拉耶维奇・维谢洛夫斯基》，圣彼得堡，1907 年（Трубицын Н. Н. Александр Николаевич Веселовский. СПб., 1907.）
14. 什仕马列夫 В. Ф. 序 //《А. Н. 维谢洛夫斯基文选集：第二卷，第一辑，诗学情节诗学（1897—1906）》，圣彼得堡，1913 年，第 5 页（Шишмарев В. Ф. Предисловие // Веселовский А. Н. Собрание сочинений: Том второй. Вып.1. Поэтика. Поэтика сюжетов（1897—1906）. СПб., 1913. С.5.）
15. 什仕马列夫 В. Ф.　А. Н. 维谢洛夫斯基与文论 //《苏联科学院学报》，文学与语言学部，1944 年第三卷，第六期（Шишмарев В. Ф.. А. Н.Веселовский и литературоведение. // Изв. АН СССР, Отд., лит. и яз. 1944, Т 3, N 6.）
16. 什仕马列夫 В. А.《亚历山大・尼古拉耶维奇・维谢洛夫斯基与俄罗斯文学》，列宁格勒，1946 年（Шишмарев В. А. Александр Николаевич Веселовский и русская литература. Л., 1946.）
17. 恩格尔卡特 Б. М.《А. Н. 维谢洛夫斯基》，彼得格勒，1924 年（Энгельгардт Б. М. А Н.Веселовский. Пг., 1924.）

参考书目

1. 西蒙尼 П. К.《А. Н. 维谢洛夫斯基学术—文学作品书目清单（附作品内容及其评论）1859—1902》，圣彼得堡，1906 年，第二版，1859—1906，彼得堡，1922 年（Симони П. К. Библиографический список учено-литературных трудов А. Н. Веселовского с указанием их содержания и рецензии на них. 1859—1902. СПб.,

1906; 2-е изд. 1859—1906. Пг., 1922.)

2.《帝国圣彼得堡大学教授及科学院院士亚历山大·尼古拉耶维奇·维谢洛夫斯基学术著作索引》，圣彼得堡，1859—1895，第二版，圣彼得堡，1896年（Указатель к научным трудам Александра Николаевича Веселовского, проф. Имп. С.-Петерб. ун-та и академика Имп. Академии наук. СПб., 1859—1895; 2-е изд. СПб., 1896.）

3.《科学院正式成员传记字典材料》，第一部分，彼得格勒，1915年（Материалы для биографии словаря действительного члена АН. ч.1. Пг., 1915.）

关于文论中的历史—比较法

1. 布洛特曼 С. Н.《历史诗学》，教材，莫斯科，2001年（Бройтман С. Н. Историческая поэтика. Уч. пособие. М., 2001.）

2. 卡斯帕罗夫 М. Л. 历史诗学与比较诗歌学 //《历史诗学，研究结果与前景》，莫斯科，1986年（Гаспаров М. Л. Историческая поэтика и сравнительное стиховедение // Историческая поэтика. Итоги и перспективы изучения. М., 1986.）

3. 果尔斯基 И. К. 论文学知识论与历史比较文论之区别 //《语境》，莫斯科，1990年（Горский И. К. Об отличии и литературной комаративистики от сравнительно-исторического литературоведения // Контекст, М, 1990.）

4. 格林策尔 П. А. 比较文论与历史诗学 //《苏联科学院学报》，文学与语言系列，莫斯科，1990年，第49卷，第2期（Гринцер П. А. Сравнительное литературоведение и историческая поэтика // Изв. АН СССР. Сер. лит. и яз. М, 1990. Т. 49. N 2.）

5. 季马 А.《比较文论原理》，莫斯科，1977年（Дима А. Принципы сравнительного литературоведения. М., 1977.）

6. 久里申《文学比较研究理论》，莫斯科，1979年（Дюришин. Теория сравни-

тельного изучения литературы. М., 1979.）

7. 叶列明娜 В. И. 维谢洛夫斯基遗产中的历史诗学问题 //《俄罗斯口头民间创作》，第 19 辑，列宁格勒，1979 年（Еремина В. И. Проблемы исторической поэтики в наследии Веселовского // Русский фольклор. Вып. 19. Л., 1979.）
8. 日尔蒙斯基 В. М.《比较文论，东方与西方》，列宁格勒，1979 年（Жирмунский В. М. Сравнительное литературоведение. Восток и Запад. Л., 1979.）
9.《历史诗学》，论文集，莫斯科，1986年（Историческая поэтика. Сб. ст. М., 1986.）
10.《历史诗学，文学时代与艺术意识类型》，论文集，莫斯科，1994 年（Историческая поэтика. Литературные эпохи и типы художественного сознания. Сб. ст. М, 1994.）
11. 孔拉特 Н. И. 现代比较文论问题 //《苏联科学院学报》，文学与语言学部，1959 年，第 18 卷，第 4 期（Конрад Н. И. Проблемы современного сравнительного литературоведения // Изв. АН СССР. Отд. лит. и яз. 1959. Т. 18. № 4.）
12. 克鲁普恰诺夫 Л. М.《俄罗斯文论中的文化历史学派》，莫斯科，1983 年（Крупчанов Л. М. Культурно-историческая школа в русском литературоведении. М., 1983.）
13. 利哈乔夫 Д. С. 文学研究中的历史主义原则 // 利哈乔夫 Д. С.《论语文学》，莫斯科，1989 年（Лихачев Д. С. Принцип историзма в изучении литературы.// Лихачев Д. С. О филологии. М., 1989.）
14. 马尔科维奇 В. М. 文学思潮与 19 世纪俄罗斯文学史建构 //《俄罗斯科学院学报》，文学与语言系列，第 52 卷，第 3 期，1993 年（Маркович В. М. Вопрос о литературных направлениях и построении истории русской литературы 19 века. //Известия Российской Академии наук. Серия литературы и языка. Т.52. N 3 1993.）
15. 梅列津斯基 Е. М. А. Н. 维谢洛夫斯基的“历史诗学”与叙事文学起源

问题 //《历史诗学 研究结果与前景》，莫斯科，1986 年（Мелетинский Е. М. “Историческая поэтика” А. Н. Веселовского и проблема происждения повествовательной литературы // Историческая поэтика. Итоги и перспективы изучения. М., 1986.）

16. 梅列津斯基 Е. М.《小说的历史诗学》，莫斯科，1990 年（Мелетинский Е.М. Историческая поэтика новеллы. М, 1990.）

17. 米洛维多夫 В. А.《文本，上下文，互文。比较文论问题入门》，专题课程教材，特维尔，1998 年（Миловидов В. А. Текст. Констекст. Интертекст. Введение в проблематику сравнительного литературоведения. Пособие к спецкурсу. Тверь, 1998.）

18. 列伊佐夫 Б. Г. 文学的比较研究 //《文论方法论问题》，莫斯科、列宁格勒，1966 年（Реизов Б. Г. Сравнительное изучение литературы // Вопросы методологии литературоведения. М.; Л., 1966.）

19.《比较研究与文学比较研究的现代理念》，莫斯科，1987 年（Современнные концепции компаративистики и сравнительного изучения литератур. М., 1987.）

20.《比较文论：方法、标准、经验》，论文集，维捷布斯克，1990 年（Сопоставительное литературоведение: подходы, критерии, опыт. Сб. ст. Витебск, 1990.）

21. 埃里阿德 М.《比较宗教学随笔》，莫斯科，1998 年（Элиаде М. Очерки сравнительного религиоведения. М., 1998.）

22. 雅娜舍克－伊万奇科娃 Х. 比较研究中的若干新趋势（世界比较文论协会学术会议材料整理）//《20 世纪比较文论与俄—波文学关系》，莫斯科，1989 年（Янашек-Иванчикова Х. Некоторые новые тенденции в компаративистике（По мат. конгрессов Международной асс. сравн. литературоведения）// Сравнительное литературоведение и русско-польские литературные связи в XX веке. М, 1989.）

与本专题相关的问题

1. 文学作品创建过程中“个人创作”与“传统”的相互关系。
2. 文字艺术种类产生过程中文学形式的起源与分化过程。
3. 维谢洛夫斯基观念中作为文化事实的文学。
4. 维谢洛夫斯基著作中艺术思维的诗学与艺术审美。
5. 维谢洛夫斯基所提出的历史诗学问题（现代文学体裁系统形成的历史过程）。
6. 维谢洛夫斯基文学—审美观念中术语“内容”“材料”和“形式”的意义。
7. 维谢洛夫斯基论著中对待文学文本的逻辑方法与历史方法的区别。
8. 维谢洛夫斯基论著中对待文学的遗传方法（存在形式与发展形式问题）。
9. 维谢洛夫斯基认为艺术对社会影响的实质何在?
10. 维谢洛夫斯基所提出的情节（“叙事”）问题。
11. 什么是主题（“主题—位置”），这一现象对于维谢洛夫斯基“历史诗学”的意义何在?
12. 维谢洛夫斯基所做的情节与主题的区分意义何在?
13. “个人主动性”概念与维谢洛夫斯基所作出的对作家创作自由问题的诠释。

第二章

A. A. 波捷布尼亚："词的内部形式"概念与语言的诗学功能

亚历山大·阿法纳西耶维奇·波捷布尼亚（1835—1891）毕业于哈里科夫大学，后来任该校教授。1862年他发表了其著名的《思维与语言》一书。该书预示了19世纪末—20世纪初俄罗斯语文学的整体发展方向。他培养了一批杰出的学生。这些学生（В. 哈尔兹耶夫、Д. 奥夫相尼科—库里科夫斯基、А. 格伦费尔德等）对俄罗斯文论和语言学产生了重大影响。

波捷布尼亚在关于词的“内部形式”理念中，首次提出了关于文学文本特殊性、关于其存在一定整体结构的观点，从而也促成了作为一门独立学科的文论的出现。在他开始发展其概念的年代，关于文学的科学常常被当作心理学（历史学、哲学或语言学）的一个分支。波捷布尼亚首次告诉人们，基于艺术符号的诗学文本具有其独特性，因此不能将之归入语言学文本之列。得益于波捷布尼亚的众多理论著作，尤其是《文学理论随笔》（1905年）一书，文论问题获得了独立的意义，不再被归结为解读各种不同文学文本“艺术特点”“心理主义”或“人民性”的哲学—美学政论学。波捷布尼亚在形成其作为语言存在基础的诗学理念时，彻底地、无条件地将文学从“社会订单”的苛刻决定论中解救出来。

波捷布尼亚最先提出关于语言对人类心理和创作活动有巨大影响的思想。该思想后来被Л. С. 维果茨基加以发展。波捷布尼亚第一个提出在今天看来似乎是显而易见的思想，那就是，文学工作是一种专业性语言活动，文学作品的创建是以一种用词来思考的潜在工作为前提的，该工作借助于词所固有的“形象”来完成。波捷布尼亚在研究审美语言交际行为时，最先意识到词的文论意义。在此，词是说话者和将两个由个体意识联系起来的接受者之间的媒介。波捷布尼亚在克服美学学派之前的实证主义的同时，坚持认为，语言交际中的意义并未经受直接的传输，被传输的只是方法（“词—形象”），借助于这种方法听者（接受者）可以在自己的意识中建立同样的意义，或者更准确地讲，相似的意义。波捷布尼亚形容借助词进行交流的意义就像用一支燃烧的蜡烛点燃另一支蜡烛，这阐明了接受诗学未来成就的基础。波捷布尼亚的研究基于他同时代的语言学和心理学成就（联想和感性流派），同时又在很大程度上决定了他的那个时代。

波捷布尼亚放弃了文化—历史学派的传统。该学派将文字视为从历史—文化火山喷发出来的坚硬且永久冻结的熔岩碎片，并这样运用它。他坚持认为，词的每一种用法所表现的只是它的一种意义，如果我们认为，在不同情境下运用的是同一个词的同一个意义，那我们就错了：“实际上，只有不同词的同一个发音。”①

波捷布尼亚集中研究作为“言语和认知创造行为”的词的内在本质，从而创造了其著名的词的结构理念。他认为，词由三个要素组成：

1. 外部符号（“清晰声音的统一”）

2. 意义的内部符号（词的“表现”，“内部形式”）

3. 词汇（字典）意义

研究波捷布尼亚的理论遗产时，应该注意，他在使用“表现”“意义标志”“意义的内部符号”和“词的外部形式”等术语时尝试更全面地描写自己的理念，是将它们作为近义词来使用的。波捷布尼亚更新了作为交际手段（означаемое/означающее“所指”/“能指”）符号的二项式结构，同时将一个真正的重要方面引入这一结构中，这一重要方面考虑了诗学行为中符号的功能。在描述孩子将灯罩叫做“西瓜”的情形时，波捷布尼亚力图理解清楚那个今天显而易见的事实，即人类在其语言发展过程中建立了新的符号，其形成基础是语言语义基础，即词的“内部形式”。像“蟒蛇”（удав）、“雪莲花”（подснежник）、“萤火虫”（светлячок）、“吸尘器”（пылесос）、“机车”（паровоз）、“烧酒”（жженка）等俄语词非常清晰地保留了其“内部形式”，这正是基于对它们的诗学认识。波捷布尼亚认为，这种认识构成

① A. A. 波捷布尼亚：《俄语语法札记》，莫斯科，1958，第15—16页。

了语言交际的内部轴心和前景。他在自己的论著中坚持认为，词的“内部形式”是其生命的源头（或是其死亡的原因）。波捷布尼亚在民间诗学中找到了特别鲜明的例子。民间诗学揭示了词的内部形式这一诗学支持机制，比如，在“美丽的姑娘”“哭泣—抽泣”“海洋”（“красна-девица”“плакать-рыдать”“море-океан”）等搭配中就是如此。

波捷布尼亚的发现对语言理论有重大贡献，此外，其发现对澄清艺术符号的本质也极富成效，澄清了作为语言现象的诗歌的本质。波捷布尼亚声称，不仅一部文学作品是用诗歌的语言写就的，其构成中的每一个词也都是一种特殊的文学作品。不仅如此，每一种语言文字的创作行为，视其距离基本自然语言的远近程度，或多或少都是一种艺术构建。波捷布尼亚在每一个基本表达（命名、谓词）中都发现了诗意的创造，因为每一次使用语言他都自然而然地与对词的“内部形式”使用联系在一起。同时，正是这种内部形式是从事艺术形式工作的专业作家、诗人集中关注的重点。文学杰作，不论是诗歌还是小说，正是通过最成功地选择其内部形式的词才得以创建。波捷布尼亚在寻找语言的日常生活运用与专业文学运用之间的联系时，意外地发现了诗歌的客观标准，即一定言语行为（上下文）中词的内部形式提升的高低程度。波捷布尼亚认为，诗歌的工作变成了将词最初的“符号意义”还原给词的过程，成为克服陈词滥调和丑陋的过程。由此，波捷布尼亚得出一系列重要结论。事实上，诗歌的工作是任何言语行为所固有的，无论其实际任务如何（当然，要考虑对“形象性”依赖的不同强弱程度和寻找强调词的“内部形式”的方法）。民间创作与文学的联系变得非常明显。每一种语言都可以被描写为一种艺术，而每一种语言活动（非专业的和专业的）都可以被描写为文学创作。事实证明，诗人工作的主要方向是通过用词的“内部形式”之间的相互支持，即艺术形式，建立特殊构造来复原词的主要形象性。在作家的创作劳动中，不论是词的“外部形式"，还是其词汇意义，都无法起到他所找到的"内部形式"那样的作用。当然，源于词源学深处、在其形成时产生的词的意义（通常是源于感叹词的意义）以直接动机的形式与所指事物相联系，它连同其周围所有无穷尽的一系列运用、理解一起，处于当前的意义相对于以往意义的连续性中，即词的"内部形式"才是诗歌的主要来源，不论是专门的诗歌，还是说话时有意无意自发产生的诗歌。波捷布尼亚写道："词的形象性等同于其诗学性。"这意味着，诗歌由于还原了词的原始形象而成为自然语言永恒生命的源泉。事实证明，尝试从"社会符号"或"纯艺术"理念出发去解释艺术创作的意义是毫无用处的。诗学创作之所以重要，是因为它是语言更新和永恒生命内部机制的本质所在。整个社会整体通过语言得以生存。Н. Г. 车尔尼雪夫斯基和文化一历史学派认为，艺术作品不比生活"更糟"；象征主义者认为，艺术作品不比生活"更美"，它本身就是民族语言永恒复兴的宝贵形式，正如波捷布尼亚所强调的那样，它越艺术，就越形象（诗意）。这样一来，艺术性直接植根于词本身的内部之中。词里边最初就隐藏着诗歌的萌芽，即"内部形式"："第一个词即诗。"波捷布尼亚赋予该概念以"全球性"意义。他确信，相对于神话、诗歌、视觉艺术和人类审美生活的其他形式，词是第一性的。因为他认为人的言语（请读成：诗学）活动是其审美生活的主要内容和重点所在。波捷布尼亚试图将其关于词的"内部形式"的学说运用到艺术作品的分析中，他首次提出了关于艺术作品统一文本意义的问题。在此，艺术作品被视为统一符号。作品的外部形式是其语言的体现，是一种词的序列，而词形成一种紧密的语义统一。这就使艺术文本区别于非艺术文本，在后者中，这种统一不是必须的，不是原则性的，文本不构成统一的意义或不一定构成统一的意义。

按照波捷布尼亚的观点，作品的意义类似于词的词汇意义。内容是思想的总和，这种思想体现在文本中，并可以被读者感知。当然，词的"内部形式”符合文学作品的“形象性”（波捷布尼亚使用的该术语具有艺术符号直观、象征的本质）。一系列“形象”，包括人物和不同事物的面貌都符合词的“内部形式”的形象性。在波捷布尼亚这里，这两个三元成分系列在词和艺术文本层面构成了一个连贯的概念，这一概念将作家作品的意义与在其周围词的上下文中展开其“内部形式”的词连接起来。这样一来，诗学形象被波捷布尼亚理解为包含在作品结构中的词的“内部形式”。很明显，作品的审美意义不在于它“表现”了什么（不在于“内容”），而在于所表现的东西之间有哪些具体的联系。诗学形象第一次未被看成“艺术特点”修饰的逻辑概念形式（因为没有上述“装饰”它也可以存在），而是被理解为传达和保存信息的简洁且独特的方式。波捷布尼亚所揭示的“思想经济”原则表现在“一般的艺术中，包括诗歌都竭力将各种不同现象纳入数目相对不大的符号和形象中，以此增强进入我们意识中的心智综合体的重要性”。在波捷布尼亚看来，诗歌是形成意义的方式，它借助具体可感的形象来形成意义。

波捷布尼亚认为，诗人根本就不考虑将自己的思想传达给其他人，他专注于词的内部意义那一部分，专注于艺术形式的发展。这种艺术形式被视为他所创建的艺术符号，即“文本形象意义”的形象性类似物。诗人向自己阐明形象，只有这样，他对周围人而言才有价值。创作过程成为向自己阐明词的过程。波捷布尼亚关于词的思想，以及一切艺术皆为自我意识的器官这一思想便由此而来。创作过程是自我报告和自我意识的过程，在该过程中词起着关键作用。创作行为是作家的一种精神生活行为。所产生的词需要出处。在此正是时候回忆一下Ф. М. 陀思妥耶夫斯基的话。陀思妥耶夫斯基对Н. Д. 冯维辛所经历的强制劳动有感而写道，如果他没有把他四年所忍受的一切用艺术形象表达出来，那这些形象“会像毒素一样在血液中溢出来”。对于波捷布尼亚而言，新艺术形式的诞生是词的“内部形式”产生的过程，这些词伴随着思考着的诗人。艺术的两个基本特征，即理想性和完整性被揭示出来。理想使艺术家将所创造的东西与其发展的最大限度进行比较。人们可以注意到关于在艺术形式中塑造整个世界观这一思想的重要性。这一思想成为20世纪的重要成就，而且在波捷布尼亚的论著中被提到。波捷布尼亚醉心于自己整体诗歌的思想，他指出，诗歌就是用形象、用直观的画面思维创造的一种特殊手段，也就是说，所建立的形象的土壤是在思维活动中形成的。

波捷布尼亚的这一理念遭到来自形式主义者的强烈批评。不过，对于他关于词的次要的、个人文本意义的思想，形式主义持自愿接受的态度。B. 什克洛夫斯基和 B. 日尔蒙斯基指出了波捷布尼亚理论的不足：他低估了节奏、旋律和艺术性其他因素。他们坚持认为，形象性仅仅是文学性因素的一种，尽管是很重要的，但不是唯一的因素。第二种反对意见涉及词的形象的非完全决定论。这里所指的是一定"内部形式"的词。形式主义者指出，比如，Φ. И. 丘特切夫将闪电比作聋哑狂魔，并没有激活"闪电"一词的"内部形式"。艺术文本中词的诗歌角色可以具有形象外的性质，特别是 B. M. 日尔蒙斯基在其著作《诗学任务》中指出了这一点。词所包含的感性形象根本不是艺术形象本身的目的，而仅仅是用于诗学功能的词的运用手段之一。形式主义者，更确切地讲，是布拉格小组的人（P. 雅各布森）已经注意到这一点。波捷布尼亚形象性理念的不足和成就总体而言是一致的。一生致力于积极捍卫自己理念的波捷布尼亚后来因低估艺术性其他因素而遭到批评。他在将自己所发现的词的"意义符号"绝对化的同时，未来得及将之与艺术文本多层级结构问题联系起来。其实，艺术文本也是由符号体系的多层集合构成的。波捷布尼亚在使用"形象性"一词的同时，有时也用"象征性"一词，这无疑赋予其著述一种现代意味，且使人联想到延续该方向的 A. Φ. 洛谢夫和"布拉格语言小组"的研究成果，但这也无济于事。波捷布尼亚依靠心理学解读艺术符号，这带来了辉煌的成就，然而，这也恰恰是其理念中某些观点的局限性原因所在。此外，心理学也未停滞不前，所以很快就出现了心理学的新学说，它打破了联想思维理论，而“内部形式”理论在很大程度上是建立在联想思维理论基础上的。

是否可以等值地科学分析和解读文学作品这一问题便由此而来。尽管艺术符号理论处于蓬勃发展中，但该问题对于波捷布尼亚及其拥护者而言仍是个大难题。波捷布尼亚认为，艺术作品的内部形式是不可动摇的、稳定的，具有易于被个体接收的某种语义不变性。他步洪堡特之后尘，指出“所有理解都是误解”。他把文本与句子中的谓语进行比较，认为主题情节层是主语。他认为，在理解谓语意义时，接受它的不同读者之间存在理解上的差别是正常现象。显然，波捷布尼亚对社会文化批评持否定态度。这种批评试图不分青红皂白地将艺术作品视为艺术意义（形象），专注于“主语”，即文本主题层面，专注于文本“内容”或“思想性”。波捷布尼亚认为，这种类型的研究不是语文学分析，而是文学作品的“转换”，也就是翻译成新语言，建立新文本，它与所研究的原文在艺术意义上是对立的。

波捷布尼亚花费了大量精力来揭示诗人抵制强加于他的规范和教条的本质所在。他将“灵感”（“启示”）视为特殊的“对概念思考和解释的情绪”。他试图使其理论具有应用性，尝试用它去解释文学文本分析中最简单的问题，在一系列情形下陷到一种并非它所固有的简化和近似中。波捷布尼亚根据民族传统的观点，把作家的天赋与特殊的诗学“敏感性”（Ф. М. 陀思妥耶夫斯基语）联系起来。因此，任何一种艺术都具有倾向性，因为一定的创作任务，比如，А. П. 斯卡弗德莫夫的“目的论”或 В. Г. 别林斯基的“激情”，始终存在于创作活动中。

重要的是，波捷布尼亚提出了一个至今都具有现实意义的要求，那就是研究作品的艺术结构，而不是用历史文化描写或哲学政论散文取代这种分析。他嘲笑这类批评，称它像见到美女马上就问“她在哪儿买的这条裙子”的人。后来，其学生 А. 格伦费尔德在自己的论著中持续研究了艺术意义问题。A. 格伦费尔德，以及Д. Н. 奥夫相尼科—库利科夫斯基以波捷布尼亚关于文学作品的"真正本质"这一理念为基础，提出了"创作心理学"问题。根据这一理念，波捷布尼亚认为，诗歌是人类认识周围现实的一种特殊手段。这种手段并不比其他手段逊色，也并非不那么可靠，但是，比如，对科学而言，这是一种本质上不同的手段。在此，他得到象征主义者的深切同情，当然象征主义者是完全赞同这一观点的。不同之处在于，如果说在科学中事实必须在逻辑上得到证明，而且可以用于形式分析，那么在诗歌中，形象与意义之间的联系不需要证明。意义不是借助因果关系，而是作为单一的符号—象征（"形象"）直接产生的。

波捷布尼亚的理念在俄罗斯文论理念发展中占据中心地位，在20世纪上半叶尤其如此。波捷布尼亚伟大的成就在于，他首先提出了诗歌与小说形式差别的研究问题。之前，这些差别只是在思辨性经验事实中得以明确，这些事实包括是否存在节奏、修饰语，是否存在韵律等。形式主义者建立了俄罗斯诗学，他们后来发展了这一问题。但波捷布尼亚第一个提出了这样一种思想，即诗歌与小说在形成所建文本结构的方法上存在差别。波捷布尼亚第一个提出和证明这样的观点：文学文本同时承载着两种语言——自然语言和诗学语言。后来，形式主义和塔尔图学派发展了这一观点。形式主义者正是从他们所尖锐批评的波捷布尼亚那里看到了诗学语言和语言学语言及其他语言系统的对立。波捷布尼亚思想的直接接班人有Г. О. 维诺库尔、В. В. 维诺格拉多夫、Ю. Н. 蒂尼亚诺夫、Л. С. 维果茨基等著名学者。在Ю. М. 洛特曼的描述中，艺术符号结构看起来明显类似于波捷布尼亚所描写的艺术文本词的三成分结构。布拉格语言小组也提出了关于自动化和更新过程中"意义转移"的思想。Д. С. 利哈乔夫所证明的古俄罗斯文学标准形成原则的理念也是建立在波捷布尼亚关于"意义符号"思想的基础上。波捷布尼亚的理论对他同时代的文学实践产生了一定的影响。除了已提到的象征主义者外，在他的理念基础上，未来主义者们，特别是B.赫列勃尼科夫，也对“词的魔力”之奥妙进行了探索。

掩盖这位大学者学说的弱点将是对他的不尊重。针对波捷布尼亚的严厉批评是我们科学史上具有独立价值的宝贵财富。波捷布尼亚因“心理主义”和“历史主义”而特别遭到指责。波捷布尼亚有意愿将文学过程与词的“内部形式”的形成联系起来，这要求他建立文学事实和新的理念，它反映作者对其塑造的文学主人公的美学态度，要求他建立作为结构的艺术文本，或者拒绝延续自己的理念，从邻近学科中借用其已经制定好的艺术文本分析模式。波捷布尼亚没有这么做，但他的许多追随者走的是第二种道路。可以说，波捷布尼亚学术遗产的命运确实是悲剧性的。他是一位远远超越了自己的时代，建立了艺术符号新理念的学者，但那些指责他运用陈旧方法诠释文本的人的批评是公正的，在这些批评面前他无可奈何。其实，这些方法与其说是波捷布尼亚本人所固有的，不如说是“历史—心理”文论所固有的。比如，Л. С. 维果茨基公正地批评波捷布尼亚，指责他艺术理念中的简单化和过多的“认识论”。他认为，波捷布尼亚是过于沉浸于分析、误解了艺术情感和审美本质的知识分子。对波捷布尼亚的另一个指责是，其公式过于直接，几乎将艺术形式的诗意和形象性等同起来。Г. О. 维诺库尔批评波捷布尼亚理念的中心，即关于词的“内部形式”的思想太不精确，日常言语与诗歌言语的反差不够强烈。对波捷布尼亚遗产的尖锐批评和大量赞美伴随着20世纪。这也恰恰证明他是一位杰出学者。

波捷布尼亚文论理念的第二个重要方面在于，他的诗歌形象直观性理论在“诗学”主题的形成中，在保护文论免于被相关人文学科的扩张影响中起到了重要作用。他首次提出了艺术符号意义的双层结构，而这一理念被结构主义者（“二次建模体系”）捕捉到，并加以发展。波捷布尼亚的创作遗产帮助我们理解这样一条道路，而文论的主要问题，即关于诗歌创作的特点问题一直将这一道路引向今日。波捷布尼亚的著作至今不仅具有历史意义，还具有重要的方法论意义，它帮助一代又一代的文论家们重新思考他早已确立并牢牢进入学术表达中的思想。

相关文献与问题

A.A.波捷布尼亚的作品

1.《民间文化中的象征与神话》，莫斯科，2000年（Символ и миф в народной культуре. М., 2000.）
2.《思维与语言》，莫斯科，1999年（Мысль и язык. М., 1999.）
3.《理论诗学》，莫斯科，1990年（Теоретическая поэтика. М., 1990.）
4.《词与神话》，莫斯科，1989年（Слово и миф. М., 1989.）
5.《美学与诗学》，论文集，莫斯科，1976年（Эстетика и поэтика: Сб. статей. М., 1976.）
6.《俄语语法札记》，四卷本，莫斯科，1958—1968年（Потебня А. А. Из записок по русской грамматике. В 4-х тт. М., 1958—1968.）

有关 A.A.波捷布尼亚的作品

1.《亚历山大·阿法纳西耶维奇·波捷布尼亚》，基辅，1962年（Александр Афанасьевич Потебня. Киев, 1962.）
2.《俄罗斯文论中的学院派》，莫斯科，1975年（Академические школы в русском литературоведении. М., 1975.）
3. 拜伊布林 A. K. A. A. 波捷布尼亚：语言哲学与神话 //A. A. 波捷布尼亚《词与神话》，莫斯科，1989年（Байбурин А. К. А. А. Потебня: философия языка и миф // А. А. Потебня. Слово и миф. М., 1989.）
4. 别雷 A.“思维与语言”A. 波捷布尼亚的语言哲学 //《逻各斯》，1910年，第二卷（Белый А. “Мысль и язык”. Философия языка А. Потебни // Логос. 1910. Кн. 2.）

5. 布拉霍夫斯基 Л. А.《А. А. 波捷布尼亚》，基辅，1952 年（Булаховский Л. А. А. А. Потебня. Киев, 1952.）

6. 伊万科 И., 霍洛德娜娅 А. А. 波捷布尼亚的美学理念 // 波捷布尼亚 А. А.《美学与诗学》，莫斯科，1976 年（Иванько И., Холодная А. Эстетическая концепция А. Потебни // Потебня А. А. Эстетика и поэтика. М., 1976.）

7. 米涅拉洛夫 Ю. И. А. А. 波捷布尼亚的形象性理论与个人风格 //《语文学》，1988 年，第 1 期（Минералов Ю. И. Теория образности А. А. Потебни и индивидуальный стиль // Филологические науки. 1988. № 1.）

8. 姆拉托夫 А. Б. 论 А. А. 波捷布尼亚的形象理论 //《苏联科学院学报》，文学与语言系列，1977 年，第 36 卷，第 2 期（Муратов А. Б. О теории образа А. А. Потебни // Изв. АН СССР. Сер. лит. и яз. 1977. Т. 36. № 2）

9. 奥夫相尼科—库利科夫斯基 Д. Н.《作为语言学思想家的 А. А. 波捷布尼亚》//《古基辅》，1893 年，第 43 卷（Овсянико-Куликовский Д. Н. А. А. Потебня как языковед-мыслитель // Киевская старина. 1893. Т. 43.）

10. 普列斯尼亚科夫 О. П.《А. А. 波捷布尼亚与 19 世纪末—20 世纪初俄罗斯文论》，萨拉托夫，1978 年（Пресняков О. П. А. А. Потебня и русское литературоведение конца XIX— начала XX вв. Саратов, 1978.）

11. 普列斯尼亚科夫 О. П. А. И. 别列茨基与 А. А. 波捷布尼亚 //《文学理论与文学史（А. И. 别列茨基一百周年诞辰）》，基辅，1985 年（Пресняков О. П. А. И. Белецкий и А. А. Потебня // Теория и история литературы（К 100-летию А. И. Белецкого）. Киев, 1985.）

12. 普列斯尼亚科夫 О. П.《认知与创作诗学 А. А. 波捷布尼亚语言文字理论》，莫斯科，1980 年（Пресняков О. П. Поэтика познания и творчества. Теория словесности

А. А. Потебни. М., 1980.）

13. 普斯托沃伊特 П. Г. А. 波捷布尼亚的学说与结构诗学 //《文学潮流与风格》：论文集，莫斯科，1976 年（Пустовойт П. Г. Учение А. Потебни и структуральная поэтика // Литературные направления и стили: Сб. статей. М., 1976.）
14. 托波尔科夫 А. А.《19 世纪俄罗斯语文学中的神话理论》，莫斯科，1997 年（Топорков А. А. Теория мифа в русской филологической науке X1X века. М., 1997.）
15. 丘达科夫 А. П. 俄罗斯文论中的心理学方向，А. А. 波捷布尼亚 //《俄罗斯文论中的学院派》，莫斯科，1975 年（Чудаков А. П. Психологическое направление в русском литературоведении. А. А. Потебня.// Академические школы в русском литературоведении. М., 1975.）
16. 哈尔泽耶夫 В. И. 波捷布尼亚的诗学基础 //《创作的理论与心理问题》，第 2 卷，第 2 辑，圣彼得堡，1910 年（Харциев В. И. Основы поэтики Потебни // Вопросы теории и психологии творчества. Т. 2. Вып. 2. СПб., 1910.）
17. 雅洛舍夫斯基 М. Г. 波捷布尼亚的词的内部形式概念 //《苏联科学院学报》，1946 年， 第 5 卷， 第 5 辑（Ярошевский М. Г. Понятие внутренней формы слова у Потебни // Изв. АН СССР. 1946. Т. 5. Вып. 5.）

与本专题相关的问题

1. 波捷布尼亚作品中的“诗学形式”问题。
2. 波捷布尼亚文学—审美交际观点体系中“接受者”的作用。
3. 对波捷布尼亚美学中社会心理作用的解读：作为思维方式的文学（“中介语”问题）。
4. 关于作家创作过程问题中的“灵感”（启发）问题——波捷布尼亚美学中艺术形式与语言形式的联系。

5. 词的形象化能力（“暗示性”）及其在文学形式产生中的作用。

6. 按照波捷布尼亚的观点，艺术是“诗学思维”吗?

7. 什么是“思维的凝结”？

8. 波捷布尼亚是如何理解语言活动的对话性的?

9. 波捷布尼亚认为“形象”是“再现的思想”，请解释该观点。

10.“词的内部形式”与艺术符号结构—符号学理念的联系。

第三章

“形式学派”“手段”与“主导”概念

“俄罗斯形式主义”这一概念联合了一系列相当广泛的语文学思想和理念，这些思想和理念的共同之处在于，将文论视为语言艺术的独立科学，力图制定文论的一般科学界限，确定文论分析的界限、对象和方法。作为一种流派，俄罗斯“形式主义学派”的起源与 В. Б. 什克洛夫斯基的《词语之复活》(1914) 这本小册子有关；С. А. 维格洛夫在彼得堡大学的著名研讨也成为该现象形成的起源。当然，与其说 С. А. 维格洛夫组织的课堂讨论是未来形式主义者方法论的基地，不如说那只是他们见面的地方。以 О. 布里克和 В. 马雅可夫斯基为首的未来派在该方向上也发挥了作用。

通常，“形式主义”是指俄罗斯语文学思想的一个流派，以及整整一代从事形成关于文学的新科学活动的文论家们，这是在诗学语言研究学会、莫斯科语言小组和国家艺术史研究所这样一些学术组织框架内发展起来的。这些年轻人包括维克多和弗拉基米尔·什克洛夫斯基兄弟、Л. П. 雅库宾斯基、Ю. М. 索科洛夫、А. М. 别什科夫斯基、В. М. 日尔蒙斯基、Г. О. 维诺库尔、Р. О. 雅各布森、Г. Г. 施佩特、П. Г. 博加特廖夫、С. И. 伯恩斯坦、В. В. 维诺格拉多夫、Г. А. 古科夫斯基、В. Н. 别列特茨、Л. В. 谢尔巴、Ю. Н. 蒂尼亚诺夫、Б. М. 恩格尔卡特、Б. М. 艾亨鲍姆、Б. В. 托马舍夫斯基、С. Д. 巴鲁哈特等。他们所有人都在寻找建立文论学科的途径。这种学科具有独立科学学科的一切规范特征：术语体系的准确和清晰，有自己的对象、方法和材料。这一运动大约存在了20年之久，在1929—1930年的苏联时期被强制终止。得益于从俄罗斯移民到捷克斯洛伐克的“形式主义者”们的努力，这一运动在那儿得以继续。在捷克斯洛伐克出现了布拉格语言小组，它在构成上具有国际性，这是俄罗斯“形式主义者”们事业的继承者和延续者。

1915年被认为是莫斯科语言小组诞生的年份。其首创者是 Р. О. 雅各布森、Г. О. 维诺库尔和 М. Н. 别捷尔松。很快，О. М. 布里克、В. Б. 日尔蒙斯基、Ю. Н. 蒂尼亚诺夫、Б. В. 托马舍夫斯基、Б.М. 艾亨鲍姆等加入其中。莫斯科语言小组重点关注在Ф. 索绪尔著名的思想轨迹内产生的语言学、“诗学语言学”（Г. О. 维诺库尔）或“诗学方言学”（Р. О. 雅各布森）。诗歌（小说）被他们理解为“诗学功能”中的语言。应该注意的是，加入莫斯科语言小组的一批学者有的并不是在其思想影响下成长起来的，但是他们是在自其建立的第一天起就开展的辩论中成长起来的。在此起主导作用的有Б. И. 雅尔霍、С. М. 邦迪和П. Г. 博加特廖夫。莫斯科语言小组和В. В. 马雅可夫斯基的“左翼艺术战线”在思想上具有近似性。О. М. 布里克同时加入了这两个组织，并在其中起着关键作用。一些诗人（Б. Л. 帕斯捷尔纳克、О. Э. 曼德尔施塔姆、А. А. 阿赫玛托娃）对莫斯科语言小组也持有好感，并参加他们的会议，甚至撰写理论著述，以此参与到社团学术生活中。

“形式主义”是20世纪俄罗斯文论中的重要流派。应该指出的是，形式主义者们自己并没有使用该术语，甚至拒绝这一术语。他们称自己为“形态学家”或“说明者”，以此表明他们主张关于诗学语言的学科的发展。在此，这一学科作为独立而特殊的人文科学，它联合了文学现象产生和发展的不同理念。可以说，“形式主义”的概念与其说表示一种理念，不如说表示20世纪初人文科学发展中的一种趋势。此时的人文科学特别关注作为传统俄罗斯文化中心艺术的文学艺术。得益于“形式主义者”的努力，文论第一次不仅不受制于之前的历史、心理或社会学的科学方法，而且对相关人文学科，如心理学和民俗学，产生了显著的影响。1916和1917年诗学语言理论的两个论文集，以及1919年的论文集“诗学”使新学派的存在最终巩固下来。到20世纪20年代末，拒绝批判性解释文本的新诗学越来越开始关注语言学（В. В. 维诺格拉多夫，В. М. 日尔蒙斯基）。形式主义者改变与“学术折中主义”标准斗争必须的风格，转向学术研究。关于艺术文字科学的新原则现在被系统地描写为实践工作的结果。

它是虽然独立，但同时又融入其他科学体系的现代科学方法。形式主义文论家同时利用了所有著名科学和美学学派的成就，甚至兼顾了象征主义美学。象征主义美学特别注重艺术形式，坚持认为艺术形式是“内容”的承载者。

总体而言，作为一种科学与社会运动，形式主义产生在年轻学者对学院派科学折中主义回应的基础上，当时折中主义无法满足这群年轻人。形式主义同时代的关于文学的科学“完全忽视理论问题，萎靡不振地使用着过时的美学、历史学、心理学‘公理’，其自身研究的主题感严重丧失，以致其存在都变得虚幻”，Б. М. 艾亨鲍姆在《形式方法的理论》一文中如是说。另一方面，这也是对象征主义批评（Вяч. 伊万诺夫、В. 勃留索夫、Д. 梅列日斯科夫斯基、К. 楚科夫斯基）的回应。他们的文章统治着当时的书籍、杂志领域。就体裁而言，这是一些主观的心理散文，它们建立在一种积极反对任何“科学方法”的立场上。

未来主义关于词是“石化的形象”这一思想也对形式主义方法产生了影响。艺术的含义被未来主义理解为“事物的复活”，借助于“词的复活”，将对世界的体验还原给人类，这种体验完整、真实，同时也具有个人个性化特点。建立新的美学形式，准确描述其特殊属性，可以将人的世界归还给人类，并战胜衰败（历史悲观主义，颓废）。在抛弃陈腐不堪的规范美学和“纯艺术”的浪漫主义理念时，形式主义竭力证明这样的思想，即作为创作“大师”的诗人，用有意识地选择的“材料”进行创作，同时他会利用一整套他所特有的创作方法和“技巧”。未来派所宣称的“大师诗人”在此对形式主义学派形成的理念产生了一定的影响。“形式主义者们”在其论述中广泛运用同时代的科学成就，这是原则上对辩论的一种开放态度，它使他们有别于“学术派”（文化—历史）科学的封闭隔绝，有别于马克思主义文学批评。这对他们十分有利。

由此可见，形式主义的形成是关于文学的科学为其方法、研究对象和生存而斗争的结果。这一对象就是文学创作，新科学的领域仅限于此。根据这一理念，诗歌的历史就是“语言表达技巧发展的历史”（O. M. 比尔克语）。诗歌的语言就像自然语言一样是交际的手段。因此，可以像研究个人风格与一定规范的吻合和 / 或差异一样来研究诗歌风格（“语言”）。另一方面，形式主义从象征主义那里吸收了关于象形文字和象形文本的思想。这些词和文本保留了其中所体现的宇宙统一意义。他们采用由象征主义发展的艺术符号—象征新信息的建模思想，随后将他们同时代符号理论的所有成就，不论是信息学的，还是语言学的（C. 皮尔斯、F. 索绪尔）运用于其中，并得出关于系统研究诗歌文本符号的结论。这些思想的结合使这类研究的特殊方法得到发展。这一切都变得异常新颖和有趣，这对科学诗学的发展成效卓著，这一点后来得到证实。至于研究方法，在接受“形式主义”主要原则的情形下，它是在对材料处理的一贯基本原则基础上自然形成的。

П. Н. 梅德韦杰夫（M. M. 巴赫金）的《文论中的形式主义方法》（列宁格勒，1928）是形式主义同时代对其科学方法最好的描写之一，其中划分出这一科学方法的六个主要组成部分：

1. 作为诗学对象的诗歌语言，其中包括诗歌语音学问题；
2. 诗学中作为构建诗歌结构成分的材料和手段；
3. 作为材料和手段细节化的体裁与结构，主题，故事与情节；
4. 作为外部意识给定的作品概念；
5. 文学史（史学史）问题；
6. 艺术接受与批评问题。

作为一种科学—审美运动，俄罗斯形式主义不仅有其独特的原则，还有科学思维和材料呈现的特殊方式。这不是一个经验系统，但是是这个时候第一且唯一的、一致且清晰的文学文本理念。“形式主义者”指出，关于文学的科学，其对象是“文学性”，也就是说，“是该作品成为文学作品的东西”（P. 雅各布森）。专注于“动态言语结构”（Ю. Н. 蒂尼亚诺夫语），他们断言“语言在其美学功能中”（P. 雅各布森语）。“文学性”在对表达的定位中找到了自己的解释，与此同时，其交际功能被最小化或者起一种辅助作用。形式主义者将艺术形式中文字材料结合的方法称为他们所宣称的精准文论的“手段”和唯一的研究对象。文学文本分析要求研究各种不同的手段，借助于这些手段作者通过构建特殊语言环境（上下文）使词的意义“去形式化”（去自动化）。

形式主义者们主要关注“共时性”，很少关注文学形式的起源或发展问题。他们认为，文学作品的结构是在一定“取向”（“作者的创作意图”）影响下建立的。这种取向影响不同作者对手段的选择。形式主义发展的心理因素是摆脱教条和僵死的图示，其中包括似乎每一个文学文本都固有的、包含在不同艺术“形式”中的雷打不动的一定“内容”的思想。“形式主义者”证明，“内容”不是像在诗人选择的某种包装中一样被包含在形式中，相反，某种表达方式的选择决定了吸引力和所传达的意义的特殊组织。（Б. М. 恩格尔卡特）有一种观点认为，文学就是用特殊的“诗学语言”撰写的书面文本的集合，这种诗学言语被他们呈现为“被抑制、被歪曲”，故意、有目的的“错误”（В. 什克洛夫斯基语）。形式主义坚持认为，诗歌语言不创造新结构，但是，在自然语言基础上，诗学语言从自动运用中推断出其元素，似乎促使旧的语言体系从根本上产生了不同，同时又并不改变它的全部，而只是一些细节。诗歌是可以系统地研究和描述、可以建立起特殊“语法”和“形态学”的语言。有时，归属于形式主义者的创新，比如关于“手段”在艺术中起着重要作用的思想和关于作品中可以发现“手段体系”的思想，并未显得太新颖。创新之处在于他们指出了这样的观点：艺术只是由作者实现的手段（一套一定的手段），仅此而已，因此，研究建立艺术形式的手段是文论家的任务。

形式主义提出“主导”概念作为科学描写文本组织的中心点，这是指要使其他手段从属于自己的一种或一组手段。它们决定具体艺术形式的典型特征。艺术形式主导的总和“是体裁形成中的决定因素”（Б. В. 托马舍夫斯基）。研究作为一定体系手段的文学作品时，形式主义发现了文学作品艺术形式所固有的某些规律。比如，他们发现了结构原则的“帝国主义”，特别当在一个领域实施的某种原则试图赢得越来越新的运用领域时。对于“形态学派”而言，关注“语言形式游戏”，关注诗歌语言特别是诗歌研究（即研究节奏、度量、谐音），是非常自然的。由于 В. М. 日尔蒙斯基、Б.В. 托马舍夫斯基和其他学者的努力，他们取得了令人瞩目的成就。

按形式主义者的主要观点，诗歌语言和风格的进化是在语言成分“自动化”过程的影响下进行的。这种影响由语言艺术家借助于帮助词恢复原始意义、更新和加强词的符号资源的“消除手段”得以克服。文论中的“形态学传统”第一次面临寻找文学文本的元描写语言问题，由此出现了新术语。“陌生化”，按什克洛夫斯基的观点，就是“善于从事物的上下文中看到事物”，已形成的艺术形式的语义深刻的“陌生化”或“隔离”只涉及首次由伽达默尔提出（审美无差别），后来由巴赫金发展的艺术符号产生的问题。

新艺术形式的产生是由于作家的艺术努力而产生的词的去自动化的结果。文学的进化被理解为一种一定功能和规范的连贯更替。形式主义者们文章的命名本身，比如《果戈理的“外套”是怎样做成的》，旨在引导读者去寻找“大师之手”的痕迹，以及借助于一整套“手段”形成完整艺术整体的一定“主题”。形式主义者们步 А. Н. 维谢洛夫斯基之后尘将“作品不可分解的要素”称为“主题”。主题的组合按其在作品中所给的顺序形成情节，在因果关系中获得的同样的主题被确定为作品的“情节”（Б. В. 托马舍夫斯基）。

形式主义者们理念的特点与他们所处的时代总体精神息息相关。就像他们的文学兄弟未来主义者们一样，他们对一些虚无主义倾向并不陌生：放弃旧的东西，同时开启新东西。这与省略和简化有关，这些后来被布拉格文学小组的文论家们所克服。一些针对形式主义者的指责（比如M. M.巴赫金的批评）不是没有根据的。反对者们指责他们试图借助一系列减法找到作品的意义；人们常常指责他们凭借阉割、鞭挞意义，使意义变得贫瘠来澄清意义。诚然，形式主义者不畏惧尖锐的批评，有时他们故意以自己具有挑衅性的、有意识地揭示其基本原则的著述使学术界震惊，例如B.什克洛夫斯基关于“霍尔斯托姆”的文章中所讲的分析的示范性原始性。文中从马的角度感知世界来研究“陌生化”过程。形式主义最大的成就是韵律学，其在此取得了巨大的成功。至于内部结构和小说文本意义这一部分，其成就远没有那么厚重。

形式主义者的求索引起了关于其所宣称的原则的激烈争论。应该说，学院派科学（特别是文化—历史学派）的反应迟缓且勉强：参与形式主义者引起的学术讨论必须有一定的科学原则，然而却没有。但是却能听见来自哲学家谢泽曼、阿斯科里托夫以及新一代文论学者A. A.斯米尔诺夫、Б. M.恩格尔卡特的尖锐批评。捍卫形式主义文学作品“内容”（但同时反对其结构、作品形式）的马克思主义者也与形式主义者进行了争论。随着时间的推移，形式主义由于其提出的一些主要观点尖锐性减弱而变得更加学术化。特别鲜明的例子就是B. M.日尔蒙斯基与其著作《拜伦与普希金》。与问题的尖锐性和悖论性显著的20世纪20年代初不同的是，善于避免方法上的极端性到20世纪20年代末越来越备受赞赏。这类例子更典型的体现是Б. M.艾亨鲍姆。他利用传记文学手段写了关于A.阿赫玛托娃、M. Ю.莱蒙托夫、Л. H.托尔斯泰的著作。形式主义者们开始在吸收与形式主义基本原则已经相去甚远的遗传文论和心理文论传统基础上，提出文学创作的哲学—美学问题。还有一个趋势，那就是莫斯科语言小组传统走向崇高的社会诗学。

但并非所有之前的形式主义者到20世纪30年代时都改变了自己的方法论原则。他们中的一些人，比如，B.什克洛夫斯基继续在原来的轨道上工作，展现出“像罐头一样密不透风的教条的”形式主义。作为一种社会—科学学派，形式主义20世纪20年代末被击垮，形式主义的重要学者也遭到像E.扎米亚金、A.普拉东诺夫或M.布尔加科夫一样的不幸。到20世纪20年代末已经很明显，形式主义旧理念几乎已经用尽，针对主要原则累积了大量批评意见，因此需要新的解决办法。正如M.M.巴赫金所指出的，形式主义的理念实际上并未改变，只是个别学者“进步”了。

事实上，一般词汇意义上的“形式主义者”从来没有过：他们呼吁研究作品组合关系轴，提出关于研究作为一定符号序列的文学作品的问题。他们的社会品格和陈述的极多主义使他们醉心于结合艺术结构研究规律，将关于文学文本意义的问题放在次要位置。形式主义者的错误在于把作品组合关系轴和作品结构（众所周知的“一整套手段”）等同起来。来自似乎是与他们接近的象征主义（Вяч.伊万诺夫，В.Я.勃留索夫），以及社会学家、马尔派学者、佩列维茨基的拥护者的批评便由此而来。事实上，这种批评往往没有指出形式主义者的不足，但展现了不同学派理论基础的特点。

形式主义理念的实用性导致对作品艺术语义估计不足；在过分使作品的“сденнаность”现实化的同时，他们将一切注意力集中在作品的作者——大师身上，研究他们含有文学材料的作品的痕迹。结果是，像叙事形式、文学主人公、作品“目的论”、艺术作品接受问题这样一些艺术结构的重要因素不再受到关注。形式主义者的主要错误在于，他们认为艺术文本是一套赤裸裸的“手段”，弄清这些手段的功能角色无需语义分析的参与。事实上，艺术文本没有“清除意义”，而是恰恰相反，意义高度饱和，当然，质量上有别于非艺术文本。形式主义者拒绝承认文学系列从属于超文学因素看来是有道理的；然而，否认创作行为过程中道德和美学之间的直接联系使他们所描述的“大师”的创造性劳动大大贫乏化，遗憾的是，这些“大师”身上“萨利尔似的平庸”远多于“莫扎特似的天才”（这种偏见稍后在M. M. 巴赫金的著述中得以克服）。重要的是，形式主义在克服学术折中主义时将文学文本列入具有一系列自身内部结构规律并以此决定其研究特殊方法的一定体系。在这个意义上说，“文论中的形式主义方法”到20世纪20年代末已融到“左翼艺术阵线”、国家艺术科学院，诗学语言研究协会实际上已不复存在，只是后来在侨居国外的布拉格语言小组获得了新生。

相关文献与问题

“形式主义者”的作品

В.Б. 什克洛夫斯基的作品：

1. 作为手段的艺术 //《汉堡计分法》，莫斯科，1990 年（Искусство как прием.// Гамбургский счет. М., 1990.）
2. 《论小说理论》，莫斯科，1983 年（О теории прозы. М., 1983.）
3. 《谬误的能量，关于诗歌的书》，莫斯科，1981 年（Энергия заблуждения. Книга о стихе. М., 1981.）
4. 《斯特恩的〈特里斯舛·项狄传〉与小说理论》，1921 年（“Тристрам Шенди”- Стерна и теория романа. Пг., 1921.）

Б.М. 艾亨鲍姆的作品：

1. 《关于文学》，莫斯科，1987 年（О литературе. М., 1987.）
2. 《论小说，论诗歌》论文集，列宁格勒，1986 年（О прозе, о поэзии. Сб. ст. Л., 1986.）
3. 《列夫·托尔斯泰，70 年代》，列宁格勒，1974 年（Лев Толстой. Семидесятые годы. Л., 1974.）
4. 《俄罗斯抒情诗的旋律》，彼得堡，1922 年（Мелодика русского лирического стиха. Пг, 1922.）
5. 《安娜·阿赫玛托娃，分析的经验》，彼得堡，1923 年（Анна Ахматова. Опыт анализа. Пг., 1923.）

6.《年轻的托尔斯泰》，彼得堡—柏林，1922 年（Молодой Толстой. Пг.-Берлин, 1922.）

7.《经由文学》论文集，列宁格勒，1924 年（Сквозь литературу. Сб. ст. Л., 1924.）

8.《莱蒙托夫，历史—文学评价经验》，列宁格勒，1924 年（Лермонтов. Опыт историко-литературной оценки. Л., 1924.）

9.《论莱蒙托夫的文章》，莫斯科—列宁格勒，1961 年（Статьи о Лермонтове. М.-Л., 1961.）

有关"形式主义学派"的作品

1.《理论文论选编 1》，塔尔图，1976 年（Хрестоматия по теоретическому литературоведению. 1. Тарту, 1976.）

2.《文艺小说作品分析教学材料》，塔尔图，1979 年（Учебный материал по анализу произведений художественной прозы. Тарту, 1979.）

3. 博加特廖夫 П.，雅各布森 Р.《战争和革命时期俄罗斯的斯拉夫语文学》，柏林，1923 年（П. Богатырев, Р. Якобсон. Славянская филология в России за годы войны и революции. Берлин, 1923.）

4. 恩格尔卡特 Б.《文学史中的形式主义方法》，列宁格勒，1927 年（Б.Энгельгардт. Формальный метод в истории литературы. Л., 1927.）

5. 梅德韦杰夫 П. Н.（М. М. 巴赫金）《文论中的形式主义方法》，莫斯科，1993 年（П. Н. Медведев（М. М. Бахтин）Формальный метод в литературоведении. М., 1993.）

6. 米列辛娜 Г.《尤·尼·蒂尼亚诺夫与 20 世纪文论中的形式主义学派》，莫斯科州师范学院，第 4 卷，第 1 辑，莫斯科，1957 年（Г. Милехина. Ю. Н. Тынянов и формальная школа в литературоведении 20-х гг.//Моск. обл. пед. инст. им. Н. К. Крупской. Т.4. вып.1. М., 1957.）

7. 日尔蒙斯基 В.“诗学语言研究学会”围绕诗学的讨论与“关于形式主义方法问题”//《文学理论问题》，列宁格勒，1928 年（В. Жирмунский. “Вокруг поэтики «ОПОЯЗА» и «К вопросу о формальном методе” // Вопросы теории литературы. Л., 1928.）
8. 什克洛夫斯基 В. Б.《论小说理论》，莫斯科，1983 年（В. Б. Шкловский. О теории прозы. М., 1983.）
9. 维诺格拉多夫 В. В. 诗学研究史（20 年代）//《苏联科学院学报》，文学与语言系列，第 34 卷，1975 年，第 3 期（В. В. Виноградов. Из истории изучения поэтики（20-ые годы）// Изв. АН СССР, серия литературы и языка, т. 34, 1975, N 3.）

“形式主义学派”研究的主要参考书目

1. 巴鲁哈德 С. Д.《文学理论 附注的参考书目 1，一般性问题》，列宁格勒，1929 年（Балухатый С. Д. Теория литературы. Аннотированная библиография.1. Общие вопросы. Л., 1929.）
2. 巴鲁哈德 С. Д. 最新诗学精选文献索引 //Б. 托马舍夫斯基《文学理论，诗学》第 5 版，莫斯科—列宁格勒，1930 年（Балухатый. С. Д. Указатель новейшей избранной литературы по поэтике //Б. Томашевский. Теория литературы. Поэтика. Изд. 5, М.-Л., 1930.）
3. 艾泽什多克 И. Я., 卡加诺夫 И. Я. 俄文的诗学研究成果索引（1900—1922）// Р. 缪内尔 - 弗雷费斯《诗学》，哈里科夫，1923 年（И. Я. Айзеншток, И. Я. Каганов. Указатель работ по поэтике на русском языке（1900—1922）// Р. Мюллер-Фрейнфельс. Поэтика. Харьков, 1923.）
4. 罗戈文 В. 20 年代思想—美学讨论（文献资料）//《苏联美学思想史》，莫斯科，1976 年（В. Роговин. Идейно-эстетические дискуссии 20-х годов.（Библиографические материалы）//Из истории советской эстетической мысли. М., 1967.）

5.《苏联文论与批评，俄苏文学（一般性成果）书籍和1917—1962年论文》，莫斯科，1966年（Советское литературоведение и критика. Русская советская литература.（Общие работы）Книги и статьи 1917—1962 гг. М., 1966.）
6.《诗学，国立艺术史学院语言文字艺术系年报1-У1》，列宁格勒，1926—1929年（Поэтика. Временник Отдела словесных искусств Государственного института истории искусств. 1-У1, Л., 1926—1929.）
7. 艾尔里赫B.《俄罗斯形式主义：历史与理论》，圣彼得堡，1996年（Эрлих В. Русский формализм: история и теория. СПб., 1996.）
8. 艾尔里赫B. 诗学语言研究协会的遗产 //《语文学》，1992年，第5/6期（Эрлих В. Наследие ОПОЯЗа//Филологические науки. 1992, 5\6）

与本专题相关的问题

1. "形式主义者"理解中诗学的基本原理是什么?
2. 为什么"形式主义者"对"普希金是否吸烟"（O. 布里克语）这一问题不感兴趣?
3. 作为新学科语言的诗学语言研究协会的术语体系（"陌生化""框架""故事""刹车""踩踏"）。
4. 艺术的故事—材料和情节—叙事功能是什么?
5. 如何理解将艺术作品定义为"技巧的总和"？
6. "形式主义者"发现艺术作品组合轴的意义何在?
7. "形式主义者"是如何理解"艺术材料"的? 用这些材料是如何"做成"艺术作品的?
8. 如何理解什克洛夫斯基所讲的"结构就是材料之间的关系"？
9. 术语"主导"的意思及其启发式潜力。
10. "形式主义者"的哪些思想在结构—符号学派的著述中得到了新的诠释?

第四章

Б. В. 托马舍夫斯基关于辞格的学说

鲍里斯·维克多洛维奇·托马舍夫斯基（1890—1957）进入俄罗斯语文学史首先是作为文本学家、普希金研究者和18世纪俄法文学关系研究者。1912年他在列日大学获得工程师文凭，但后来对文论产生了兴趣，并成为20世纪最伟大的诗学领域的专家之一。作为一名文学理论家，Б. В. 托马舍夫斯基特别重视韵律学、文本学、诗学和修辞学。他的讲座课程1925年收录在教材《文学理论，诗学》中），教材在后来的40年间又数次再版。该教材至今仍然是对诗学和修辞学基本概念（特别是修辞格、结构、主题、中心思想和情节问题）最好的描述之一。托马舍夫斯基的学术活动是围绕着"形式主义学派"提出的问题的学术争论展开的。作为该学派的积极参加者之一，他敏锐地感觉到，"除诗歌本身以外"，语言中有着和诗歌中同样的一切。作为学者的托马舍夫斯基的著述研究了将"诗歌"与"语言"分开的诗学，并研究作为系统描写艺术文本参数的诗学，以此建立关于诗歌语言的科学的问题。

显而易见，"形式主义者"们自己的任何一个文本都不能完全说是包含了他们的理念。部分原因在于，"形式主义"在方法论上是不尽相同的，它与其说是一种理念，不如说是一种产生了众多不同方法和理念的科学原理。这些方法和理念的产生有时是由于"形式主义者"们本身之间的分歧所引起的（比如，一些人否认 В. М. 日尔蒙斯基有权被称为"形式主义者"，指责其"折中主义"）。很显然，托马舍夫斯基的书没有任何清教徒的纯洁，因为他把一切现代的和有趣的东西，把文论中已经做过的一切汇集在一起，自然，从作者的角度看，其学术倾向是清晰可见的。托马舍夫斯基的书的优点在于，他同时完成了两项任务：将文论中重大的成就汇总到一个文本中，概括了形式主义者的成就，以此第一次在形式上确立了诗学这门关于文学的学科的诞生，他同时开创了关于作为艺术形式产生基础的自然语言词汇语义转换的修辞格的学说。托马舍夫斯基特别重视基础的、根本的概念，如文本、形式、修辞格、艺术符号，将这种方法的任务置于艺术文本中，它有助于消除艺术文本接受中的变异因素，将那些可以验证和记录在文本各种阅读中不改变自己意义的规律呈现在其结构中。值得注意的是，这种“学术纯净”的要求是“形式”美学的要点之一，该要求已进入 P. O. 雅各布森所写的《布拉格语言小组论文摘要》的文论部分。

直至今日，即便是在“神话学者们”“结构主义者们”修改或替代了其中的一些观点之后，该书仍未失去其价值。至今托马舍夫斯基的公式和定义在文论的许多著作中都可以见到，指明出处和未指明出处的都有，有时是不自觉地引用（从第三方的文本中获得）。书中关于一般文学理论和诗歌分析的几个章节尤为意义重大。“固定的文字结构”这一理念是以托马舍夫斯基关于“小说”的认识为基础的。“固定的文字结构”是以重复使用时不失去其初始意义的言语构成形式出现的（当然，托马舍夫斯基实时地规定，在诗歌的即兴创作时文本可以是不固定的）。诗歌 / 小说和小说 / 非小说这两种平行的对立应该描写作为构建艺术（诗歌）作品规律系统意义的诗学的对象；对非文学文本而言，修辞学起着类似的作用。由托马舍夫斯基构建“文学理论”的第三个基础点就是将诗学与作为建立“正确的”艺术作品的规范和规则总和的所谓“规范诗学”分离开来。当然，科学诗学与规范诗学就像假设之于教条一样，相去甚远。托马舍夫斯基方法论的强大之处在于他竭力摆脱偏见和学术教条。一个富有成效，但至今未彻底研究透的假说也是由他提出的：视觉形式在文学文本接受时就像在其创作时一样起重要作用。引脚的变化，分段，用破折号分行——“这一切都为建立作品接受提供了基础的视觉指引”，他这样写道。一些诗人，比如，A. 别雷，有意识地将词在页面的空间排列（科季克·列塔耶夫）。这种探索在欧洲当时很流行。托马舍夫斯基指的是，比如，于 1923 年在巴黎出版，“由一组异想天开的引脚组成”的伊利亚·日丹诺维奇的书。许多作家（普希金、陀思妥耶夫斯基、马雅可夫斯基、皮利亚克等）在文学作品创作中积极使用图示形象。托马舍夫斯基作为一名仔细研读几乎所有文学理论和文学史重要著述（日尔蒙斯基的、艾亨鲍姆的、季马费耶夫的、雅各布森的等等）并撰写详细评论的学者，在俄罗斯关于文学的科学的历史上占有独特的位置。

在发展由形式主义者制定的、关于用特殊的诗学语言写就的艺术作品文本的学说的同时，托马舍夫斯基发展了对诗歌词汇和诗歌句法的科学认识，在诗学词汇和诗学句法交汇中发现了语义上与其原来的所有意义有着各种不同变化的艺术符号。在描述诗歌词汇时，托马舍夫斯基向我们强调，具有一定意义的单个的词只有在人为的形式中，即字典中才能见到，同时词的真正意义只有在上下文中被其他词包围时才能找到。因此，诗歌语言中的“句法”问题和“词汇”问题紧密相连，事实上，讲的是同一个对象，即来自不同方面的艺术符号。词与词之间形成相互的语义背景，这种背景随着参与其中的每一个词的变化而变化，托马舍夫斯基将这种词组称为“词汇环境”。词偏离习惯性意义的程度可低可高：第一种情形我们称为因“重复的日常状况”而产生的“刻板的语句”（套语），托马舍夫斯基写道。在第二种情况下，我们摆脱了习惯性意义，将词引到对它而言不同寻常的词汇环境中，以此产生不同寻常的联想。对于托马舍夫斯基而言，文学过程是“文字联想更新”的过程，而且，可以在该道路上运用句法（更改词汇环境）和词汇（利用具有不同寻常意义的词）。我们所研究的每一位作者的诗歌语言都具有各种不同的特征。这些特征是什么取决于在建立艺术形式时作者究竟使用所描写手段中的哪一些。

托马舍夫斯基所概述的诗歌辞典的主要部分“被指为是用于更新艺术结构的几种类型的词”。这些词包括从陌生的、异常的语言环境中提取的粗俗词。最常见的选择是运用具有相似意义的外来词替代俄语词。在密集使用粗俗词的情况下，诗歌言语被称为“通心粉式的”言语；19世纪初流行的“法语与许多俄罗斯贵族那些年用来讲和书写的下诺夫哥罗德的混合语”就具有这种特性。同样是来自这种语言口语方式的方言也属于这一类型：历史词，即已经不再使用的词的用法；新词，即从前不存在的编造的词。后者的许多例子包含在 B. 赫列勃尼科夫的诗歌中（比如，“будетлянин”一词）。小说词指那些在“诗意的”编码框架内与世俗的“非诗意的”语言使用范围有关的词。它们暗示着明显违背时代某些诗歌词汇传统，暗示着在该词汇中引入的对它而言不同寻常的语言单位。在积极使用小说词时“风格化言语”效果形成了，比如，在 H. C. 列斯科夫的《左撇子》或 И. 巴别尔的《骑兵》中。托马舍夫斯基将隐藏的引文也归纳至此。他发现，“就诗学功能而言，词汇选择类似于引文”。但仍然使人遗憾的是，这一极为强大的假设仍处于混乱之中，与此同时，后来后结构主义和 Ю. М. 洛特曼、П. 托洛普按他们的方式在其内文（интекста）理念中发展了这一思想。

在关于“诗歌语义”特性的章节，托马舍夫斯基分析了艺术文本中词和上下文相互作用的各种变体。在他所选择的上下文中，词意改变的主要类型是隐喻、修饰语、寓言、借喻和迂回法。应该指出的是，存在修辞格的各种分类，其中的选项在两个（隐喻和借喻）到非常多个数量。为了描述自己对修辞格的描写，托马舍夫斯基运用了“词的直接意义”/修辞格（作为词的非直接意义，“它的转义”）的对立。在这种类型学中，隐喻被描写为与所指事物具有间接相似之处的词，这是要读者去猜测；猜测会引起更新意义的效果。他列举了一个词组作为例子：“东方燃烧着新的黎明”，在此“燃烧”是动词隐喻的例子，尽管这类修辞格也可以建立在名词基础上，建立在形容词基础上的也特别多。隐喻的共同特征就是汇聚直义和转义，更准确地讲，是通过用转义改变直义而形成意义。修饰语被托马舍夫斯基解释为与术语对立的词，具有某种不受语义变化控制的严格意义的词，但同时在修饰语中，通过对其附加另一个词（名词、副词、形容词）使严格固定在其语义中的词失去平衡状态。它能揭示或更新所描写的对象的某种特征或某个方面。这样一来，词的含义发生变化或被赋予新的含义，比如；“神秘的远方”“呼吸凉爽”。从将隐喻视为形成“新的”“意想不到的”意义这一认识出发，托马舍夫斯基将讽喻定义为一种“表现在语言文字运用中的现象的有条件连接”的修辞格。显然，该修辞格的特性与文字符号的象似性（图像动机）息息相关。例如，“心”表示“爱”，“十字”表示基督教信仰，锚表示希望等等，就如后来Ю.洛特曼所写的那样，“天平”可以表示“正义”，而“马车”却不能。尽管讽喻具有象似性，但它也具有在文化代码中以稳定的语义联系形式固定下来的常规意义。

托马舍夫斯基将所有上述修辞格归属于隐喻变体。关于修辞格的学说的第二部分是转喻。转喻是由以下事实决定的，即某种与该词以因果关系“或其他客观联系”相连的事物置于“直义”和新的“转义”之间。转喻的例子通常表明用事物部分代替事物整体，用事物的元素呈现其整体，用所包含的东西呈现内容，例如，“喝一杯”表示喝杯子里装的东西，“买了三瓶啤酒”表示买到的是啤酒，而不是瓶子，如此等等。经常用地理名称替代位于那里的国家机构，比如，“梵蒂冈政策”等等。显然，这种类型的语义构成是非常多样化的，因此托马舍夫斯基不愿进一步细分。在这一类型框架内他提到了利用数量关系的提喻，即“用整体代替部分或用单数代替复数”。很明显，提喻是转喻的变体，所以托马舍夫斯基不愿寻找它们之间的界限。在此，转喻的本质与讽刺的起源有关，在这种以方法为基础的“替代”类型中可以发现一种意义的“降低”：用谴责代替赞美，用咒骂代替赞美。例如，“哎呦，你这个无赖”表示温柔的感谢。至于迂回辞格，它比提喻或讽喻更有权充当诗歌公式中单词意义转换的第三种类型。如果说在隐喻中间接的表示主要的，而在借喻中部分或属性代替整体，那么在迂回辞格中则是用词代替其描写，在其中不存在固定在字典中的符合语言规范的应该表示该现象的那个词。在“20世纪卡尔·马克思降临到俄罗斯”这一表述中，卡尔·马克思的名字表示的是其学说，当讲到“关于拉斯柯尔尼科夫的故事的作者”时，我们指的是Ф. М. 陀思妥耶夫斯基。托马舍夫斯基指出，迂回的音节在文学史上时而爆发，时而沉寂，例如，在古典主义诗歌中被尊为典范；我们还想补充的是，在1920—1930年代社会主义现实主义的诗学中也是如此。

在描写诗歌句法时，托马舍夫斯基指出了句子中单词组合的五个参数，这些参数是形成“诗学语法”的基础：一致（一个词从属于另一个词）、句子中的词序、句法结构的常规意义、语音（和语调）、结构的心理意义。这些参数中的每一种都具有固定在语言—文化代码中的一定传统，也预示了各种不同作者的具体创作实践中对这一传统的违背。改变一致规则（“1”），改变句子中的词序（“2”），用疑问式表示肯定（“3”），用斜体或作者的标点符号引起读者对这个或那个词的注意（“4”），发音时将逻辑重音转移到这个或那个词上（“5”）——这些都是故意违反句法规范的例子，这些例子在致力于艺术形式探索的作家作品中非常典型。

除了极为清晰的诗学词汇和诗学语法理论外，托马舍夫斯基确定了关于文学的科学根本概念方面的某种状态。这些根本概念包括：中心思想、故事、情节、主题。

托马舍夫斯基将“中心思想”理解为文学作品中所讲的东西，同时，主题思想是作品单个元素意义的统一：“可以谈论整个作品的中心思想、单个部分的中心思想”，托马舍夫斯基这样写道。换言之，这里讲的是语言世界图景的某一个部分，作家将之作为形成自己作品空间的材料。例如，А. И. 索尔仁尼琴《癌症楼》或者М. А. 布尔加科夫《狗心》的医学主题。中心思想以此在初级层面上总结归纳语言文字材料。托马舍夫斯基指出，在选择主题时，作者希望找到“现实主题”以确保读者对文本的关注，这种愿望非常重要。有时作者在序言中（Ф. М. 陀思妥耶夫斯基有时这么做）或者在结语中（比如А. С. 普希金在《叶甫盖尼·奥涅金》中）宣告自己主题的选择，捍卫这种选择并强调主题的重要性。

“故事”指“作品中所描述的相互联系的事件的总和”。“简言之，故事就是‘实际上发生的事’”，情节是“读者是如何了解这个的”。“情节”在这个参数上与“故事”对立。“主题”是作品不可分割的中心思想。在该意义上，当然，“每个句子都拥有主题”。托马舍夫斯基发展了维谢洛夫斯基就已提出的“主题是作品不可分割的一部分”的理念，根据两个特征将之分为“有联系的”主题和“没有联系的”主题（前者指不违反作品故事基础就不能省略的主题，而后者指不违反故事可以删除的主题）以及动态的（改变情节的情形）主题和静态的（不影响情节的情形）主题。必须承认，托马舍夫斯基所描述的经典术语远未用尽其学术资源，这些学术资源被运用，更新，补充修改，并保留其根本的基础（试比较：“主题分析”的现代理念）。当然，并非Б. В. 托马舍夫斯基《文学理论》中的一切都是无可争辩的。不论是作为俄罗斯文论中所创造的好的诗学教学手册，还是作为一直以来的批评对象，它仍然处在人们关注的中心，进而为科学讨论奠定基础。今天，托马舍夫斯基关于“现实的言语与文学言语之间没有牢固的界限”的断言比以往任何时候都更具现实意义，这在布拉格语言学小组和塔尔图学派学者的著述中已经清楚地显示出来，但却遭到“后结构主义”理论家们的驳斥。

相关文献与问题

Б.В.托马舍夫斯基的主要作品

1. 《普希金》第 2 版，莫斯科，1990 年（Пушкин. 2-ое изд. М., 1990.）
2. 《修辞学》，教材，第 2 版，列宁格勒，1983 年（Стилистика. Учебное пособие. 2-ое изд. Л., 1983.）
3. 《作家与书，文本学札记》，列宁格勒，1928 年，第 2 版，1959 年（Писатель и книга. Очерк текстологии. Л., 1928, 2-ое изд. 1959.）
4. 《修辞与作诗》，列宁格勒，1959 年（Стилистика и стихосложение. Л., 1959.）
5. 《诗歌与语言，语文学札记》，莫斯科—列宁格勒，1959 年（Стих и язык. Филологические очерки. М.-Л., 1959.）
6. 《诗学简易课程》第 3 版，莫斯科—列宁格勒，1930 年（Краткий курс поэтики. 3-е изд. М.-Л., 1930.）

Б.В.托马舍夫斯基作品参考书目

1. Б.В. 托马舍夫斯基印刷作品目录（В. В. 扎伊泽娃编）《列宁格勒大学学者笔记》第 261 期，语文学系列，第 49 辑，列宁格勒，1958 年（Список печатных работ Б. В. Томашевского（сост. В. В. Зайцева）. - Уч.зап. ЛГУ. N 261, серия филол. наук. Вып. 49. Л., 1958.）
2. Б.В. 托马舍夫斯基论语言与风格著作参考书目，收录于其书籍《诗歌与语言，语文学札记》中，莫斯科—列宁格勒，1950 年（Библиография работ В. В. Томашевского о языке и стиле. - В его кн.: Стих и язык. Филологические очерки.

М.-Л., 1950.）

有关 Б.В. 托马舍夫斯基的作品

1. 托马舍夫斯基与莫斯科语言学小组 //《符号系统论著》，第9卷，塔尔图，1977 年（Томашевский и Московский лингвистический кружок. // Труды по знаковым системам, 9. Тарту, 1977.）
2. 纪念 Б. В. 托马舍夫斯基（1890—1957）《普希金之家手稿部公报》8，1957 年（Памяти Б. В. Томашевского（1890—1957）. Бюллетень рукописного отдела Пушкинского дома. 8. 1957.）

隐喻理论（当代成果）

1. 莫斯科文 В. П.《俄语隐喻，语义·结构·功能分类》，伏尔加格勒，1997 年（Москвин В. П. Русская метафора. Семантика, структура, фукнциональная классификация. Волгоград, 1997.）
2. 切尔奴辛娜 И. Я.《诗学言语思维》，沃罗涅什，1993 年（Чернухина И. Я. Поэтическое речевое мышление. Воронеж, 1993.）
3. 巴拉绍娃 Л. В.《隐喻的历时性》，萨拉托夫，1998 年（Балашова Л. В. Метафора в диахронии. Саратов, 1998.）
4. 克留科娃 Н. Ф.《隐喻化手段与文本理解》，特维尔，1999 年（Крюкова Н. Ф. Средства метафоризации и понимание текста. Тверь, 1999.）
5. 克留科娃 Н. Ф.《隐喻学与文本的意义组织》，特维尔，2000 年（Крюкова Н. Ф. Метафорика и смысловая организация текста. Тверь, 2000.）
6. 伊万纽克 Б. П.《隐喻与文学作品》，切尔诺夫策，1998 年（Иванюк Б. П. Метафора и литературное произведение. Черновцы, 1998.）
7. 艾特金德 Е. Г. 隐喻 //Е. Г. 艾特金德《关于诗歌的谈话》，莫斯科，1970 年（Е. Г.

Эткинд. Метафора. //Е. Г. Эткинд. Разговор о стихах. М., 1970.）
8. 乌斯宾斯基 Б. А. 语言学研究中风格的符号学问题 //《符号系统论著》，第 4 卷，塔尔图，1969 年（Успенский Б. А. Семиотические проблемы стиля в лингвистическом освещении // Труды по знаковым системам. 4. Тарту, 1969.）
9.《隐喻理论论文集》，莫斯科，1990 年（Теория метафоры. Сб. ст. М., 1990.）
10. 叶尔米洛娃 Е. В. 世界的隐喻化与 20 世纪诗学 //《语境》，1996 年，莫斯科，1977 年（Ермилова Е. В. Метафоризация мира и поэзии XX века. // Контекст 1996. М., 1977.）
11. 阿鲁玖诺娃 Н. Д. 生活与文化语境中的形象、隐喻、象征 // Res philologica.《语文学研究》，莫斯科—列宁格勒，1990 年（Н. Д. Арутюнова. Образ, метафора, символ в контексте жизни и культуры. // Res philologica. Филологические исследования. М.-Л. 1990.）

Б. В. 托马舍夫斯基作品参考书目

1. Б. В. 托马舍夫斯基印刷作品目录（В. В. 扎伊泽娃编），《列宁格勒大学学者笔记》第 261 期，语文学系列，第 49 辑，列宁格勒，1958 年（Список печатных работ Б. В. Томашевского（сост. В. В. Зайцева）// Уч. зап. ЛГУ. N 261, серия филол. наук. Вып. 49. Л., 1958.）
2. Б. В. 托马舍夫斯基论语言与风格著作参考书目，Б. В. 托马舍夫斯基，《语言与风格，语文学札记》，莫斯科—列宁格勒，1950 年（Библиография работ Б. В. Томашевского о языке и стиле //Б. В. Томашевский. Стих и язык. Филологические очерки. М.-Л., 1950.）

与本专题相关的问题

1. 诗歌语言：词汇与句法。

2. 托马舍夫斯基文论理念中的情节与故事。

3. 托马舍夫斯基理念中隐喻的归化机制。

4. 借喻与换喻——相似与差异。

5. 诗学与修辞之间的相同之处何在？不同之处何在？寓言的语义是什么？

6. 逻辑定语与修饰语。

7. Б. В. 托马舍夫斯基理念中辞格理论的主要参数。

8. 辞格的交际与诗学功能关系问题：语言与诗学隐喻。

9. “讽喻”形式的神话意象隐喻形式来源。

10. 相似与差异：修饰语与隐喻，讽喻与借喻。

11. “讽喻”与“拟人”的诗学—修辞资源。

12. Б. В. 托马舍夫斯基理念中的隐喻和转喻是什么？

13. 请解释托马舍夫斯基提出的“体裁是技巧群”的定义。

14. Б. В. 托马舍夫斯基文论理念中的情节与故事。

第五章

Ю. Н. 蒂尼亚诺夫及其“文学事实”概念

Ю. Н. 蒂尼亚诺夫（1894—1943）是20世纪著名作家和杰出的语文学家，1918年毕业于彼得堡大学历史—文学系，是著名的C. A. 文格洛夫讨论小组的成员（“形式主义学派”许多其他参与者也来自该小组）。

蒂尼亚诺夫1921—1930年间为俄罗斯艺术理论研究所正式成员和教授。20世纪20年代初他成为诗歌语言研究学会主要理论家之一，作为一名文学评论家，专攻B. 丘赫尔别凯的创作。20世纪20年代他撰写了一系列充满才气的历史小说。这些小说给他带来文学声誉。20世纪30年代他从事电影编剧和理论家的工作，后来主要从事文学活动。

蒂尼亚诺夫在文学理论发展中的贡献难以估量。形式主义的许多思想正是在他的表述中才被一代又一代研究者理解和接受。蒂尼亚诺夫的学术创作灵感源自这样一个任务：搞清楚“语言文字”“文学”和“诗歌”的相互区别；找到科学对待语言文字创作的方法，从而明确文论（诗学）作为特殊科学存在的前景。在这条道路上他指责文论家们对相关学科方法，特别是历史学和心理学方法的“走私式”运用，谴责学术折中主义和用对现象的简单编目取代分析的经院“形式主义”。他认为需要一种新方法，其含义应该由该学科的研究材料的本质特征决定。蒂尼亚诺夫在自己的著述中，特别是在“文学事实”和“论文学的进化”这两篇文章中对新学科给出了一系列精彩的定义，从而预测和安排了几代研究者的研究工作。

在注意到概念“语言文字”与“文学”、“主人公”与“个性”、“诗歌”和“一首诗”之间本质上的不一致时，蒂尼亚诺夫通过引入被他称为“文学事实”的统一原则，证明在术语的混乱中恢复秩序的必要性。他的指导思想是试图确定科学研究稳定而清晰的对象，以帮助文论家在属于自己的科学领域建立科学，该科学领域的结构和特点在现代文学及其存在的历史动态背景下是上述成果研究的主题。

蒂尼亚诺夫运用二元对立原则探讨作为自然与“日常生活”（“非文学”事

实）对立现象的“文学事实”。文学 / 日常生活的对立成为蒂尼亚诺夫理念构建的根本基础，而且事实证明，这两个语义系统在其边界上的接触成为了新文学现象产生的基点。所产生的文学事实之后会从其产生的地方，从“边缘”转向文学“中心”。这种转移，显然，就发生在一代人的眼皮底下。他们清楚地看到某种体裁、某种主题或文学类型是如何从新颖和新鲜的领域走向历史和过时的领域，变成文学套话或陈规。同时，仿佛早已被遗忘的那些体裁、文本或作者推翻了似乎已经被最终认可的权威们，突然出现在时代读者关注的中心。蒂尼亚诺夫发现社会学派的文论家所描写的“文学进步”是与“历史现实反映”无关的“创新者”和“守旧者”之间的某种动态关系，他们将文学进化表现为正在死亡或死亡了一段时间的文学事实，与新的、刚刚建立或从被遗忘中复活的文学事实永恒的斗争：“高雅的诗歌可以被轻松的童话故事取代，崇高的主人公……可以被平淡无奇的主人公取代，故事被推到一边。”

从前，在将文学理解为一个特殊的动态过程之前，实际上研究的不是文学的进化，而是文学“修正过程”，重点关注一些文本、一些特征，整体上忽视整个系统。蒂尼亚诺夫提出了描写文学历史进程的新思想。他将文学进化理解为遵循一定规律的文学事实不断相互运动，相互变位，新形式出现（例如在文学和“日常生活”交界处）以及旧形式消亡的整体永恒过程。还有一个事实也得到了新的解释，那就是（“经典”）文本一直处于文学进程中心，文学史学家们早已发现的其他现象也得到新的解释。在蒂尼亚诺夫的理念中“流动的”不仅仅是文学的语义边界，其边界部分，还有“中心”本身“不是有一个初始的、延续的文学之流在其中心运动和进化，而新现象只是在其侧面涌动。这些最新的现象恰恰是处在中心位置，从中心向边缘移动”①。

蒂尼亚诺夫理念的优点在于，他证明了不仅文学文本本身，而且整个文学时代，都根本不是一个固定的僵化的图示，而是在不断运动、进化、发

① Ю. Н. 蒂尼亚诺夫，文学事实 //Ю. Н. 蒂尼亚诺夫，《诗学 · 文学史 · 电影》，莫斯科，1977，第 257 页。

展。不能不指出，在此蒂尼亚诺夫进一步推进了从事“叙事图示”描写的形式主义的传统理念。文学审美方面的许多现象，像“大众文学”“表意主义”“文学规范”等在蒂尼亚诺夫的理念中得到了一致而清晰的解释。例如，如果说当代艺术家在美学概念“新”和“好”之间划等号，那么就会出现一个“所有的诗人都写得很好”的时代。在这种情形下，创新者，未来被公认的天才按其同时代人的观点，将会写得“不好”。新诗人总是用社会品味自动更新形式，这实际上在普通读者感觉上是一种审美“错误”。新诗人的创新实际上不仅仅是一种简单的未被认识的作者的“个人主动性”，还是由他在他所处时代文学中美学上的否定和“转变”决定的。

蒂尼亚诺夫在文学进化发展进程中概括了新文学形式运动的以下几个标准阶段：

——提出与已被接受的（自动的）文学经典背道而驰的新的建设性原则；

——该新原则寻求用途，建立形成这一原则的文本；

——该原则赢得越来越新的追求者，得到传播，成为文学“机构”；

——该原则自动形成，在这一过程中停止完成诗学功能，并且引起文学结构的对立（审美上与自己敌对的）类型。

蒂尼亚诺夫列举“自然学派”（19世纪40年代）的历史作为例子。该文学流派的出现是作为对19世纪20年代文学生活中占统治地位的浪漫主义模式审美的回应。这一回应积极转变了它所产生的文本中的审美“主导”。同时，作为对社会化“自然学派”破旧教条的反应，19世纪50—70年代出现了俄罗斯意识形态小说。80—90年代俄罗斯文学的反教条主义倾向（比如А.П. 契诃夫）与克服俄罗斯小说意识形态独裁主义有关，小型的文学形式开始替代俄罗斯经典小说特有的大型文学形式。大型文学形式在社会规范框架内自动化的同时，强调小型文学形式的审美优势，然后相反，19 世纪 80 年代俄罗斯古典小说的衰落引起了短篇和中篇小说体裁的繁荣。在蒂尼亚诺夫所描写的这一过程中没有某种类型的文学形式对其他形式而言的脱离历史的绝对优势可言：死去的旧形式的任何不规则都可以成为其更新产生新形式的瞬间。文学在其积累的文学形式中，在日常生活中也可找到这些能产性的“不规则”。日常生活的语言文字形式进入文学中，然后有时又重新回到日常生活中。例如，在 15 世纪末，书信从日常生活现象成为文学现象，直到 19 世纪中期，书信体叙事形式成为文学规范。相反，颂歌那些年从文学领域的中心位置走向日常生活，成为官方宴会仪式上赞美诗的主要体裁。

在反驳被理解为“进步”的普遍接受的文学史“平面”图景时，蒂尼亚诺夫证明，文学事实从根本上讲是多样化的，同时作为结构特征与文学和日常生活材料不同层次融合的形式具有无限的多样性。历史沿着自己特有的一定轨道表达文学现象，有时主流变弱，而“侧面的流变”变成主要的。作者的名字和 / 或笔名、组织人物名字的语义方法、小说或诗歌的体裁、文学和日常生活语言文字的现象、作品的名称等，这一切提到和未提到的文学现象出现在文学时代的生活背景中，相互决定自己未来的命运，相互推向“边缘”，吸收“日常生活语言文字”的能产性成分。

文学作品本身不是时代文学喷发永远冻结的“熔岩”，而是在根本上的创新性审美表达，并在以书面形式固定下来的过程中成为“动态的言语结构”。从中可得出一系列重要结论：文学审美对象原来并不是由单独的词组成的，就像建筑群与其建筑材料不一样。蒂尼亚诺夫是最早证明艺术整体是由各种不同成分构成的人之一。这些不同成分彼此处于复杂关系中，而词的关系在其构成的上下文中获得了根本不平等的性质，其中一个时刻具有特别的意义，并且在其他成为额外成分的背景下凸现出来。这时文学材料“由于凸显的结构”成分而被定义为形式的从属成分。诗歌形式的这种突出成分就是节奏，在小说中语义群组所起的作用更为重要。很显然，在艺术作品中根本没有非结构性材料，因此“材料”“形式”的对立性不能成为分析文学文本的基础。

可见，文学作品根本不可能被归结为标准语，而且蒂尼亚诺夫确信，文学以一种自然而然的方式与属于“日常生活”的标准语规范对立。文学言语系列逻辑上和审美上与日常生活言语相关，而且只有在这种背景下才被我们认可为“文学的”。将文论的理解归属到对文本中所运用的言语形式的分析类似于将植物的果实归属到其生长的肥料。文学存在过程中最重要的“言语功能”在蒂尼亚诺夫的“文学事实”定义中是摆在第一位的。充满了智力活动各种各样后果的日常生活是一种特殊的“土壤”。对于从包含在“言语生活”的要素组合中培养起来同时既对立于日常生活，又对立于现存文学规范的新的文学形式，它是真正有营养的基础。蒂尼亚诺夫将文学进化理解为既定的“生活”和既定的“文学规范”之间，即在文学进程的审美“边缘”产生的新形式的一种不断契合的过程。未包含审美实现内部可能性的旧的文学形式被更新，与“日常生活”接触并在其中找到实现自己的意义和审美价值的新的力量。文学与日常生活的关系是一种特殊的永恒的吸引—排斥的关系，在其中不可能有完全的分割，也不可能有完全的归并。

文学对日常生活（社会审美规范）的反向扩张过程也引起了蒂尼亚诺夫的关注，例如与诗人“文学个性”有关的拜伦抒情诗的主人公。这些主人公在普希金的叶甫盖尼·奥涅金之类实践19世纪初充斥欧洲的“拜伦式个性”的现实生活模型中复活。在某些历史时期，文学传记或文学声誉成为伪经文学的一种形式，被证明是其时代日常行为文化的组成部分（例如，19世纪60年代与И. С. 屠格涅夫小说有关的“巴扎罗夫现象”）。在延续关于文论研究材料（艺术文本）“外部”思想的同时，蒂尼亚诺夫提出了关于作为单独的，但与非文学审美和交际形式紧密相连的“文学事实”的概念。在自己探讨这一主题的著述中，他解释了文学和非文学现象之间明显界限的含义。这种界限普通读者在经验层面也能清楚地感觉到。

根据蒂尼亚诺夫的观点，关于文学的科学存在本身只有在认可文学文本和整个文学过程为“系统”之后才可能。在其他方面，文学变成了“不同现象和系列的混乱”。构成文学文本的所有元素都相互关联，处于相互作用之中。正是这个赋予文学文本一种完整性，没有这种完整性就不可能产生某种严肃的比较分析。由文化—历史学派发展的关于作者和文学风格的“传承性”和相互“影响”的论点需要在本质上精确化。在指出这种“影响”的非直接途径时，蒂尼亚诺夫巧妙地将之与“叔叔传给侄子”的继承比较，但绝不像是“父亲传给儿子”，后者通常赋予现象非文学的进化，是快速老化的文学规范的停滞不前。这些文学规范产生了众多像是一定审美规范的近亲“孩子”一样的模仿者。

在蒂尼亚诺夫的著作中清楚地界定了，如果不分清文学现象的进化和起源，那么文论就会走向幼稚的历史主义或传记主义，这实际上已被大量例子所证实。文学作品具有整体性，有其与“文学生活”的外部世界接触的边界。与此同时，蒂尼亚诺夫说，艺术文本不是一个静态的整体，而是一个“不断发展的动态整体”，其中作品的每一个元素都集成到文本整体中。通过某种“手段”的文学规范的现实组织，艺术家建立新的动态结构，而且“新形式”的建立根本不一定与新词或新节奏的建立有关，有时“新结构的所有本质可能在旧手段用于其新结构意义的新用法中”。关于文学文本具有艺术意义的思想将蒂尼亚诺夫引向形式主义者的标准学术理念之外，完全将他带入文学文本的结构符号学理解。

另一方面，作为不断发展的历史系列的对立面，高级文学现象（“文学时代”）也不是严格固定的现象。在文学存在的每一个时刻各种新旧文学现象之间都不断进行着激烈的斗争。由此可见，不存在文学现象之间绝对的相互孤立，每一种艺术作品以此有机地进入整个文学体系（在“现代民族文学”，或“民族文学”，或“世界文学”层面）。源自同时代的文学作品发生变化，获得各种新的本质特征、不同色彩，有时甚至失去自己的体裁和含义。它实际上变成了另一个作品，因为其功能在围绕它的文学环境中发生了根本变化。文本的这种语义转移引发文本内部功能调整，直到取代其艺术主导作用。

除了提出描写文学文本产生和历史存在的新理念外，蒂尼亚诺夫还提出或澄清了关于文学的科学的几个新概念，它们后来在俄罗斯文论中被广泛运用。在考虑到美学“变形”（意义转变）是形成艺术表达的主要手段的同时，蒂尼亚诺夫借助这一术语描述了小说与诗歌之间的根本差别。如果说在诗歌中我们观察到“声音的作用使意义变形”，那么在小说中，恰恰相反，发生的是意义作用下声音的变形。在诗歌中可以观察到一种“言语材料的拥挤”，诗歌单位是由这一统一和紧密的诗歌系列构成的。言语材料在此获得一种特殊的活力，言语过程成为“连续的”过程。蒂尼亚诺夫将诗行与相片做比较，指的是它的简洁、统一、相对的语义封闭性和动态性。在这一理念框架内诗歌和小说体裁的相互作用被解释为文学文本构成方式的变化和相互作用。这种“变形”的某些语义上突出特征的汇集，蒂尼亚诺夫称之为“主导”，正是这个主导确定了该文本结构的典型特征，而且可以与其他特征进行对比研究。借助于“主导”，作品获得文学功能，与此同时，在它所有周围的文学范围背景下找到自己的不同之处。

蒂尼亚诺夫理念的另一个基本术语是“安置”。它被理解为一种审美上的一定的“声音的设置”，借助于此形成对事件描述的伦理—审美视角。“安置”不仅仅是一种叙述方式或风格，而且也是一种独特的作者的言语自我意识，它形成于其文本与所有以往文本的一系列明显的风格差异中。这是一种特殊的作者个人的文本（一组文本）的配色方式。根据蒂尼亚诺夫的观点，关于“安置”的概念帮助文学史学家理解该文学现象在一系列其他文学现象中的位置，将该文学现象与对它而言必不可少的文学系列联系在一起。文学进化本身可以被视为规范的不断变换，其中“安置”是作家的某种手段，借助于该手段现有的文学规范受到修正和审美挑战。

蒂尼亚诺夫对文论是否可以成为完整的学科做了大量思考。他在这些思考轨道上所做的方法论观察直至今日仍然具有现实性。文论从“殖民地强国”的地位向“自治”的转变只需建立起对文学现象不可替代、不可还原到另一种方法的方法就可以完成。此外，必须有被学术界普遍接受的精练的术语，以及一定水平的所获得结果（试验的可重复性）的可靠性（可检验性）。蒂尼亚诺夫提出可以成为组织科学基本开端的系统性观点，以此作为构建真正文学理论的基础。这一系统性可以站在所考虑的事实的“相关性”上：这里出现了二元对立方法，结构符号诗学中后来极为广泛地运用该方法。蒂尼亚诺夫认为，任何从该体系中抽离的个别成分，在任意提取的上下文中孤立地看待它们的尝试，都是相当于试图使一个机制与另一个机制的细节相适应，同时忽视该细节在其自然语境中的功能。只有研究文学事实的某种“差异性”，才能在分析文学作品时给出真实的结果。另一方面，只有当意识到存在于文学文本现代生存点与现代性生活语境和其机构（共时和历时）的某些元素进化的深刻差异时，才有可能完整地看到文本的艺术语义。

蒂尼亚诺夫的主要学术贡献在于，他将文学文本和整个文学整体上描述为相互间动态联系的各元素之间关系的系统。因为任何试图忽视这一情况的尝试（例如，这发生在Д. Н. 奥夫相尼科－库里科夫斯基的心理—历史文论或А. Н. 佩平的文化—历史学派）都会导致结论的严重扭曲和直接错误。任何文学事实的存在都可以通过分析在整体构成中某种语境层面的功能得到解释（例如，某一情节在一组文本，民族文学所有文本或世界文学所有文本的背景下得到分析）。蒂尼亚诺夫认为，科学的“内在的”文论（现今以“解构主义”形式出现）是不可能的，因为它会导致原则上不可重复的逻辑模型的空洞抽象化。这种抽象化是创造性工作的独特产物，因此无法实现科学结果的功能。蒂尼亚诺夫的这些学术探索和其他许多学术探索使人们不仅研究其著述的历史—科学方面，还关注其作为文论理论家的方面。其学术遗产还远未被用尽。

相关文献与问题

Ю.Н.蒂尼亚诺夫的作品

1. 《论文学的演变》，作品选，莫斯科，2002 年（Литературная эволюция. Избранные труды. М., 2002.）
2. 《文学事实》（论文集），莫斯科，1993 年（Литературный факт（Сборник статей.）М., 1993.）
3. 《诗学 · 文学史 · 电影》，莫斯科，1977 年（Поэтика. История литературы. Кино. М., 1977.）
4. 《普希金和他同时代的人》，莫斯科，1968 年（Пушкин и его современники. М., 1968.）
5. 《诗歌语言问题》，论文，1965 年（Проблема стихотворного языка. Статьи. М., 1965.）
6. 《拟古主义者与创新者》，列宁格勒，1929 年（Архаисты и новаторы. Л., 1929.）
7. 论电影的基础 //《诗学与电影》，莫斯科—列宁格勒，1921 年（Об основах кино// Поэтика и кино. М.-Л., 1927.）
8. 《陀思妥耶夫斯基与果戈理（论模仿理论）》，彼得堡，1921 年（Достоевский и Гоголь（к теории пародии）. Пг., 1921.）

有关 Ю.Н.蒂尼亚诺夫的作品

1. 别林科夫 А. В.《尤里 · 蒂尼亚诺夫》，莫斯科，1960 年（Белинков А.В. Юрий Тынянов. М., 1960.）

2. 卡维林 В., 诺维科夫 Вл.《新视野，关于尤里・蒂尼亚诺夫的书》，莫斯科，1988 年（Каверин В., Новиков Вл. Новое зрение. Книга о Юрии Тынянове., М., 1988.）
3. 米列辛娜 Г. 尤・尼・蒂尼亚诺夫与 20 世纪文论中的形式主义学派 //《学者笔记》，莫斯科州师范学院，第四卷，苏联文学教研室论著，第 1 辑，莫斯科，1957,1（Милехина Г. Ю. Н. Тынянов и формальная школа в литературоведении 20-х гг. // Уч. зап. Моск. обл. пед. ин-та, Т.4, Труды по кафедре советской литературы, вып.1. М., 1957.1）
4. 诺维科夫 Вл. 注尤・尼・蒂尼亚诺夫,《论文学的演变》，作品选，莫斯科，2002 年（Новиков Вл. Комментарий // Ю. Н. Тынянов. Литературная эволюция. Избранные труды. М., 2002.）
5.《尤・尼・蒂尼亚诺夫，作家和学者，回忆・思考・会面》，莫斯科，1966 年（Тынянов Ю. Н. Писатель и ученый. Воспоминания. Размышления. Встречи. М., 1966.）
6.《蒂尼亚诺夫论文集》（第二届蒂尼亚诺夫读书会，雷泽克内），里加，1986 年（Тыняновский сборник.（Вторые Тыняновские чтения, Резекне.）Рига, 1986.）
7.《塔尔图大学学者笔记》，第 236 辑，（纪念尤・尼・蒂尼亚诺夫特辑），塔尔图，1969 年（Уч. зап. Тартуского ун-та. Вып. 236.（Посв. Ю. Н. Тынянову）Тарту, 1969.）

Ю.Н. 蒂尼亚诺夫作品参考书目

1.《俄罗斯苏联作家—小说家》，书目索引，第 5 卷，莫斯科，1968 年（В кн.: Русские советские писатели-прозаики. Библиографический указатель. Т.5. М., 1968.）
2.《尤里・蒂尼亚诺夫，作家和学者》，莫斯科，1966 年（В кн.: Юрий Тынянов.

Писатель и ученый. М., 1966.）

与本专题相关的问题

1. Ю. Н. 蒂尼亚诺夫讲没有“无句子的词”时指的是什么？
2. Ю. Н. 蒂尼亚诺夫是如何理解文学延续性问题的？
3. Ю. Н. 蒂尼亚诺夫讲艺术作品在文化体系中的生存过程中的“自动化转变”时指的是什么？
4. 作为动态言语结构的文学——文学作品“创作主动性”的作用何在？
5. 诗歌言语的结构因素与诗学体裁是如何相关联的？
6. 诗歌系列的“统一和拥挤”是什么？
7. 什么是词义的“物质”和“形式”方面？
8. 什么是“文学事实”，它与非文学事实的区别何在？
9. Ю. Н. 蒂尼亚诺夫提出的文学进化理论框架下文学经典形成的问题。
10. 结合 Ю. Н. 蒂尼亚诺夫的理念思考“文学生活”概念范围。
11. 文学与文学外环境相互作用过程中中心和边缘的相互关系问题。
12. Ю. Н. 蒂尼亚诺夫对“古老”与“创新”的解读。
13. 文学的“历史性”与“历史主义”。
14. Ю. Н. 蒂尼亚诺夫解释中的“幼稚评价”类型的文学图景。
15. Ю. Н. 蒂尼亚诺夫文学进化理念中的系统更换现象。
16. 是否可以认为，Ю. М. 洛特曼关于“形式与内容的二元对立应该被在一致结构中实现自我的思想概念所取代”的观点是蒂尼亚诺夫理念的继续？

第六章

B. Я. 普罗普的情节“功能分析”方法

弗拉基米尔·雅可夫列维奇·普罗普（1895—1970）是民俗学理论家和民俗学历史学家。他的代表作有《故事形态学》(1928)、《神奇故事的历史根源》(1945)、《俄罗斯英雄叙事诗》(1955)、《俄罗斯若干宗教庆典的历史原则》(1961）和《弗鲁贝尔与民俗》(1965）等。鲜为人知的是，这位俄罗斯故事情节精确模型的发现者还具有诗人的天分，尽管他很少发表自己的文学作品（只有个别诗歌以及中篇小说《生命之树》)。B. Я. 普罗普 1895 年生于圣彼得堡富庶的信奉路德教派的德国移民家庭（其父是一名商人，供职于"施密特兄弟"商行）。他在福音—路德教会受洗时被赐名格尔曼·沃利德马尔。1913—1918 年就读于彼得格勒大学文史系，第一次世界大战时当过卫生员。他深受 П. А. 弗洛连斯基的影响，一生保持了对俄罗斯东正教建筑和绘画的浓厚兴趣，甚至步其后尘，于 1921 年申请加入彼得格勒神学院。他先后在第十一劳动学校、工学院和第二外语师范学院讲授俄语和德语，也曾跟艺术史研究所、科学院民族学研究所和俄罗斯科学院俄罗斯文学研究所（"普希金之家"）开展合作。1932—1969 年在列宁格勒大学语文系任教，自 1937 年起在民间文学教研室工作。1938 年晋升教授，并免于学位论文答辩被授予语文学副博士学位。1939 年通过博士论文答辩。此后，他开始教授俄罗斯民俗学课程，正是在这一时期他推出了民间故事情节功能联系假说（即《故事形态学》)。针对这一学术发现，他后来回忆道："我有一种令人诅咒的天分：一眼就能看出所有事物的形式。我记得，大学毕业后，在巴甫洛夫斯克的乡村别墅，给一个犹太家庭当家庭教师时，我带了一本阿法纳西耶夫的《俄罗斯民间故事 100 篇》。我翻开第 50 篇民间故事来读，接着又读了后面的多篇。一眼就发现：所有故事情节的结构组合都一模一样。"[①]

《故事形态学》这本书完全契合了广为流传的 M. 普朗克笑话，走完了许多学术发现的正常流程：1. 起初莫名其妙，2. 然后置诸脑后，3. 最后享誉全

① B. Я. 普罗普，老年日记，//《不为人知的 B. Я. 普罗普》，圣彼得堡，2002，第 327 页。

球。应当公平地讲，最初此项研究得到了 Б. М. 艾亨鲍姆和 В. М. 日尔蒙斯基的支持，但是，1928 年该书的第一次出版几乎无人问津。同许多新生事物一样，普罗普的学说曾遭受到严厉批判（例如来自 М. К. 阿扎多夫斯基的批判）。普罗普相信自己是正确的，并为自己的学说举行了多次研讨会，尽管他知道来自反对者的自然尽是嘲笑挖苦，指证他不把民间故事当做活体来研究，而是醉心于它们僵硬的尸骨。战后，普罗普由于自己的德国血统险遭逮捕。20 世纪 40 年代末期因为自己的第二部学术巨著《神奇故事的历史根源》的出版，他被科学院开除。如果说第一部书讲的是故事结构的“共时性”，那么在第二部书里他重点研究了故事结构的“历时性”。他得出的结论是：故事情节统一化的根源在于人类历史的早期特点。В. Я. 普罗普在给 К. 列维—斯特劳斯的信中这样写道：“《故事形态学》和《神奇故事的历史根源》是一部巨著的两个部分或两卷。第二卷源自于第一卷，第一卷是第二卷的前提。”①

应当指出，普罗普著作的意义绝非局限于他所描述的对象，事实上这是一次实际运用结构主义科学范式词形变化表来证明他的学术能力的最好例子。普罗普的学说源于对“母题说”进行现代化的尝试，“母题说”是由维谢洛夫斯基作为母题组合而提出的，它是通俗易懂的情节重复的主要载体。

В. Я. 普罗普从根本上完善了 А. Н. 维谢洛夫斯基提出的母题分析：他提议利用情节的不同要素之间的统计取代“母题”静态符号的简单统计，建构出灵活的“情节功能说”。与此同时，普罗普实际上向符号学“事件”意义的表述迈出了关键一步，为后来的 Ю. М. 洛特曼的结构诗学奠定了坚实基础。

普罗普批评维谢洛夫斯基的“母题”是一个内部矛盾的单元，“母题”觊觎“原子”的角色，而又无法扮演如此重要的角色，之后他提出某种介乎母题“之间”、承担各个母题功能联系之职的东西可以作为全部和单一文本意义的一种载体。换言之，普罗普十分精确地提出了不是由“词语”或“词语组

① В. Я. 普罗普，神奇故事的结构与历史研究 //В. Я. 普罗普，《民俗诗学》，莫斯科，1998，第 214 页。

合”（即“母题”），而是由文学符号组成的文学结构的问题。借鉴植物学描述各种学术研究资料的科学范例，普罗普认为在描述神奇故事情节时可以有创建概括某一组文本特点的通用一致的语言的相似工作。更像是“语法或声学教科书”的文本成了他的研究结果[①]，普罗普本人对此并不感遗憾。于是，创立神奇故事“形态”和“逻辑”结构的任务被提了出来。而这同时应为神奇故事的“历史研究”做好铺垫[②]，他写道，在回答“故事从何而来？”的问题之前，必须回答“故事是什么？”的问题[③]。当时尚存的民间文学的“遗传说”已经不能满足这种需求。

在批判性地研究记述民间文学文本的各种不同分类之后，普罗普指出了这些分类的两个主要缺点：现行分类图示不完整、内部自相矛盾。比如，B. Φ. 米勒将童话分成“神奇故事”“日常生活故事”和“动物故事”，由于原则上可能存在带有神奇内容并有动物参与的日常生活故事，这种分类方法不能成为建构分类的出发点；阿法纳西耶夫把“渔夫和美人鱼的故事”纳入“动物故事”也值得商榷。另外一种是 P. M. 沃尔科夫（1924）的分类法，他记述了俄罗斯故事的十五种情节，而这些情节要么按“开头”来划分，要么按专题来划分，要么按主人公数量来划分，要么按其中的一个“母题”来划分。普罗普认为研究者只是依赖“本能”，但此时建构分类需要的是另外的方法，他称之为寻找“形式”和“结构”特征的方法；提及 A. H. 维谢洛夫斯基，他讲到必须将情节问题和母题问题区分开来。P. M. 沃尔科夫的错误在于证明俄罗斯童话故事情节是“不变量”，普罗普把这一错误转化为重大的科学成就，称之为生成无数变量的结构—功能不变量。通过研究大量的相似的童话故事要素，普罗普找到了可变要素和重复要素。在“沙皇以骏马赠送苏钦

① B. Я. 普罗普，《故事形态学》，莫斯科，1969，第7页。

② 同上书，第8页。

③ 同上书，第11页。

科”“巫师赠给伊凡一艘帆船”和“公主赠给伊凡一枚戒指”等情节中，出现了这种情形：变换其中一种要素，保留另外一种要素，导致现实状况具体意义发生变化，但是语义结构不变。普罗普将民俗学一贯侧重于主人公的本质属性改变为专注于掌控全局的功能上来，把什物、现象和主人公划分成相互依赖的类型。由此得出结论：故事中“不同的主人公做出了相同的行为”[①]。

通过对此现象的进一步研究，普罗普得出结论：“角色的功能充当了童话的稳定不变因素，不依赖于由谁来完成以及怎样完成”，此外，“神奇故事已知的功能项是有限的”。俄罗斯童话故事的描述系统结构的第三个重要规律是“功能项的排列顺序永远是同一的”。[②] 接下来便是按照一定次序排列的一定数量的稳定因素进行分类。普罗普依据他自己所提出的原则，在研究材料的结构中寻找规律，归纳出俄罗斯童话故事主人公的 31 种功能：1. 外出，2. 禁令，3. 打破禁令，4. 敌人刺探消息，5. 敌人探明受害者的消息，6. 设圈套或谋财害命，7. 受害者上当并无意中帮助了敌人，8. 加害或缺失，9. 灾难被告知，10. 开始反抗，11. 主人公离家，12. 主人公首次接受考验赠予者的第一项功能，13. 对主人公的考验结果，14. 获得宝物，15. 空间腾挪，16. 主人公与敌人正面交锋，17. 给主人公做标记，18. 战胜敌人，19. 消除灾难或缺失，20. 主人公归来，21. 主人公遭受追捕，22. 主人公从追捕中获救，23. 主人公乔装返回，24. 假冒者的贪念，25. 难题，26. 破解难题，27. 主人公被认出，28. 假冒者被揭穿，29. 主人公改头换面，30. 敌人受到惩罚，31. 主人公成婚并举行婚礼。

普罗普对自己提出的叙事语言的可能性给出了具体的解释：每一个童话故事并非必须具备所有功能项。普罗普在整理自己的词形变化表时，十分看重自己提出的所有功能序列的末端；他把俄罗斯故事的描述系统中的所有角

---

① В. Я. 普罗普，《故事形态学》，莫斯科，1969，第 23 页。

② 同上书，第 25 页。

色归纳为七种：1. 敌人（加害者），2. 赠予者，3. 相助者，4. 公主及其家庭成员，5. 派遣者，6. 主人公，7. 假冒主人公。任何主人公扮演的“角色”均与一定的空间—时间关系圈以及连接故事艺术世界的功能序列区块有关联。根据“功能”或“角色”的立场不同，童话故事要么是“按功能次序写成的”，要么是“按七个角色图示写成的”。

一定的主人公角色和一定的功能相关。比如：“敌人”的行动圈——谋财害命，搏斗，追捕；“赠予者”的行动圈——转交宝物；“相助者”的行动圈——主人公的空间腾挪，消除灾祸；公主的行动圈——下达困难任务，标记，揭露，认定，惩罚敌人，举行婚礼；派遣者的行动圈——指派；主人公的行动圈——前去搜寻，回应赠予者的要求，举行婚礼；假冒主人公的行动圈——前去搜寻，回应赠予者的要求，举行婚礼，展现欺骗者的贪欲。

跟某个童话故事主人公相关联的特定的“行动圈”（情节参与区域）可以具有三种完整的情节界定方式：1. 行动圈和主人公完全吻合；2. 一个主人公拥有几个行动圈；3. 几个主人公有一个共同行动圈。在描述“角色”“功能”和“行动圈”所建立的关系时，普罗普发现无法将故事的主人公和什物分开——任何什物都能行使主人公的职能，比如，扮演“相助者”的角色，“棍棒自个儿将主人公的所有敌人斩尽杀绝”，语法上的“补语”在这里变成了“主语”。解释神奇故事中诗学语言的语法现象时，普罗普被迫放弃自然语言的语法规则。他建议把有生命之物叫做“神奇的相助者”，把什物和品行叫做“宝物”，尽管在具体的上下文中它们的功能实际上是一样的，只有数量上的区别，即要么承担全部功能，要么承担若干功能，要么承担某一具体功能。普罗普建议把最后的一种情况叫做“特别的相助者”，比如，“自斩剑”是用来战胜敌人的。普罗普认为，任何主人公的角色定位都有一整套参与行动的特别方式。比如，在行动过程中敌人会出现两次——第一次突然出现，第二次“被找到”；偶遇赠予者；神奇相助者的加入犹如恩赐；派遣者、主人公、假冒者和公主介入最初的情节事件。普罗普将这样的安排叫做“故事的常态”，尽管他强调会有一些偏差——实际上，任何主人公都可能被安排参与最初的情节，连公主的出场也可能“颠倒日期”。至于童话故事的开头，普罗普指出有两种主要方式：1.“搜寻者”及其家庭成员（父亲和三个儿子）的加入；2.“受害者”及其家庭成员（被恶龙挟持的公主）的加入。这里对童话故事片段的推敲与细化程度有所不同，既可简单提及，也可以做“史诗般发展”。

另外一种“同化”现象，是对该论述的最好校正——每一项功能都能引发后面的功能，由此就可以“依据后果”对功能做出更为准确的查验。这样一来，当一个具体童话故事对所有图示来说是通用方案时，便可以查明“俄罗斯神奇童话故事”中某一文本的完整情节。普罗普使用某些字母把功能和主人公角色标示出来，创立了语文学家的（准确地讲是民俗学家的）类似于门捷列夫的“化学元素周期表”，创立了复杂的公式，类似于 «$б^1e^1A^1B^4C$ □ $П^4Л^5$ ↓»，阿法纳西耶夫的民间童话故事集第 53 个故事《狼和小羊》看上去就是如此。B. Я. 普罗普指出：神奇故事的“建构频率”是一个大问题，因为某一形式的稳定性仅存在于“文明极少触碰”的区域，“任何外部的影响都会改变，有时甚至是解构一个故事”①。结果便造成了复杂的文本堆砌，其中普罗普的部分图示仅以情节片段的形式出现。普罗普推测，侠义爱情小说是继神奇童话故事之后的美学科目，可以使用“功能分析”法进行研究。

不能不注意到，普罗普在书中对神奇童话故事开展实践研究的背后支撑是一套功能强大且考究的方法论，他只是对该方法论稍作标示，甚至未做最简短的描述，似乎人人心知肚明，便直接加以运用。普罗普的理论提供了一系列的解决方案，无疑，它们可能被用来分析其他文学文本。譬如，他发现的自然语言层面的文本词汇—语法体系与建立在它之上的文学结构之间的联结原理：普罗普让大家相信，他用“形态语言”描述童话故事时，所有谓语

① B. Я. 普罗普，《故事形态学》，莫斯科，1969，第 90 页。

都被用来固定童话故事结构，主语、补语和其他词类则被用来固定童话故事情节。对童话故事的实际分析同样可以厘清语义场边际之间的二元关系，每一功能项都按照二减一的原则对抗它的消减或是对抗其中既定任务的解决。在要素间冲突的基础上形成了语义事件，这些事件的序列构成语义轴，它是一切文学结构的基础。人们早就发现，普罗普确定的严格的功能序列（考虑到具体情节中其代表性不完整）并不总是被遵守。他的解释是，某些功能项可能具有可逆性，即由“敌人”来实施。

普罗普很谨慎地看待该方法是否适用于分析其他语言创作形式，比如俄罗斯文学作品。在暗示可以用这种功能“形态”方法研究“哥特式小说”（由于它的结构近似于神奇童话故事）的同时，他也谨慎地提出了自己的设想，即将他的方法提升到小说分析听命于“功能描述”的水平。确实，他引用A. H. 维谢洛夫斯基的理论这样做了。针对“这一领域可否提出具有复杂情节的叙事文学的典型图示”的问题，他用自己的设想做出了回答：将来该种功能描述是可行的，即当“叙事文学对于后辈们来说变得久远，就像古老文学之于我们”，“当我们回顾久远的诗学创作时，各种图示和重复性现象在整个过程中将被确定”。[①]

一些直接将该方法用于文学文本分析的尝试以失败告终。显然，简单地将对民间文学行之有效的分析手段用于文学作品是行不通的，此时需要新的研究方法，并考虑到另一种语言艺术的特点。但是，他提出的理论在业已成型的新的文学文本分析法中得到了体现，他的理论是对文字文本“形态”分析法具有启发式潜能的最好例证之一。普罗普的著作被译成数十种文字，他的理论对理论诗学的发展产生了巨大影响。普罗普潜心研究俄罗斯神奇故事，他对文学通论的发展产生了重大影响，他把许多研究者的目光吸引到文学文本结构研究的新的可能性上，他的方法提供了这些可能性。在描述民间

---

① B. Я. 普罗普，《故事形态学》，莫斯科，1969，第106页。

文学体裁结构类型的同时，他找到并区分出民间文学作品情节—组合的诗学结构不变量。他提出的“体裁语法”的建构方法、情节的常量和变量理论、组合研究的结构—功能法、文本的共时和历时研究概念和“历史语义学”理论，使他成为20世纪最著名的文学理论家之一。

相关文献与问题

В.Я.普罗普的作品

1.《俄罗斯英雄叙事诗》，莫斯科，1999年（Русский героический эпос. М., 1999.）

2.《故事形态学》，圣彼得堡，1998年（Морфология волшебной сказки. СПб., 1998.）

3.《喜剧与笑的问题》，圣彼得堡，1997年（Проблемы комизма и смеха. СПб., 1997.）

4.《神奇故事的历史根源》，圣彼得堡，1996年（Исторические корни волшебной сказки. СПб., 1996.）

5.《俄罗斯童话》，列宁格勒，1984年（Русская сказка. Л., 1984.）

6.《民俗与现实》，文集，莫斯科，1976年（Фольклор и действительность. Сб. М., 1976.）

有关 В.Я.普罗普的作品

1. 米列津斯基 Е. М.《民间故事结构类型研究》//В.Я. 普罗普，《故事形态学》，第2版，莫斯科，1969年（Мелетинский Е. М. Структурно-типологическое изучение народной сказки // В. Я. Пропп. Морфология сказки. Изд.2-ое. М., 1969.）

2.《民俗类型研究：纪念 В. Я. 普罗普文集》（1895—1970），莫斯科，1970年（Типологические исследования по фольклору: Сб. ст. памяти В. Я. Проппа（1895—1970）. М., 1970.）

3.《塔尔图大学学报》，塔尔图，1971 年，第 284 卷（Уч. Зап. Тартуского университета. Тарту, 1971, Т.284.）

В. Я. 普罗普著作索引

1.《В. Я. 普罗普在民俗学领域的著述目录》，М. Я. 米利特编纂 //《俄罗斯民俗》，莫斯科，1966 年（Список печатных работ В. Я. Проппа в области фольклора. Сост. М. Я. Мельд. //Русский фольклор. М., 1966. Х.）

2.《В. Я. 普罗普著作索引》，Б. Н. 普基洛夫编纂 //《民俗类型研究：纪念 В. Я. 普罗普文集》，莫斯科，1975 年（Библиография трудов В. Я. Проппа. Сост. Б. Н. Путилов // Типологические исследования по фольклору. Сб. памяти В. Я. Proппа М., 1975.）

与本专题相关的问题

1. В. Я. 普罗普提出的童话故事结构形态分析原则。
2. В. Я. 普罗普方法学中的基本检验材料问题。
3. В. Я. 普罗普理论中童话故事与神话的相互关系。
4. В. Я. 普罗普类型学建构方法。
5. 成年仪式的童话故事主题与周期。
6. В. Я. 普罗普理论中情节“功能”、行动圈和人物之间的关系。
7. 童话故事体裁的构成问题（故事作为“口头辟邪物”）。
8. А. Н. 维谢洛夫斯基的“主题”、В. Я. 普罗普的“功能”与 Ю. М. 洛特曼的“事件”。

第七章

Л. С. 维果茨基的“艺术心理学”

列夫·谢苗诺维奇·维果茨基，著名的心理学家和文艺学家，毕业于沙尼亚夫斯基人民大学（1914—1917），他最初开展的是莎士比亚的《哈姆雷特》研究，并把它作为毕业论文通过了答辩。与此同时，维果茨基还在莫斯科大学法律系学习。1912—1915年间他撰写了一系列探讨俄罗斯文学和外国文学的不同作品与观点的论文——论安德烈·别雷的《彼得堡》、论瓦切斯拉夫·伊万诺夫《犁沟和地界》、论梅列什科夫斯基的《将会有快乐》。实际上，维果茨基的创作之路始于文学评论，后来他对文学—美学问题的浓厚兴趣得到了心理学方面的滋养。创作初期，维果茨基生活在白俄罗斯（戈麦尔市），在中学当老师，讲授有关当代文学进程中的问题的课程。他早期的文学评论的自由批判之风渐渐地被以“形态传统”为特点的方法替代。维果茨基在一定程度上被认为是在1910—1920年语文思潮下成长起来的学者，“形式主义者”所提出的问题明显触动了他，于是他提出解决这些问题的途径。自1924年起，他对心理学的兴趣日渐浓厚，从中他找到了解决美学对象的本质与功能问题的新方法。自由批判性解释是他最初发表的文论论著的本质，后来逐渐被“形态学传统”的特有方法所取代。

1924年维果茨基移居莫斯科，在刚刚成立的实验心理学研究所做研究员（二级研究员）。此时，这位年轻学者的兴趣范围是深入研究自己所提出的反射与词语之间关系的新学说。他否定多年来盛行的将人的一切心理活动归为相应反射的企图，坚持在人的心理与周围世界的关系体系中要注重对话关系，实际上就是要从心理科学的角度来看待M.巴赫金多年来所研究的“我—他人”和“对话”体系中的关系问题。维果茨基写道：“自我意识和认知他人的机制是一样的：我们之所以有自我意识，是因为我们认知他人，即我们以同样的方法自知和知人，因为我们之于自己就是他们之于我们。我们之所以有自我意识，只是因为对自己来说我们就是他人。”[①] 按照维果茨基的说法，

① Л.С.维果茨基，六卷本文集，第一卷，莫斯科，1982，第52页。

美学反映永远都不会以“纯粹的形式”出现，它始终是精神、意识和心理因素的某种结合。维果茨基认为自己的研究任务不仅是记录对某种现象的一定的美学反映，还要解释这种美学反映在“艺术内部”的“界限和意义”[①]。分析艺术现象的同时，我们创立艺术图示，它从来都不等同于艺术事实，仅仅记录存在于所研究文本的某种规律。他写道，分析让我们变得“更聪明、更强大、目光更锐利”，它让我们知道肤浅观点下面隐藏的信息。[②]他在方法学理论的基础上写就《艺术心理学》，这部著作是将自然科学方法应用到艺术学领域的一次尝试。这本书汇集了他头十年潜心研究的成果，此外，他还铺筑了一条应用新方法思考词汇—美学对象本质的道路。针对各种文本、各种体裁（寓言、悲剧、新小说等）、各种文学流派（象征主义、虚无主义、现实主义），维果茨基重点关注的是“形态学家们”提出的问题：到底是什么让某一对象变成了艺术作品。

维果茨基在推行自己对文学文本的“心理”方法时，与所谓的“心理文论”产生了争论，他坚持以厘清文学主人公某些行为的心理动机作为文本分析的主要手段。另外，在研究承袭艺术符号的各种观点及其意义的形成机理时，维果茨基不能不和“形式主义者们”发生争执，他们否认文本以外的因素并试图在文本内找到问题的解决之道，即在与文本之外意义隔绝的文本内。“社会学文论”将文学文本全部归为固着在其形式上的外部影响，这也不能令维果茨基满意，他认为审美对象发挥作用的过程主要是两个“我”之间的动态的对话式。将艺术功能归为纯粹的认知说，连同在方法上近似于“反映现实”的功能说都被他一一否定。艺术等同于“形象思维”之说遭到了维果茨基的强烈批评，他指出，关注神圣符号和形象本身并不能造就艺术作品，艺术作品根植于两个独立的在审美上有一定透视现实角度的“我”之间

① Л. С. 维果茨基，六卷本文集，莫斯科，1982，第405—406页。
② 同上。

的对话。维果茨基在自己的《艺术心理学》一书中专门有一章“作为手段的艺术”来对此进行论述。

维果茨基的推理逻辑是这样的：描写人的情感和心理状态会占据任何一部文学作品的不少篇幅，但是它们本身并不是审美对象。在创作过程中“心理状态”会发生改变，此处维果茨基使用“巨变”这一术语，超越个人情感，记录人对世界的某种态度。譬如，作家需要快乐或者痛苦不是为了丰富读者情感，而是借此帮助人改变生活态度，促使他从崭新角度透视现实。维果茨基在自己的《艺术心理学》一书中对文学作品的分析是在作为艺术形式形成基础的心理材料和源于心理材料的审美对象之间建立联系的一次尝试。维果茨基的依据是，作品形式本身反映它是如何被创作出来的——这种推测让人记起形式主义者的“手段”，同时又让人想到一直在文本中寻找关于其起源的蛛丝马迹的“解构”方法。可有时会出现这样的情形：原始素材经过艺术家的加工后会丧失原有的风貌，面目全非，维果茨基将这种效果称为“材料形式上的消解”。

基于语言表达的“有意义的”材料给这种分析造成特别的困难。维果茨基认为，在艺术意义的形成中“逆向情感”起着特殊的作用——在理解作品的过程中同时出现两种截然相反的情绪和两种不同的反应，在它们的争斗中产生“豁然开朗”和“情感变革”。维果茨基拿一个最古老的美学术语词“净化”来界定这种效果。维果茨基赋予亚里士多德的这一术语新的意义：当人拥有改变自身内在价值观的新世界观时，他的心理道德观念就会得到内部提升。维果茨基的“自治符号”思想，让人记起洛特曼的将艺术文本作为储存信息的“活的机体”的学说，以及将“语义场”作为具有“记忆”符号的“个体”思想。维果茨基将人对待语言的多种类型划分成3个层次：1. 他人对“我”的命令。2.“我”对“我”的命令——人的自我意识。3. 人身上依靠符号系统（譬如艺术文本）形成的命令。就像这三种对待信息的类型无法互相归纳一样，艺术文本既不是“自我意识形式”，也不是一般的“现实反映”，它的结构是“1”与“2”的合成。

维果茨基对研究人的各种心理活动（“复合思维”“内部言语”和“外部言语”）和语言艺术家的创作过程之间的关系作出了实质性的贡献。他专门研究这一问题的著作《思维与言语》在他去世后才出版。在书中维果茨基认真分析了1920年之前有关言语和思维关系的所有学说，其中包括“联想主义”和“维尔茨堡学派”的学说，前者将思维归结为相关孤立概念的结合，后者否认思维中的直观概念的必要性，也否认将整体理解法置于人的心理活动中心的“完型心理学”。让·皮亚杰关于儿童言语和思维发展的著述向维果茨基暗示了心理科学发展之路——描述人心理上的言语和概念的形成阶段。在研究“自我中心言语”时，维果茨基发现现实的符号“探查”特性是一种言语尝试，其目的是分析周围现实。接下来，随着“外部”言语的形成，这种自我中心主义者的言语就转变成内心言语（同自我交流的语言）。通过认真研究人的意识中语言的起源，维果茨基确定要以同样的方式找出文学作品（作为最复杂的心理和语言混合体）的实质和意义问题的解决途径。研究表明，人的思维有两种独立且相互抵触的理论基础：1. 动物的“实际行为”；2. 把语言作为交际工具。由此可以明白，言语前的思维形式，像智力形成之前对周围世界的反应形式一样，是同样的现实。如果说歌德建议将“最初先有话语”改为“最初先有事件”，那么维果茨基坚持，这里重要的不是“话语”和“事件”的区别，而是它们的连接，当中其实产生了对话，保证了人作为智力个体，同时又作为创作活动（这一最高级的实现形式）的实现。

被我们称之为“话语”的这一对话基本单位是他关注的主要对象。维果茨基批驳这样的观念：词的意义永恒不变，儿童在掌握语言的同时与文化成为一体。在他的学说中，人和现实的联系过程原来是以人为标志的现实过程，其中艺术占据着最重要的地位。依据A. 波捷布尼亚的“语言的内部形式”理论，维果茨基创立了语言的双功能学说：“对象相关”和“意义功能”。如果前者只是指出它意义的方向，那么后者则将词语加到其他词语、其他语义联系和语义关系的上下文中。维果茨基的主要研究对象是语言艺术家诗意思维的语前形式。这样一来，词在界定外部世界的同时，随着不断使用而发生变化，进而得到发展。通过分析词的意思和意义，维果茨基得出了一个重要结论：意思不是由单个词构成的，而是以词的某些组合形式呈现，换言之，意思在词中实现。口头语和书面语、对话和独白、外部言语和内部言语深层次的原则上的区别显而易见。因为人使用所谓的“内部语言”和自己进行交流，所以其言语的形成过程（尤其是文学作品的创作过程）就是翻译。这种看法在很大程度上解释了某一作家诗体语言的形成、文学诗歌方向的动态变化、在形成与体现作家的创作意图时直观概念和象征符号之间的关系等问题。内部言语是创作构思和最终表达形式之间的阶梯，是意义形成的主要因素。维果茨基用大量的例证界定和分析艺术形式，因为它催生新的言语形式，确立人和外部世界的新的关系。

研究作为文学主人公结构心理现象的情节结构是一个独特课题。维果茨基在文论中的研究方向是再现和分析艺术文本的创作活动。维果茨基关于“内部言语”的学说让人们以完全不同的方式审视作家创作中艺术语言的建构过程。通过研究儿童的认知活动，维果茨基发现了不少与作家创造艺术形式的创作活动相近的特征。在维果茨基的科学成就中，不仅有深邃的思想和成熟的文论定理，而且有一系列对具体文学作品的研究（比如，对布宁《轻轻的呼吸》的结构有关的考察）。《思维与言语》一书中所阐述的总体思维理论使大家从新的视角提出创作过程中艺术形式的起源问题。

相关文献与问题

Л.С. 维果茨基的作品

1. 审美反应分析，莎士比亚笔下丹麦王子哈姆雷特的悲剧，《艺术心理学》，莫斯科，2001年（Анализ эстетической реакции. Трагедии о Гамлете, принце Датском У. Шекспира. Психология искусства. М., 2001.）
2.《艺术心理学》，莫斯科，2000年（1986, 1968, 1965）(Психология искусства. М., 2000.（1986,1968, 1965）
3.《思维与言语》，莫斯科，1999年（或称列·谢·维果茨基，六卷本文集，第二卷，莫斯科，1982年）(Мышление и речь. М., 1999（или в изд.: Л. С. Выготский. Собрание сочинений в 6 тт. т.2. М., 1982）.)
4.《心理研究选集——儿童心理发展问题》，莫斯科，1956年（Избранные психологические исследования. Проблемы психологического развития ребенка. М. 1956.）
5.《结构心理学》(教材)，莫斯科，1972年（Структурная психология（Учебное пособие.）М., 1972.）
6.《儿童的想象与创作——心理学概要》，教师用书，第三版，莫斯科，1991年（Воображение и творчество в детском возрасте. Психологический очерк. Книга для учителя. 3-е изд. М., 1991.）

有关 Л.С. 维果茨基的作品

1. 维果茨基Л. С.《心理研究选集》，莫斯科，1956年（序言）(Выготский Л. С.

Избранные психологические исследования. М., 1956（Предисловие））

2. 列昂节夫 А. Н.，鲁利亚 А. Р.《列·谢·维果茨基的心理透视》// Н. Б. 博尔鑫，《艺术心理学的一般问题》，莫斯科，1981 年（Леонтьев А. Н., Лурия А. Р. Психологические воззрения Л. С. Выготского //Н. Б. Берхин. Общие проблемы психологии искусства. М., 1981.）
3. 比伯雷尔 В. С.《作为创作的思维》，莫斯科，1975 年（В. С. Библер. Мышление как творчество. М., 1975.）
4. 比伯雷尔 В. С.《列·谢·维果茨基对内部言语与对话逻辑的理解》//《个性语言学的方法论问题》，莫斯科，1991 年（В. С. Библер. Понимание Л. С. Выготским внутренней речи и логики диа-Лога // Методологические проблемы психологии личности. М., 1991.）
5. 森德洛维奇 С.《艺术的功能分析》//《文学问题》, 1966 年，第 3 期（С. Сендерович. Функциональный анализ искусства // «Вопросы литера-туры», 1966, N 3.）

与本专题相关的问题

1. 维果茨基理论中的自生条件性问题。
2. 维果茨基理论中的故事情节结构问题。
3. 作为“循序序列”的描述结构。
4. 维果茨基所提的艺术思维现象问题。
5. 怎样理解维果茨基关于艺术是社会情感的实验室的思想?
6. 维果茨基的“净化论”的作用和意义是什么?
7. 维果茨基观点体系中的“内部言语”是什么? 它是如何与“外部言语”相关联的 ?
8. 维果茨基观点体系中把艺术定义为“能产型神经官能症”，这意味着什么?

9. 维果茨基对“典型性”理论的批评（社会学学派）。

10. 维果茨基理论中的“净化”说。

11. 布宁小说《轻轻的呼吸》里发生年代错位的原因是什么？

第八章

P. O. 雅各布森的理论遗产

罗曼·奥西波维奇·雅各布森（1896—1982）是拉扎列夫东方语言研究所（1914）和莫斯科大学（1918）的毕业生，曾在莫斯科开展广泛的教学科研活动，移民后在布尔诺、布拉格、哥本哈根、奥斯陆、乌普萨拉和纽约等地继续科研活动。晚年，他任哈佛大学和麻省理工学院斯拉夫语言文学与普通语言学教授。他是俄罗斯杰出的语文学家，但一生中的大部分时间（包括创作活动）是在国外度过的。他是莫斯科、布拉格和纽约（晚年）语言学小组的创办人与领导者。他参与了艺术文本结构描述理论的创建，该理论成了布拉格语言学小组文学—诗学学说形成的基础。后来，这一理论在莫斯科—塔尔图结构主义学派内得到弘扬。

1928年2月7日，扬·穆卡尔若夫斯基在捷克斯洛伐克语文学家科学大会上宣读了Б. В. 托马舍夫斯基《历史文学研究中的俄罗斯新学派》的报告，可以认为这一天是布拉格语言学小组的诞生日期。此时，布拉格“形式主义者”的许多著述被翻译成捷克语和法语出版，这些著述引起全世界的极大兴趣，特别是在对世界语文学发展产生实质性影响的斯拉夫国家。除了捷克杰出的语文学家（И. 巴赫可、Б. 特恩卡、扬·穆卡尔热夫斯基、В. 斯卡利奇卡、К. 格拉廖科），来自美国（L. 布鲁姆菲尔德）、丹麦（L. 耶里慕斯列夫）、荷兰（А. В. 德格鲁特）、波兰（Г. 乌兰宁）等国的学者也加入了布拉格语言学小组。居住在苏联的学者Г. О. 维诺库尔、Ю. Н. 蒂尼亚诺夫、Н. Н. 杜尔诺瓦、Б. В. 托马舍夫斯基也参与了布拉格语言学小组的工作。来自苏联的移民潮从根本上充实了“布拉格学派”的阵营，Н. С. 特鲁别茨科伊和П. Г. 博卡特伊廖夫的加入增强了该小组的学术潜能，罗曼·奥西波维奇·雅各布森是该小组特别重要的补充力量。结果，布拉格语言学小组成为世界语文学中极其独特的现象。它向世界贡献了崭新的学术理论，其中包括罗曼·奥西波维奇·雅各布森创立的方法学和科学诗学的建构原则。

胡塞尔的现象学以及新实证论认知理论是布拉格语言学小组的哲学基

础。与20世纪初占统治地位的古语言研究相对立，布拉格语言学小组提出了把符号系统看成不仅是语言本身，而且是所有语言现象的要求。同时他们认为，语言现象的相互孤立可能影响其被赋予的功能，在这方面，布拉格语言学小组是费·德·索绪尔和博·德·库尔德内的继承者。结果出现了对语言演进进行结构研究的可能性和前景的认识。把文学文本看成语言现象，必然要提出诗学语言及其与文学语言之间的关系问题。这使得研究这一主要命题产生了新的理论指导，这使学界在新方法更加缜密的水平上继续形式主义者的理论钻研。

根据布拉格语言学小组表述的原则，艺术作品是复杂的多层次系统，与其他信息和非信息系统不同的是，它具有某些特质。在罗曼·雅各布森的著作中，艺术首次作为具有典型特点（无其他归属）的万能文化语言被提出。厘清这些特点、借助俄罗斯形式主义者的精确术语附录进行描述成为布拉格语言学小组文学研究学派开展活动的意义所在。这为功能与结构科学理论的创立奠定了基础。布拉格语言学派摒弃“艺术作品语言”的观念，将结构语言学原则广泛应用于艺术作品及其所属的诗学语言特点的研究。将形式主义者的成果发扬光大的同时，布拉格语言学派不断完善新科学——“诗学”的术语库，放弃了以前文艺学定义的长篇大论与隐喻性。文学文本的“特殊的完整性”描述从他们的词典中完全消失，他们越来越少地使用“构造”（“конструкция”）和“系统”这样的术语，越来越多地使用已经稳固进入现代日常科学研究中的“结构”（“структура”）一词。

1929年《布拉格语言学小组提纲》问世，用一系列简明的定义陈述了新语文学派的原则，后来对世界该领域研究产生了重大影响。罗曼·雅各布森撰写了这份《提纲》中的文艺学部分。

当把语言作为服务于一定目的的表达手段系统进行描述时，它确定了语文学研究的原则和任务：厘清语言的每一个元素与进入系统中的其他元素之间的功能联系。在与实证主义的斗争中，布拉格语言学派号召对因使用完全不同的原则而出现的内部言语现实和实施的言语活动进行原则上的意义区分。在批评费·德·索绪尔“言语/语言”论的反对派时，布拉格语言学派强调，每一种实际的语言活动都能锤炼语言本身，满足象征符号系统交际的条件和目的。由此可以明白，每一个文学艺术文本都会锤炼和保存自身的独特语言，研究它就能得到用于分析艺术言语意义的主要材料。罗曼·雅各布森建议在艺术文本的组成中区分原则上互不相容的“文学语言”和“诗学语言”。在一系列有意无意偏离语言规范的过程中，诗学语言新的意思得以提炼，交际语言的特点体现在与标准融合或与之等同的愿望上。文学文本中艺术语言的方方面面相互关联，显然不能把诗学文本的音位学与语义学完全隔离，反之亦然。在弘扬这些熟知的规定时，布拉格语言学派建议将交际语言与诗学语言的区别界定为诗学语言现实化（进展）愿望和文学语言（“自然语言”“交际语言”）自动化（等同）愿望。因此，诗学言语和文学言语的吻合或偏离总是具有重要的原则性特点，应在艺术语言科学－诗学的范围内开展专门研究。

布拉格语言学派证明，文学作品是一个复杂的功能整体，它的不同元素如果没有与其他部分的关联可能是无法理解的。似乎，诗学作品中相同（文学语言范围内）的文本元素可能在文本中具有完全不同的语义。这样一来，承认这种差别的文学研究便能够决定每一文学文本所特有的次序与价值等级体系，从而根据作者内心的伦理学价值体系使世界模式化。对相似的语言结构进行比较可以弄清楚诗学文本在句法、词法和语义上的异同。布拉格语言学小组成员强调指出，诗歌词汇是靠积极排斥自然交际语言而形成的。这里出现了新词语、外来词语和古词语，作者恰好需要用它们来强调其诗学语言与现行文学规范和审美标准的不同。同样，诗学语言中迫切需要的不仅是词汇，还有句法，甚至出现了有时与现代标准语言语法规范背道而驰的不寻常元素（比如可供选择的正字法和标点符号）。

布拉格文论派提出了使用新方法解释艺术符号特点的理论。文学与非文学的区别不仅在于以前所认为的存在或者缺少隐喻性以及选词的数量或方法，而且还在于对待词语的原则上的不同态度。通过研究文学与非文学文本中词的符号特点，布拉格语言学派确定，语言的交际功能与所指的方向性有关，同时诗学功能指向符号本身，即所指和能指的程度相等。由此得出结论，文学－艺术作品同时用两种语言写就：符合文学规范的标准语言和该作者在排斥现代诗歌语言规范过程中练就的个人诗学语言。而且这还创立了一种特殊的反映该诗学语言特性的文本价值等级：成分之间的关系是“多级的”，即各级元素在共同结构的不同层面以不同方式相互交错。

全神贯注于文学研究方法是罗曼·雅各布森方法学的主要特点。他把文学作品的结构理解为一种整体构造，其中单个的组成元素只有在与其他元素发生联系时才具有意义。“结构”的整体具有有机或者“动态”系统的特点，该系统具有内部规律，表现在组成元素之间特殊联系的特定组合中。这一理论中的文学作品根本不是同等的，其中各种力量在角力，迫使整体的所有元素处在紧张的相互排斥－吸引之中。

根据诗学文本的结构概论，布拉格语言学派把艺术整体的不同成分确定为功能因素。譬如，文学作品的情节也以典型的语义结构呈现，可以作为诗学语言不可分割的一部分进行研究。单个元素相互影响的功能研究原来是方法学上验证了的文学文本内部结构的研究。例如，情节是完整的语义结构，因此可以提出情节的语义与结构问题。艺术作品这一专题是作品结构的主要元素之一，在功能上与整个文本体系有关，还可能从意义（参与）的角度在艺术文本结构中受到相应的重视。这样一来便要求研究者善于同时发现并考虑到作为统一符号的作品的共同文本意义和在这一矛盾的文本整体中每一元素的结构意义。

所谓的“研究自我中心主义”旨在避免文本被文学研究者从自己的价值观、审美与语言标准等方面进行研究。我们需要指出，如今这种与布拉格语言学派的其他科学原则相脱离并被作为绝对真理教条化了的想法，已经成为后结构主义者艺术文本分析方法论的指导原则。罗曼·雅各布森建议把文本作为一系列诗学功能进行研究，取代基于研究者个人兴趣的自由解释，他要求编制体现一定文学体裁的诗学元素目录，创建专门的类型学。布拉格语言学派证实，源于文学的每一个具体事实总是处在两条线的交叉点上：现代标准语（日常交际）的发展线和现阶段文学规范（诗学语言规范）的发展线。布拉格语言学派在创建修辞学科学基础的同时，把风格化过程看作变形过程，即在艺术系统的某些点或面上有意强调形式。实际上，我们看到了这种延续，因而在新方法学层面提出了维谢洛夫斯基的“历史诗学”作为文学实践中凝练出的诗学形式的比较研究任务。

文学标准、规范与刻板公式的存在是因为行将消失的诗学语言得到了全面阐释，成百上千的诗人（追随者）运用精练明了的诗学风格时的信手拈来就是明证。风格化和标准的破坏与分化有关，通常被公众视为“戕害艺术”。新作者努力构建规避上述两种规范的文本，同时保持针对现代读者的可读性。在此情况下，诗人潜心研究语言，改变规范，使语言的次要元素在他创造的诗学语言中扮演主要角色，或相反。标准语言是诗人用于遣词造句的一种材料与美学－风格背景。继形式主义者之后，布拉格语言学派把这一过程称作“现实化”，其实质是让陈旧的“无意识的”语言元素重新发声。布拉格语言学派认为，目标为所指的标准语言（交际语言）与追求组成元素意义的无意识性（各种用法的巧合）语言之间的根本区别正在于此。同时，诗学语言旨在表达、破坏这种无意识性，以利于提炼表达意义的个人方法。显然，诗歌创作与错误使用标准语言同样会破坏语言规范。但是，区别在于诗人遵循诗学标准有意识地、故意地破坏规范，而文盲则是无意识地、偶然地破坏规范。读者经常混淆这两种破坏规范的情形：譬如，现代许多人认为B.赫列勃尼科夫的诗“错误百出且隐晦曲折”。

罗曼·雅各布森记录了一条规律，根据该规律，诗学文本中并非所有的元素都能被现实化，因为此时另外的“我”理解文本的语义基础将同生怕不被理解的语言一起全部消失。所以，在诗歌创作过程中故意将一部分语言元素现实化通常伴随着所创造出的艺术形式的其他元素的故意无意识化。这时，作品的美学质量与艺术尊严可能被描绘成现实化和无意识化（即自动化）元素之间的一定关系。换言之，作者故意如此创作，使一种元素在另一种元素的背景下看起来具有最大限度的表现力。诗学文本结构是动态的，同时又是严格而故意排列出的不同语言元素之间的关系次序。因此，作品诗学形式的分析应建立在所研究文本固有的作品诗学语言与作为创建艺术文本材料与出发点的语言之间的比较基础上。

相应的，诗学的主要任务是研究诗学语言元素的联结规律与艺术形式内部材料的合成方法。正如罗曼·雅各布森所述，诗性表现在词不只是作为所指对象，而是作为词被感知。作品本身，不同于探寻其中的现实“反映”的社会学派的推测，根本不是周边现实的随意引用，但是，从美学角度所理解的作品本身获得了意义和疆域，并被视为单独的“东西”、某种独立的和重要的对象。诗学与其他艺术门类不同的是艺术的组织特点，用将罗曼·雅各布森这些学术思想发扬光大的结构主义者的术语来讲，即全神贯注于符号，它是存在于诗学语言范畴内的“次要模仿系统”的所指。

描写文学文本艺术结构的形成规律是理解文本意义的钥匙，因为这归属于一种用于表述艺术信息的专门“语言”（“编码”）描述。同样，艺术文本被理解为不可分割的符号，其中各个部分（元素）紧密互联，彼此界定意义。“共时性”必不可少，因为研究处于快速动态变化中的文学现象必须要做瞬间定格，记录此时此刻的状态。但是，他们充分论证的“共时性”概念并不等同于“静止”。静止以时间上的不变为前提，布拉格语言学派讲到共时性时，相反强调所研究的系统的动态特点，为方便分析研究略去了时间特点。这种静止断面不是艺术系统存在的现实，只是一种科学研究方法，此外，也并非总是指向整个系统的共时断面（正像一个故事片的镜头不可能是整个电影艺术系统的同步的等价物）。布拉格语言学小组对新科学方法论的形成产生了重大的影响，也贡献了根据所创立理论进行文学文本分析的大量例证，罗曼·雅各布森的论文几乎是这些例证的最好典范。

布拉格语言学派通过描述文本结构中的显性工作原理对形式主义者推行的“显性”概念进行了补充。根据这一科学模式，诗人出于平衡而有意采用的文学语言系统在某一点上紧固，并在内部形成。如果拿该系统和电网来比，那么可以想象这一过程就如同电网某个地方的电压急剧下降，另一地方的电压明显上升。此时，侧重点发生急剧变化，网内的作用点与整个组织的关系将取决于显性这一决定急剧变化的美学因素。此外，显性保障文学文本“多样化的统一”：追求显性，同时遭受到来自作品非现实性元素的阻抗。罗曼·雅各布森率先提出文学作品内在分析法的问题，它同样与作为“文化古迹”的文学文本的历史—文化描述以及专注作品“内容”情绪传达的文学研究随笔的自由阐述相抵触，这决定了他拓展文学研究方法的思想意义。他的理论的主要意义可以确定为，要求对诗学语言在其具体的呈现中、在一定的文学文本中、在描述共同的组织功能–结构特点方向上进行研究。

相关文献与问题

P.O. 雅各布森的主要作品

1.《诗学论著》，莫斯科，1987 年（Работы по поэтике. М., 1987）

2.《论文集》，莫斯科，1985 年（Избранные работы. М., 1985）

3. 显性特征 //《文学理论研究文选》，塔尔图，1976 年（Доминанта // Хрестоматия по теоретическому литературоведению. Тарту, 1976.）

4. 语言学与诗学 //《结构主义："赞成"与"反对"》，莫斯科，1975 年（Лингвистика и поэтика // Структурализм: "за" и "против". М., 1975.）

5. 视觉与听觉符号问题 //《符号学与艺术分析》，莫斯科，1972 年（К вопросу о зрительных и слуховых знаках //Семиотика и искусствометрия. М., 1972.）

6.《作为创作特殊形式的民俗学》（与 П. Г. 博加特廖夫合写）// 与 П. Г. 博加特廖夫合写，《民间艺术的理论问题》，莫斯科，1971 年（Фольклор как особая форма творчества（в соавторстве с П. Г. Богатыревым）// П. Г.Богатырев. Вопросы теории народного искусства. М., 1971.）

7. 语法的诗歌和诗歌的语法 //《诗学》，华沙，1961 年（Поэзия грамматики и грамматика поэзии // Poetics. Poetyka. Поэтика. Warszawa, 1961.）

8.《战争和革命时期俄罗斯的斯拉夫语文学》（与 П. Г. 博加特廖夫合写），柏林，1923 年（Славянская филология в России за годы войны и революции（в соавторстве с П. Г. Богатыревым）. Берлин, 1923.）

9. 布留索夫斯基的诗学与作诗法 //《科学报》，1922 年，第 2 期（Брюсовская стихология и наука о стихе // "Научные известия", 1922, N 2.）

10.《最新俄罗斯诗歌，最初的概要》，维克多·赫列勃尼科夫，布拉格，1921年（Новейшая русская поэзия. Набросок первый. Виктор Хлебников. Прага. 1921.）

有关 P.O. 雅各布森的学术作品

1. 托波洛夫 B. H.《P. O. 雅各布森，简明文学百科全书》，第8卷，莫斯科，1975年（B. H. Топоров. P. O. Якобсон. Краткая литературная энциклопедия. T.8. M., 1975.）
2. 布拉格语言学小组的论题 // A. 兹韦金采夫，《19—20世纪的语言学史》，第二部，莫斯科，1965年（Тезисы Пражского лингвистического кружка // A. Звегинцев. История языкознания XIX—XX вв. Ч.2. M., 1965.）
3.《P. O. 雅各布森：文本、文献、研究》，莫斯科，1999年（Роман Якобсон: тексты, документы, исследования. M., 1999.）

P.O. 雅各布森著作索引

1. Roman Jakobson. *A Bibliography of His Writings*. The Hague-Paris, 1971

与本专题相关的问题

1. 什么是“功能”？诗学功能的特点是什么？
2. P. O. 雅各布森诗学中的“诗歌语法”问题。
3. P. O. 雅各布森论著中的艺术真实与接近真实问题（见 P. O. 雅各布森，《诗学论著》，莫斯科，1987年，第378—393页）。
4. 诗学活动的特征源于何处？表现在何处？
5. 什么是“现实化”和“自动化”？它们在诗歌创作中是如何体现的？
6. 艺术与其他符号系统的区别是什么？

7. 语言的交际功能与诗学功能在文学文本创作过程中是如何结合的?
8. 什么是“违反语言规范”（故意更改作品的语言部分）?
9. P. O. 雅各布森认为哪些文学体裁特征是决定性的和最重要的?
10. P. O. 雅各布森在《普希金诗学神话中的雕像》一文中发现了哪些诗学语言范畴?

第九章

马克思主义和社会—遗传文论：“反映论”

这一文论学派的出现与19世纪40年代卡尔·马克思社会主义学说开始在俄罗斯传播有关，它涵盖了人们生活的一切领域，包括文学进程。19世纪下半叶，这一流派用"环境"对人们生活的社会经济条件的直接影响来解释文学现象和事实。出现了依靠这一论点和Г. В. 普列汉诺夫、А. Н. 佩平、Н. С. 吉洪拉沃夫、В. А. 凯尔图亚拉的著作来创立文学史的尝试。如果说文化—历史学派把艺术文本纳入世界或民族历史的怀抱，并考察了它的完全受制于环境的文化意义，那么稍后社会—历史学派又把"历史唯物主义"补充进来，把人类描述成商品与"生产手段"在不断相互完善之路上的一群生产者和消费者。

根据马克思—列宁主义美学学说，物质生活的生产方法整体上制约着社会、政治和精神生活的进程。文学是经济的一部分，不具备任何不可替代的功能，它的使命是反映或展示发生在工业生产者的意识和日常生活中的某些过程。

"社会主义文论"思想的核心是"反映论"，起先是В. Г. 别林斯基在文章中草拟，再经Н. Г. 车尔尼雪夫斯基和Н. А. 杜勃罗留波夫论证，稍后被В. И. 列宁在自己的《纪念赫尔岑》以及关于Л. Н. 托尔斯泰的文章中使用。根据这一思想，作家成了政治与社会生活（某种形式上的阶级斗争）领域的最本质特征的"反射镜"。艺术的意义与本质问题（同作为个体人的"我"的独立价值问题一样）不是马克思—列宁主义美学的全部。在苏联文学研究者成千上万的著述所引用的这一美学理论的大量表述中，В. М. 弗里奇（1870—1929）的文学理论最有趣（最成熟和最具连续性）。这一理论的基础是著名的把人解释为社会—生物学上的人的"有机"论。照此想法，占据统治地位的、对时代"心理意识"产生重大影响的社会经济制度是文学最主要的形式与风格构成因素。"心理意识"是一个术语，用来描述"生活情感"以及社会生活在若干历史时期内所特有的某种文化氛围。在这一问题上与"庸俗社会主义”产生冲突的弗里奇强调，某一时代的人的意识形态既直接从阶级动机，又间接从具有某一时代格调的“文化影响”中汲取营养，比如浪漫主义的美丽崇拜、文艺复兴时期情欲哲学、鼓吹“最后阶层”的自由和“劳动宗教”的资产阶级运动。这些因素同时形成了生活风格和那个时代创作的作品风格。弗里奇认为，占统治地位的文学—美学学说的体裁系统与特性是由这些“影响”和时代“风尚”决定的。

研究者借助这些系统化概念来描述各种不同的文学时代，分析某些文本，出现了催生文本的“制度”和“风尚”系统，而作者自己与文学作品则被作为反映那个时代的“产品”和社会文化的代表。作品的一切风格与形式特点、语义均根据“时代产物”这一思想进行描述。依照弗里奇的理论，文学主人公类似于“活雕像”，作为主要经济规律的消极与无个性的体现，被从“身体上”进行阐释。比如，Л. Н. 托尔斯泰就是“具有贵族心理”的“贵族阶层的产物”。陀思妥耶夫斯基被认为是“市民阶层的产物”。19世纪欧洲现实主义的出现是因为秉持了源自发展中的贸易的准确、合理、简单与节约原则等等。文学作品的主要任务是传达“时代精神”和某种思想倾向，它们明确地体现在现实生活的每一个角落和描写这种生活的作品中。显然，被理解成“时代文献”（原则上与历史—文化学派的观点相同）的文艺作品丧失了区别于其他的非文艺文本的诗性特征。由此产生了作为简单外壳的艺术形式概念，孤立于这一形式的“内容”深藏其中。文论的任务就是描述作为“人的文献”和作为反映某种“社会情绪”的文本。至于文学的比较—历史研究任务以及维谢洛夫斯基的“历史诗学”问题，弗里奇强调指出，这些都“处在我们的视野之外”。因此，形成了这样的认识：“艺术是经过精巧包装的内容”，同时，作家的创作亦是在“反映现实”的过程中“树立形象”。被这样理解的艺术自然就变成了神话创造，艺术内容理论建立在无意义的形式、“内容”的某种包装材料的思想之上。诗学语言与体裁问题被架空。在回答这一问题时，该理论把充当作品诗学成分（题目、形象、体裁、结构）收集器的“阶级心理学”看成是“有机整体”。与车尔尼雪夫斯基及其后继者不同，弗里奇批驳了艺术的“实用性”思想。他指出，艺术不会带来任何益处（他理解的益处是日常消费性益处）：“诗歌或者小说不是可以吃的面包。”无疑，这是在与车尔尼雪夫斯基学说进行比较方面迈出的重要一步。

与“现实”没有差别的艺术作品，甚至可能与“现实”完全等同。“反映”生活的文学文本记录一定时代的生活形式（“秩序”）。根据这一理论，文学是体现在词语中全面支配认知直观情感因素的形象性。文学作品是“装饰物”，是娱乐对象，对人而言，不代表任何严肃的生活的意义。弗里奇把形式的矫揉造作称为“花样翻新”，用自己的方式展现了“形式情感”或者是“艺术精髓”。这种“花样翻新”或多或少是由人的劳动活动的不同特点所决定的。旧石器时代，工具上的图案装饰是工具制作匠人律动的结果，之后变成了艺术，是为了创立“形象性”而进行的有意识的、有目的的制作。弗里奇指出实用性与表演性的工作之间确有紧密的联系，这带来了“花样翻新”的一定形式的出现，对艺术作品的艺术装饰产生影响。

由此得出可以将一般概念应用于具体艺术形式上的一系列结论。该理论创立了明确的文学体裁学说，成为特定时代占统治地位的艺术手段系统。体裁问题在这里是作为纯粹的似乎单独存在于“内容”之外的“形式—艺术”问题而出现的。体裁中保存着时代艺术“风格”的印记，正因为如此，通过某个时代的作品可以再现这一体裁所反映出的“某个社会日常生活的主线”。另外，体裁也是“产物”，没有任何可独立于“社会经济制度”而被研究的理据。出现了把艺术当成“生活游戏”的看法，某种文本或者作家创作的文化意义是由某种审美现象以何种方式“参与”何种具体游戏来决定的。符合（或严重不符合）所描述的那个时代的“风格”是作品的主要建设性原则，是分析具体艺术作品的基础。

艺术文本分析的基础在于探寻“时代体裁”的某种显性特征，它看上去像是被解读为独特模式的意识形态系统。作者，作为一定“时代体裁”的载体，参与文学作品的创作，他的才能仅仅在于能够准确地在其创作的作品中表现这一体裁。弗里奇不承认艺术家创作中的任何“灵感”与任何诀窍。诗学是一门关于文学形式及其形成和内部构造规律的科学，社会主义文论对此有所轻视。体裁被理解为体现在文本中的某个时代的生活规律，文学形式是时代不同特征的“多样性统一”。

社会主义文论的主要支点是人，人被理解成交织在其身上的一定的社会经济关系的统一体。被理解的文学过程不是某一个体同另一个体在有趣的对话中的交往（M. M. 巴赫金），而是人与社会的交往（社会与人的交往），结果就形成这样的链条：社会—人—社会。链条中关于主人公与作者以及艺术的对话性问题消失了，诗学遭到否定，艺术文本之间的界限被抹去，作为个体性交际语言的艺术特色丧失，最后艺术成了经济生产过程的一定程度上的附属品。客观反映时代的文学同样具有了无个性的特点。这在分析具体的文学作品时得到了证实。出现了对文学体裁与方向的这样的描述：“经典作家是彻头彻尾的市民”，浪漫主义作家颂扬“美景与乡村”，现实主义作家描写汽车、交易所、交通工具与“钢铁文化”其他要素世界里的人。还有对不同作者的创作特点的这般描述：“柯夫曼沉重的幻想作品”是由“诗人酗酒”所决定的，莫里哀的话剧题材是由他的“宫廷侍从丑角”地位所决定的等等。

由此明白，按照弗里奇的观点，文学题材的中心不一定非得是人。他指出，过去艺术的中心是动物，现在艺术形象性的拟人化是暂时现象，根本不是艺术所必需的。艺术发展中的“资产阶级时期”的特点恰好是：随着诗歌创作更加接近唯理论者的研究，一种不断排挤人的东西进入艺术之中。它的特点是最大限度地使描绘出的形象与被描绘的现象更加接近，以及对数字与技术语言、报告和文件语言的喜爱。艺术家根本没有形成艺术思想并在文学文本中表达出来，而是现实事件和现实主人公“非隐晦曲折”的表达者。弗里奇讲到艺术家在创造形象时千方百计地避免合乎语言规范，对此人们应当给予应有的重视。这一想法与Ю. Н. 蒂尼亚诺夫的思想很接近，他把这些思想作为《文学事实》一文的基础，但是由此观察得出的结论刚好相反。

总体上来说，可以把各种版本的社会主义文论界定为创建文学与文学创作的、否定文艺文本是语言与诗学—审美现象的理论。社会主义文学研究者分析文学作品的基础是具有社会经济特点的概念：国家、农村、风景、庄园、教堂、领地、房屋等等。文论的社会主义方向不区分作品的文本和文本外的联系，而将其融入一定时代的经济与生产生活中。文学作品的真实性被理解成证据确凿性，艺术性被理解成现实性，即反映“时代体裁”主要特征的客观性与准确度。由此出现了“社会代表”理论：作者的独特性凌驾于他所担负的“风格”之上，在似乎是最重要的典型性（作为一定经济关系“产物”明确完整表达的充分性）的背景下，主人公的个性特点也是偶然的和无关紧要的。在解释人是“社会动物”时，马克思主义人类学把重点放在了第二个词（动物）上。人所共有的生物—社会学特点比他个人的被认为是偏离标准的特点更重要。

然而，社会主义学派在文学研究中利用不同的体裁范畴，尽量回避对比分析或者甚至是“体裁”概念的定义本身。之所以这样，是因为他们认为特定的体裁和特定的被转换成艺术创作语言的“阶级形象、存在和意识”紧密相关。体裁概念不构成作品的形式，但具有社会价值意义，表达作品的主题。同样，风格是一定阶级的“存在和意识”的直接体现。弗里奇说，“风格即阶级”。这些思想可能会得到“消极美学”（分析古代文学文献的社会存在规律）代表们的赞许。弗里奇讲道，文学风格不直接互相影响，它们本身只是社会生产关系的所指参数。所以，“历史唯物主义”中描述的一个社会形态代替另一个社会形态的连贯性等同于弗里奇所述的一种风格影响另一种风格的规律。

值得注意的是，如果革命前的马克思主义文艺学家（Г. В. 普列汉诺夫、А. В. 卢那察尔斯基、В. В. 沃罗夫斯基、В. М. 弗里奇、В. Ф. 彼列韦尔泽夫）承认艺术家有一定程度上的创作自由的话，那么它们的后继者与学生们在20世纪20至30年代将这一理论做了合乎逻辑的完善，不承认任何妥协，催生了所谓的“庸俗社会主义”，比在19世纪和20世纪初的战前模式中更准确地执行“反映论”原则。创作过程与社会心理学的联系被他们解释为一切艺术创作过程直接由“生产方法”决定，因此其不承认作家创作意愿的任何自由，作家的创作意愿被减化为完成生产与消费社会的“社会订单”。任何作品，不论作者的意愿如何，反映的是作为人类历史发展主要进程的“阶级斗争”。

由于承认文学作品是“东西”并否认它是“符号系统”，所以诞生了独特的神话学，它要求承认文学史上创造的一切“艺术内容”的现实存在。庸俗社会主义文学研究的神话创作系统把艺术语言与“东西”混为一谈，不承认其中的“内部形式”（А. 波捷布尼亚），更不承认“次要模型系统”（Ю. 洛特曼）。弗里奇普通审美理论确定，艺术，作为“生活的反映”，在人类生活中不起任何独特的作用，它将随着新技术的到来而发生急剧变化。在谈及文学艺术的命运时，弗里奇保留了同黑格尔在其“美学”中表述的观点的联系。因为文学不具有任何独立的意义，将来生产“漂亮标志”的所有艺术，包括文学，将会被替换成生产“漂亮且有用的东西”。艺术家渐渐地会被生产日常用品的技术专家所排挤。同中世纪建筑工程师是主流艺术家一样，在未来的世纪里设计工程师将成为主流艺术家。

瓦列里扬·费德罗维奇·彼列韦尔泽夫（1882—1968）依靠牢固的理论基础积极推广自己的“遗觉诗学”理论——一门基于“模仿”理论的“马克思主义文学方法论”。它的意义可以做如下表述：如果列宁和弗里奇认为文学作品“反映了”社会政治生活并“代表了”某些社会的“人”与“阶级”，那么彼列韦尔泽夫则认为文学作品只反映人的心理，人的心理同时又反映周围现实。这个被彼列韦尔泽夫现代化了的二级“反映论”使得他缓和了“映出”和“反映”两个本质概念意义上明显不合的问题，也缓和了不是某个门类（音乐、建筑）明显“反映”的艺术类型的存在问题。彼列韦尔泽夫的这一理论迫使理论家专注作为“艺术”与“生活”重要中间美学交际链条的人的心理，由此诞生了作为人的意识主要产物和“工具”的“形象论”。彼列韦尔泽夫把创作定义为“有意识的模仿”，而把艺术定义为“形象思维”和“有意识模仿”（比较洛特曼和维果茨基对这一论点的批判）。

这一双面镜式的“形象—模仿”艺术理论迫使彼列韦尔泽夫诉诸“感染论”。它的意义在于揭示文学文本是作者用以丰富读者的承载某种情绪的集装箱。这种解决方案显然令许多人不满，比如提出与此相反的“逆向情感”理论的维果茨基。这一类似于术语“感染”的理论可能被认定为“接种”，即为防止生病而施加的艺术“感染”。如果彼列韦尔泽夫的读者醉心于作者“倾注在”文本中的那种情感，那么在维果茨基的读者意识中会生出与文本中的表述截然相反的情感。

相关文献与问题

马克思主义与苏联社会文论专题图书索引

1. 阿尔瓦托夫 Б. И.《社会诗学》，莫斯科，1928 年（Арватов Б. И. Социологическая поэтика. М., 1928.）
2.《文学理论导论（文选）》，第二版，莫斯科，1988 年（Введение в литературоведение. Хрестоматия. 2-ое изд. М., 1988.）
3. 凯尔图亚拉 В. А.《俄罗斯文学史教程》，第一部，第 1–2 本，1906—1911 年（Келтуяла В. А. Курс истории русской литературы. Ч.1. кн.1–2. 1906—1911.）
4. 列宁 В. И.《论文学与艺术》，第六版，莫斯科，1979 年（Ленин В. И. О литературе и искусстве. Изд.6-ое. М., 1979.）
5. 卢那察尔斯基 А. В.《苏联文学论文集》，第二版，莫斯科，1971 年（Луначарский А. В. Статьи о советской литературе. Изд.2-ое. М., 1971.）
6.《论文学的党性》（文集），莫斯科，1987 年（О партийности литературы.（Сборник.）М., 1987.）
7. 波斯佩洛夫 Г. Н.《方法学与诗学问题》（论文集），莫斯科，1983 年（Поспелов Г. Н. Вопросы методологии и поэтики.（Сб. статей.）М., 1983.）
8. 佩平 А. В.《文学观点的特性》，圣彼得堡，1906 年（Пыпин А. В. Характер литературный мнений. Спб., 1906.）
9.《文学理论，历史阐释的主要问题》，第 1—3 卷，莫斯科，1962—1965 年（Теория литературы. Основные проблемы в историческом освещении. Кн. 1–3. М., 1962—1965.）

10. 弗里奇 В. М.《艺术社会学》，莫斯科—列宁格勒，1926年（Фриче В. М. Социология искусства. М.-Л. 1926.）
11. 弗里奇 В. М.《艺术学问题》，论文集，莫斯科—列宁格勒，1931年（Фриче В. М.. Проблемы искусствоведения. Сб. ст. М.-Л., 1931.）
12. 弗里奇 В. М.《欧洲最新文学（1900—1914）——文学中的资本主义和社会主义》，莫斯科，1919年（Фриче В. М. Новейшая европейская литература（1900—1914）Капитализм и социализм в литературе. М., 1919.）
13. 弗里奇 В. М.《恐怖诗学——西方文学与艺术史节选，莫斯科，1912年（Фриче В. М. Поэзия кошмаров и ужаса. Несколько глав из истории литературы и искусства на Западе. М., 1912.）
14. 弗里奇 В. М.《Л. Н. 托尔斯泰》，莫斯科，1929年（Фриче В. М. Л. Н.Толстой. М., 1929.）

马克思主义与苏联社会文论：历史视角

1.《马克思主义文学批评的现实问题》，大学研讨班材料，1975年（Актуальные вопросы истории марксистской литературной критики. Материалы межвузовского семинара. 1975.）
2. 阿尼西莫夫 И.　В. М. 弗里奇论文学发展 //《出版与革命》，1930年，第一期（Анисимов И. Система взглядов В. М. Фриче на литературное развитие.// Печать и революция, 1930, N 1.）
3. 古德科夫 Л. Д., 杜宾 В. В., 斯特拉达 В.《文学与社会——文学社会学绪论》，莫斯科，1998年（Гудков Л. Д., Дубин В. В., Страда В. Литература и общество. Введение в социологию литературы. М., 1998.）
4. 古托罗夫 И. В.《苏联文论基础》，第三版，明斯克，1967年（Гуторов И. В. Основы советского литературоведения. Изд. 3-е. Минск, 1967.）

5. 德米特里耶夫 A. H. 俄罗斯形式主义与文学的社会意义展望 //《社会与人文知识问题》，乌法，2000 年，第二期（Дмитриев А. Н. Русский формализм и перспективы социологического значения литературы //Проблемы социального и гуманитарного знания. Уфа, 2000, Вып. 2.）
6. 叶梅利亚诺夫 K. M. 对 B. M. 弗里奇方法论的批判 //《语文学家的面子》，特维尔，1998 年（Емельянов К. М. К критике методологии В. М. Фриче // Лица филологов. Тверь, 1998.）
7. 科赫诺 И. П.《卢那察尔斯基与马克思主义文学批评的形成》，明斯克，1979 年（Кохно И. П. А. В. Луначарский и формирование марксистской литературной критики. Минск, 1979.）
8. 库里洛夫 A. C. 社会—遗传文论 //《19 世纪末 20 世纪初俄罗斯文论》，莫斯科，1982 年（Курилов А. С. Социально-генетическое литературоведение.//Русская наука о литературе в конце XIX-начале XX в. М., 1982.）
9. 马扎耶夫 A. И.《20 年代的“生产艺术”理论》，莫斯科，1975 年（Мазаев А. И. Концепция“производственного искусства”20-х годов. М., 1975.）
10. 尼古拉耶夫 П. A.《马克思主义文论在俄罗斯的出现》，莫斯科，1970 年（Николаев П. А. Возникновение марксистского литературоведения в России. М., 1970.）
11. 努西诺夫 И. M. 在无产阶级文学斗争中的弗里奇 //《文学与马克思主义》，1930 年，第一本（Нусинов И. М. Фриче в борьбе за пролетарскую литературу.//Литература и марксизм, 1930, кн.1.）
12. 拉科夫 B. П.《苏联文论史——社会学方向》（论 B. M. 弗里奇的文学理论），伊万诺沃，1986 年（Раков В. П. Из истории советского литературоведения. Социологическое направление.（О литературной теории В. М. Фриче）. Иваново, 1986.）

13. 拉科夫 В. П. 新的“有机批评”（语文学视角）//《鲜活的思想：纪念 Г. Н. 波斯佩洛夫诞辰 100 周年》，莫斯科，1999 年（Раков В. П. Новая «органическая критика»（филологическия аспект）// Живая мысль: к 100-летию со дня рожденияГ. Н. Поспелова. М., 1999.）
14. 萨库林 П. Н. 文论的社会方法 // 萨库林 П. Н.《语文学与文化学》，莫斯科，1990 年（Сакулин П. Н. Социологический метод в литературоведении // Сакулин П. Н. Филология и культурология. М, 1990.）
15. 埃萨利涅克 А. Я. 长篇小说的历史类型学研究 //《鲜活的思想：纪念 Г. Н. 波斯佩洛夫诞辰 100 周年》，莫斯科，1999 年（Эсалнек А. Я. Об историко-типологическом изучении романа. // Живая мысль: к 100-летию со дня рождения Г. Н. Поспелова. М., 1999.）

与本专题相关的问题

1. 马克思主义文论是如何表述文学进程与物质生产、物质消费进程之间的关系的？
2. 马克思主义文论是如何界定新的文学体裁（艺术门类）的成因的？
3. 根据马克思主义文论，作家的创作劳动是不是一种生产劳动形式？
4. 从马克思主义美学角度来看，什么是“根据美的法则创设现实”？
5. 根据这一理论，作家创作生活中的“闲暇”的作用是什么？
6. 什么是“反映论”和“先进阶级意识”？
7. “文学党性”原则的理论与现实体现。
8. 马克思主义美学的审美理想及其“艺术力量”问题。
9. 什么是该理论界别中的“现实主义”和“典型性格”？
10. 作为社会文献与社会学描写机制的文学。
11. 文论的社会学方向对讲授文学的主要影响途径。

第十章

M. M. 巴赫金的“对话”理论

米哈伊尔·米哈伊洛维奇·巴赫金（1895—1975）出生在奥廖尔一个给俄罗斯培养了不少文学和文艺活动家的贵族家庭。他曾在新罗西斯克大学（敖德萨大学）和圣彼得堡大学就读（1918年毕业），也曾在涅维尔和维捷布斯克教过几年书。他研究陀思妥耶夫斯基诗学，1929年发表了自己的著名研究成果（后来该成果被多次再版），此后不久遭到逮捕，他的许多岁月在流放中度过。他在莫尔多瓦大学（萨兰斯克）当过教授、文学教研室主任。1940年，巴赫金通过了题目为“论弗朗索瓦·拉伯雷的小说《巨人传》”的副博士论文答辩，论文被整理成书出版并成为关于文艺复兴美学的最好专著之一。他在整个创作道路上给予了文学研究方法学问题极大的关注。他的著述《审美活动中的作者与主人公》《长篇小说的话语》声名远播，被译成多国语言。M. M. 巴赫金的一系列术语（“狂欢化”“复调”“时空体”）被收录到国家文论术语库，成为国内外许多学者的研究对象。巴赫金的作品被翻译成欧洲多国语言，他被认为是20世纪俄罗斯最著名的语文学家之一。

巴赫金在自己的研究中以哲学家的形象出现在我们面前，他继承了德国经典哲学的许多成果，研究文学过程美学。巴赫金在自己的首篇文章《艺术与责任》（1919年）中郑重宣布了自己的信条，开启对艺术文本的美学—诗学研究。从最初的研究开始，他专注于探究作为美学—对话现象的文学作品的创作、存在与理解之间某种本质联系的根源。巴赫金给“美学事件只有在两个参与者参与下才能完成”这一经典公式中补充了一条“以两个不相符合的意识为前提”且要求第三个标记点——文学主人公，这成为他的美学—文学理论概念的出发点。如果说“形态学”的传统代表专注于具体诗学文本内部的功能联系的话，那么，对巴赫金而言，科学研究的主要材料则是文学研究中同样困难的另外一个问题——美学交际特点。巴赫金把文学过程理解为两个“我”（作者与读者，对作为美学对象而存在的作品而言，同样重要）之间的伦理—美学对话。因此，我们对待对象的态度可能建立或破坏它的结构，我们所看的或成为它的“样貌”，或丧失它的“样貌”——根据我们对待它的诗性程度（能产度）。艺术形式让读者明白这是他对作品所有元素的反应总和，最重要的（艺术理解区别于其他文本承袭方式）是出现了“对主人公整体的统一反应和他的所有单独体现（作为他的因素）具有评价这一整体的意义”。因此，作品的艺术意义被读者塑造成创造性地、卓有成效地、建设性地对待作品主人公的结果。

为了弥补维谢洛夫斯基在能否创立作家创作过程的科学理论（“个人首创”）上的悲观主义，巴赫金专注于研究艺术形式的起源，试图揭秘作者塑造文学主人公的创作机制。他认为，文学主人公由作者的（受他“在世界上的地位”的不可替代性所制约的）“丰富见识”而生。这里讲的是作者的自觉（自我清醒认识），即人的忘我的自我态度，他明确知道自己世界观的独特性、优势乃至于缺点。这样，文学创作就成了人的独特个性的展示，这跟H. A. 别尔嘉耶夫作为存在的有益形式的“创作”假说有关联，甚至诉诸另外的“我”的独特性思想，并借此让我们记起П. А. 弗洛连斯基的“样貌”概念。但是这里存在着区别。巴赫金证实，科学、政论、日常言语的特点是原则上的“我”和“你”的交际可逆性，除此之外，这种交换中不会出现“第三者”——作为“我”和“你”之间诗学中介的文学主人公。作为交换，这里出现了积极的忽视人和人之间个体差别的“具有社会性的我”。“我”和“他”之间的关系的不可逆性以前被认为是某种艺术理论的无解问题，巴赫金却把它变成创立明确而令人信服的美学交际模式与艺术形式起源的牢固基础。借助于文学—艺术模式而进行的美学交际被他描述成两个独立的、有着自我独特性意识的、同时在寻找“永久问题”答案的“我”。

巴赫金一切文学研究工作基础的方法学特点是，有意识地把重点放在人的个性、独特的与相对孤僻的“我”上面。对“我”来说艺术是在世界上准确体现和证明自我的主要方法。巴赫金理论的主要范畴，“我”和“他”经常换位，是一切美学现实产生的必要条件：文学文本的书写与读者对它的理解。经常的相互比较、相互施压、独具个性的“我们”及其所特有的“丰富见识”之间的激烈争斗是人类历史的内容，同时又是艺术产生的条件，这种艺术只承认一种“自我”实现形式，即把自己、自己对世界的看法全部奉献给另外的意识。

这种真实性与完整性建立在“丰富见识”理论的基础上，巴赫金认为它是每个人的“样貌”的基础，是他在世界上的“不可替代性与不可兼容性”的公式。“丰富见识”与巴赫金的人的个性公式是每个人的世界观有别于曾经生活在或现在生活在这个世界上的其他人的总和。这种“相对于任何其他人永远存在的我的见识与丰富阅历是由我在世界上的位置的不可兼容性所决定的……”，所以，“他”就成为宇宙不可缺少的一部分，“我之外所有其他的人”[①]被理解成他的另外一个身份。如果对所有人来说世界只有一个，那么人与人之间的区别根本不在于民族文化性格特点，而在于某个人所固有的世界观的个体论缩影的特性。这种情形可以与剧院的座号相比：每一个观众出现在大厅（时空连续统）里，看到同样的演员们的舞台演出（宇宙），但是邻座间具有各不相同的独特视角。巴赫金认为，艺术家的任务是定义新视角，使旧场景能够传递出崭新信息。所以，巴赫金认为，艺术家是世界视角的职业定义师，同时他应当借助于对其载体（文学主人公）样貌的表述，论证每一个被定义的新视角。“一个最亲近的、似乎很熟悉的人，需要揭开他脸上的多少层面纱（包括被我们的偶然反应而蒙上的面纱）才能看清他的庐山真面目。”[②]

艺术家从严格明确或随意变换的观点创立世界模式。显而易见，文学作品的主人公系统被表述为具体艺术形式不可或缺的整组观点的体现。形式

---

① Б.阿尔瓦托夫，《社会诗学》，莫斯科，1928，第23页。

② 同上书，第8页。

的任何元素都是由它与最后的所指以及它与"样貌"的关系（即内部和外部的统一）所决定的。譬如，文学作品主人公的每一句答话——手势、面部表情、想法、语言、行为——从来不仅仅是对世界施加于他的外部影响的回应，或者相反，不仅仅是对世界积极的擅自入侵，还总具有对话的特性，以自己的回应表述新问题或者以明确的回应把自己的问题连接起来。"为主要人物的血肉之躯注入生活与梦想是艺术家的首要任务"[①]，同时，没有外表描述的人不需要对话，美学关系的必要性也随之消失。因此，对一个人来说，统一宇宙的主要见证者是另一个人的存在，但是与他的相应的对话联系只可能在美学（三位一体）形式下进行。语言艺术家同时还是新的、独一无二的以及宇宙因此而急需的世界观的创造者。推动人认知世界的作家直接服务于预见之目的。由此引出语言艺术家对于理想的"他"——文学主人公的任务："我应当深入体会这个他，像他那样看清他的内心世界，站在他的立场上，然后再次回归本位……用我丰富的见识、知识、愿望与情感建立一个包围圈，圈住他。"[②]巴赫金把"丰富见识"比作树的幼芽，为了让幼芽开花成长，必须"深入体会这个他，像他那样看清他的内心世界"。[③]

巴赫金认为，创作文学作品的本质在于作者与主人公分享自己的"丰富见识"，保持自己的特色，不把"自我"强加于他，但是在创作中利用自己作为建筑材料塑造其他的与他相对的意识、"主人公样貌"。成熟意识固有的内心对话是从"他"的立场理解世界的基础。诗学上正面而善良地对待另外的"我"的态度是创作过程的必要基础：只有当对待"他"的正面的诗性的态度（即把另外的"我"当作独立的平等的人）炽热高涨时才会诞生文学主人公"我"。巴赫金揭示了作家创作过程的一系列规律，以全新的视角思考存在于

① Б. 阿尔瓦托夫，《社会诗学》，莫斯科，1928，第28页。

② 同上书，第24页。

③ M. M. 巴赫金，美学活动中的作者与主人公 //M. M. 巴赫金，《语言创作美学》，莫斯科，1979，第24页。

人的诗学状态及其创作能力之间的深刻联系——不受所创造的文学主人公的具体诗学特点所限制（创作反面主人公要求作者具有与创作正面主人公原则上一样的爱）。结合基督教文化中的传统道德规范，巴赫金指出，自己在创作反面主人公的性格时，实际上执行了耶稣关于“爱敌人”的圣训。

作家在这个世界上的任务看上去像是创造新的宇宙观——实际上等同于上帝造人。为此，必须将作为“别的我”被感受到的他人（“生活的主要主人公、文学主人公”）“植入胴体”。相似性不断增加的原因是此时创建了作品的实物世界、空间与时间、物质世界——“包围圈”（外形的“我”）与“眼界”（内在的“我”）——被认识与了解的世界、作为鲜活意识而形成的文学主人公的观点。这一新创作出的世界观在保持其个性的同时，调整了作者与读者本体的眼界，形成了乐于就存在的意义与周围空间（作为对个体“我”的存在最富有成效且最有益的）参数进行讨论的对话情形。巴赫金在所有的著述中关注构建美学交际的三个存在点，这使得他批判性地看待美学和文学理论，它们仅考虑到“美学关系”三要素中的一个或两个（“物质美学”“印象美学”——社会主义文论和“形式主义”）。

根据巴赫金的理论，美学活动的基本条件是一个人对“他人”（持有独立的区别于他的世界观）的伦理—本体兴趣。在这种联系中，两个自主的与原则上不同的世界观经历着相互吸引，并在互不兼容与互相需要的基础上开始接近：“我应当体验（看到与了解到）他所体验的，站到他的立场上，似乎与他完全一样……”[①] 宇宙观中关于人的本体不可替代（“不可兼容”）的理论的核心是样貌（人的样貌与内在的“我”完全吻合）观念，换言之，人的本体价值与他的独立性直接相关。人的“样貌”的完整性的最好证明是他本体的不可摧毁性，而在这一点上，巴赫金是任何社会主义学派（把任何人都归为等同于他的他人）的敌人。对巴赫金而言，人不可复制，所以，“生活中的

① M. M. 巴赫金，美学活动中的作者与主人公 //M. M. 巴赫金，《语言创作美学》，莫斯科，1979，第26页。

‘我—他’相互关系对我来说是具体的和不可逆转的”。[①]在这些条件下，对话成为人的存在形式，而“正面的可接受的”人际关系的伦理基础就有了具体而明确的依据。巴赫金认为“人—他人—世界”本体相互关系模式是艺术文学的主要任务。这里根本没有“一般意义上的人”，有作为宇宙意识支点的每一个具体的人，不同于人的另外两个认知领域：宗教与科学（不同世界观的复调被理解成在一定程度上容易克服的缺点）。在宗教与科学中“人—人”关系被认为是可逆的，对巴赫金来说，这种关系原则上不可逆转，这是巴赫金对话机制的根本特点。

根据这一理论，巴赫金分析了各种不同的文学—美学学派，他们编制出一系列作者及其所创作的文学主人公的关系类型——感伤主义、古典主义、浪漫主义，俄罗斯经典小说一次次揭露主人公道德评价的性质，这跟文本中所确定的主人公与作者的特殊关系有关，同时发现对它们进行比较分析（指出所描述的一组文本的本质特点）的新范畴。他发现了文学主人公典型性格形成的基础是负罪感（不是道德的负罪，而是代表“命运”的“存在负罪”）。家族传承意识变成古典主义作品中的正面伦理价值，同时作为道德倡议被人的全面的社会明确性所抹杀。他在这个世界上占有明确的、牢固的和不可改变的地位，其灭亡本身与作为其客观现实形式的社会固定性有关。命运是过去一切的整理形式，这里不可能有任何新的公开的启示，古典主义中个性与命运本质上几乎是同义词。感伤主义中道德评价是决定性的：主人公不是单纯的死亡，而是被杀害。主人公“蒙受生命”，感伤主义小说是“善良而重感情的人”对同样“善良而重感情的人”（被不幸的“凶犯”——作品主人公邪恶的化身附体）的命运做出伦理反应的总和。在古典主义中邪恶无个性，在感伤主义中邪恶被拟人化与人格化。在古典主义中主人公与阶层地位有关，在感伤主义中它完全被空洞化，被认为是仅与周围生活有些许象征

① M. M. 巴赫金，美学活动中的作者与主人公 //M. M. 巴赫金，《语言创作美学》，莫斯科，1979，第 23 页。

性关联的存在支点。感伤主义小说是对施加于道德完善的人的邪恶作出伦理反应的工具。浪漫主义作品中的主人公具有责任感与主动精神，“思想价值”对他特别重要。与古典主义不同的是，浪漫主义作品中的主人公不受族群羁绊，有时对它与其他社会关系形式直接不予理会。浪漫主义作品中的主人公是漂泊者、追求真理者和探寻人生真谛的云游者。浪漫主义作品中的主人公的特点是“主人公的积极全面的价值—意义追求”[①]。作者对主人公的反省在这里通过主人公自身内部来实现，出现了抒情的“我”这一典型形式。巴赫金指出，在经典的俄罗斯小说（“现实主义”）中，同上述类型不同的是，性格“决定自身的认知问题”。主人公集社会的确定性、浪漫的主动性与感伤主义伦理问题的压力于一身。俄罗斯现实主义中的文学主人公是作者社会—哲学理论的外推法。

因此，人创造世界的力度与世界创造人的力度相当，一个人对待另一个人的任何态度都很宝贵，因为从对话的角度意味着这个对话具有人的主要存在形式的意义。一个人对另一个人的总的反应，包括作者对其所塑造的文学主人公的态度“具有原则上的和卓有成效的、创造性的特点[②]。总的来说，任何原则上的态度都具有创造性的、卓有成效的特点”，凭借人对世界的卓有成效的（=对话性的）态度创造出了一切宝贵的东西与思想：“外化于主人公意识及其世界的姿态优美的、空间的价值……”[③]美学态度的基础是作用于对话的两个参与者的唯一“表现出来的，被外部所理解的行为的真实性……”[④]美学问题将会在本体论假说（确定宇宙各部分之间正面联系）范围内得到解决，人与亲近的自己人之间的对话（包括艺术作品中主人公之间的关系）是经常的遵从共同规范的互动情形。根据这一假说，人的意识具有了思维宇宙

---

① M. M. 巴赫金，美学活动中的作者与主人公 //M. M. 巴赫金，《语言创作美学》，莫斯科，1979，第157页。
② 同上，第8页。
③ 同上，第26页。
④ 同上，第42页。

的部分功能，思维宇宙摆脱了这一部分，赋予它在未失去与现实整体联系的条件下感受整体的能力，可能是为了获得自感与自觉的能力。换言之，按照巴赫金的说法，人的意识是宇宙自觉的一部分，只有依靠人独立与自由的世界观才能获得巴赫金宇宙中最宝贵的状态——对话状态。人在这里不是镜子，而是存在支点自由互动与对话中的平等伙伴，根据这一逻辑，对话不仅仅是人们的交际形式，还是宇宙的本体状态。在这个意义上世界与人是平等的：如同人并非存在于对话之外一样，退出对话状态的世界将不复存在。所以，思考世界的人是他本体稳固性的必要因素。这些独立的相互不间断的联系的每一个部分都是世界所必须的，世界与人缺少了彼此，那都是不全面和不完整的。因此，人在寻找自身的意义和证明自己的存在时，应当用自己弥补宇宙的完整性并与之开展对话。此时，重要的是认同对话双方的本体价值。按照巴赫金的想法，文学是宇宙两个互为必要的部分（人与世界）之间关系的表述方法，这正是因为人在这里被定义为相对的整体，不同于对他的日常（社会—文化学上的）理解（即所谓的局部的人）。

关于“丰富见识”的论断，证明了巴赫金理论中取自于相反方向的“我”的自我主义与绝对价值，它是每一个人对于世界与他人的必要性的基础。如果说在后结构主义范式（后现代主义）中人感受到在他人（另外的人）面前的先验的恐惧，且在他与其他人不相符合的条件下成为人质，那么巴赫金的看法则恰恰相反，正因为那样，人才是另外的人所必需的，要是考虑到他缺少他人的“丰富见识”的信息，在对话中他个人的丰富见识将被见识的缺失所逆转。

巴赫金指出，伦理联系缺失信息，它像一件空器皿一样，是普通的关系法规。与此不同的是，美学联系中总是有相对成功的尝试，传达关于“我”的信息，作为拯救“他人”的证明。根据他的理论，可以把一切针对自己的行动迁移到亲近的人身上，但巴赫金证明，爱自己是伦理上的“短路”：“我对自身特别冷淡，甚至在自我防护中亦是如此。”他认为，人因爱而生，但爱来自外部：来自父母、朋友，来自外部世界。爱自己是抓住头发把自己从沼泽中拉上来的一次尝试，着力点与支撑点一致，拉不上来。巴赫金发现关于大家所熟知的“像爱自己一样爱亲人”的要求并非偶然，爱自己不可能，因为计数点恰好是爱他人，更准确地说：“像爱自己的亲人一样爱自己。”

对巴赫金来说，人体是符号系统，这种符号系统娓娓动听地讲述它所表示的最重要、最宝贵的信息特点，以及自由思考者的独特世界观的特点。文学主人公的外表是“人体的一切富有表情的生动瞬间的总和”，“这里—和—现在—存在”[①]，由此得出人的实体感（肉体）是其本体状态的符号。文学作品中对人的美貌的描写是其存在以及“全部生活”的重要证明，同时只有通过强烈感受他人的形象，人的全部伦理才能得到体现——“我生活中充满着他人的完整与不可磨灭的一切外部形象——但是他们当中不会有我本人的外部形象……”[②]显然：1. 人的伦理与本体特征的标记点不是“我”，而是“你”，2. 只有依靠与其他的世界观开展密集对话才能形成人的样貌。以拟人观的艺术结构（即《文学主人公》）形式体现自己独特的世界观成了艺术家的任务。“从美学方面理解身体，也就是通过外部表现力感受它的内部（肉体与精神上的）状态。”[③]因此，巴赫金特别重视主人公的样貌公式，照他的逻辑，这是人的公式的主要部分。巴赫金认为，艺术家对待所创作的主人公的态度总是与上帝对待他所创造的人的态度一样。“老实说，当我们回归自我，回到一个受苦者的处境上整理与完成体验材料时，审美活动便开始了。此时，他的身体状态……便成为纯粹的美的价值与……的体现”[④]，作家根据他与世界进行本

① M. M. 巴赫金，美学活动中的作者与主人公 //M. M. 巴赫金，《语言创作美学》，莫斯科，1979，第26，39页。
② 同上，第55页。
③ 同上，第57页。
④ 同上，第26页。

体对话所需求的形式描述主人公的"样貌"。

由此可以断言，世界上的人与文学作品中的主人公的运动可以被归纳为相对于"样貌—假面具"轴移动的两个主要方向：

——文学主人公显露真容（"样貌"），企图获得方便适应社会的"假面具"（反面主人公）；

——尽力摆脱自己的"假面具"，向自己和所有周围的人展现自己的"样貌"（正面主人公）。

世界文学一切作品的情节均可归纳为这两种根本模式。

人的对话的可接受性 / 不可接受性（他准备参加对话的素养）问题是类型学的基础。对于文艺系统，这是"脸"与"面具"的问题，这是人被自己与他人、整个世界（用"上帝""人民""宇宙"等符号表示的）的接受问题。每一种情况下出现的画面相符或不相符催生了建立在符合 / 不符合效果之上的艺术意义。比如，最理想的形式是球体，从每一点来看它都是圆的，而圆柱体则相反，仅从一边看起来是圆的，从另外一边来看它是长方形。在对话中，如果没有内部因素，就不可能有外部因素，人对世界的自由感知行为便会获得优美的表现力，且总是歪曲的或者被歪曲的。在"丰富见识"内部缺少所承载的优美表现力是让人畏惧的空壳。对话以两种不相符合的意识为前提，因此镜子永远不可能成为促进对话的装置。所以，人在镜前的状态总是有些虚假："我们没有来自外部的对待自己的办法……"[①]从此相面大师（通过看相判断人的性格及心理状态的人）便成了真正的艺术家，站在"你"的角度思考别人的意识，这是真正的审美工作，是"净化面部表现力"的工作。巴赫金在著名的关于陀思妥耶夫斯基的书（《陀思妥耶夫斯基诗学》）中延续

① M. M. 巴赫金，美学活动中的作者与主人公 //M. M. 巴赫金，《语言创作美学》，莫斯科，1979，第 31 页。

了这一思想，提出“复调”概念，借助它把陀思妥耶夫斯基的小说解释成原则上封闭的意识形态的杂语共生，其中所有主人公的声音（同作者的声音一样）听起来“嘈杂难辨”，互相展示各自的“丰富见识”。在这种多元化的形成中，陀思妥耶夫斯基决然脱离“独白”小说（可以清晰地看到主旋律与伴奏）的传统。巴赫金强调，在陀思妥耶夫斯基的作品中，每一个情节的旋律独自展开，同巴赫的赋格曲一样，不受其他旋律约束而相对自由。巴赫金认为陀思妥耶夫斯基小说所特有的多声部是易感性与原则上的开放性（未完成性）的特殊伦理状态（按照巴赫金的说法，这种状态就是满脑子伦理的天才作家陀思妥耶夫斯基的本质）的表现。

在巴赫金的这篇论文以及其他的论著中，对作品的具体分析与对分析所采用的科学方法进行了深入的理论结合。其惊人的、相当罕见的方法的连续性与精确性是“巴赫金学”诞生的基础，它被作为明确的美学学说，对哲学美学与文论同样重要。巴赫金的著述是对现代文学科学方法论的重大贡献。根据巴赫金的观点，脱离一般艺术的本质问题构建文学创作诗学是不可思议的。他坚持认为，没有可供使用的艺术美学本性理论就不可能理解单个的文学作品的美学本质。巴赫金否认“诠释者”（把文学作品理解为社会与创作“影响”的交叉点、一种吸附很多东西但没有独立结构的文化—历史“海绵”）特有的期望。他认为，文学根本不是语文科学与“文字”，不是最终的或无尽的“话语”堆砌。在其他的艺术门类（被它们共同的伦理—美学存在本性结合在一起的）体系中可以找到文学的位置。把文学文本看作社会产品与社会消费的“社会学者们”是不对的。而且，形式主义者们的看法也是不对的，他们把文学作品的创作技术绝对化，忘记了艺术创作的伦理—美学本性。

根据巴赫金的观点，如果不创建将文艺学纳入人文科学体系的思想基础，文论今后将会淹没在主观性的海洋里，将会逢迎语言学或心理学（将某个研究者的威望作为真理标准）。巴赫金认为，弘扬艺术的伦理—美学本性概念能够帮助制定文论的研究方法。不能说，巴赫金的理论总是会被他的学生们正确使用：在后巴赫金与巴赫金文学中可以看到将他的理论变成一床大小不定的棉被的尝试，企图用它覆盖世界文学的一切现象和过程。另外，还发现有对他的科学成就的实质缄口不言以及有意或无意地装糊涂的情形。但无疑，巴赫金用自己的著述创立了明确的文论学派，如今，我们真切地感受到这一学派的存在。

相关文献与问题

M.M. 巴赫金的作品

1.《弗洛伊德主义，文论中的形式方法，马克思主义与语言哲学》，论文集，莫斯科，2000 年（Фрейдизм. Формальный метод в литературоведении. Марксизм и философи языка. Статьи. М., 2000.）

2.《史诗与长篇小说》，圣彼得堡，2000 年（Эпос и роман. Спб., 2000.）

3.《选集》，两卷本，莫斯科，1994 年（Избранные работы. В 2-х тт. М., 1994.）

4.《拉伯雷的创作与中世纪和文艺复兴时期的民间文化》，第二版，莫斯科，1980 年（Творчество Франсуа Рабле и народная культура средневековья и Ренессанса. 2-ое изд., М., 1980.）

5.《文学批评论文集》，莫斯科，1986 年（Литературно-критические статьи. М., 1986.）

6. 行为的格局 //《社会学研究》，1986 年，第 2 期（Архитектоника поступка.// Социологические исследования. 1986, № 2.）

7.《文学与美学问题——不同年代的研究》，莫斯科，1975 年（Вопросы литературы и эстетики. Исследования разных лет. М., 1975.）

8.《陀思妥耶夫斯基的诗学问题》，第四版，莫斯科，1979 年（Проблемы поэтики Достоевского. 4-ое изд., М., 1979.）

9. 文论方法学 //《上下文》，1974 年，莫斯科，1975 年，第 203—212 页（К методологии литературоведения //Контекст. 1974. М., 1975. С.203-212.）

论巴赫金的“作者与主人公”的概念

1. 亚历山德罗娃 P. И.《M. M. 巴赫金的道德哲学与创作遗产》，萨兰斯克，1995 年（Александрова Р. И. Нравственная философия и творческое наследие М. М. Бахтина. Саранкс, 1995.）
2. 亚历山德罗娃 P. И. M. M. 巴赫金创作中的伦理与美学 //《哲学问题》，1994 年，第 12 期（Александрова Р. И. Этическое и эстетическое в творчестве М. М. Бахтина.//Вопросы философии. 1994. № 12.）
3.《巴赫金文集》，莫斯科师范学院，莫斯科，1990 年（Бахтинский сборник. Моск. гос. пед. инст. М., 1990.）
4. 比伯利尔 B. C.《M. M. 巴赫金或文化诗学》，莫斯科，1991 年（Библер В.С. Михаил Михайлович Бахтин или Поэтика культуры. М., 1991.）
5. 布拉夫卡 Л. А.，布兹卡德林 А. В. M. M. 巴赫金：对话的辩证法 vs 后现代主义的形而上学 //《哲学问题》，莫斯科，2000 年，第 1 期（Булавка Л. А., Бузгадлин А. В. М. М.Бахтин: диалектика диалога versus метафизика постмодернизма // Вопросы философии. М., 2000, № 1）
6. 沃罗比约夫 Ю. К. M. M. 巴赫金的言语体裁理论和文献 //《关于对话的对话》，萨兰斯克，1991 年（Воробьев Ю. К. Теория речевых жанеров М. М. Бахтина и идокумент // Диалог о диалоге. Саранск. 1991.）
7. 伊万诺夫 B. B. M. M. 巴赫金符号、言语与对话思想对现代符号学的意义 //《塔尔图大学学报》，1973 年，第 308 期，《符号系统论著》，第 6 卷，（Иванов Вяч.Вс. Значение идей М. М.Бахтина о знаке, высказывании и диалоге для современной семиотики. // Уч. зап. Тартус. ун-та, 1973, Вып. 308. Труды по занковым системам, 6.）
8.《M. M. 巴赫金与 20 世纪哲学文化——1991 年 2 月 2 日—6 日学术会议资料》（俄罗斯国立赫尔岑师范大学），圣彼得堡，1991 年（М. Бахтин и философская

культура XX века. Материалы конференции 2-6 февраля 1991 г.（РГПУ им. А. И. Герцена）Спб., 1991.）

9.《М. М. 巴赫金与人文知识方法学》（论文集），彼得罗扎沃茨克，2000 年（М. М. Бахтин и проблемы методологии гуманитарного знания.（Сб. ст.）Петрозаводск, 2000.）

10.《批评镜像中的 М. М. 巴赫金》，莫斯科，ИНИОН, 1995 年（М. М. Бахтин в зеркале критики М., ИНИОН, 1995.）

11.《作为哲学家的 М. М. 巴赫金》，论文集，莫斯科，1992 年（М. М. Бахтин как философ. Сб. ст. М., 1992.）

12.《М. М. 巴赫金：科学遗产问题》，学术著作集，萨兰斯克，1992 年（М. М. Бахтин: проблемы научного наследия. Сб. научн. тр. Саранск, 1992.）

13. 涅斯别特 Э.，奈曼 Э. “时间形式”中的时间形式，时空体的染色体 //《外星人》（НЛО），1993 年，第 2 期（Несбет Э., Найман Э. Формы времени в «формах времени». Хромосомы хронотопа. // НЛО 1993 № 2.）

14. 奥索夫斯基 О. Е.《大时间的对话：М. М. 巴赫金的文学研究理论》，萨兰斯克，1997 年（Осовский О. Е. Диалог о большим времени: литературоведческая концепция М. М. Бахтина. Саранск, 1997）

15. 奥索夫斯基 О. Е.《人、话语、小说——М. М. 巴赫金的科学遗产与现代性》，萨兰斯克，1993 年（Осовский О. Е. Человек. Слово, роман. Научное наследие М. М..Бахтина и современность. Саранск, 1993）

16. 潘科夫 А.《М. М. 巴赫金揭秘》，莫斯科，1995 年（Панков А. Разгадка М. Бахтина. М, 1995.）

17.《诗学与文学史问题》，论文集，萨兰斯克，1973 年（Проблемы поэтики и истории литературы.（Сб. статей）Саранск, 1973.）

18.《М. М. 巴赫金的科学遗产问题》，论文集，萨兰斯克，1985 年（Проблемы

научного наследия М. М. Бахтина. Сб. ст. Саранск, 1985.）

19. 布欧 Б.　М. М. 巴赫金与教喻小说理论 // 学术会议资料:《М. М. 巴赫金与人文科学的前景》，莫斯科，俄罗斯国立人文大学，1993 年（Пул Б. Михаил Бахтин и теория романа воспитания // Материалы научной конференции: М. М. Бахтин и перспективы гусмантарных наук. М., РГГУ, 1993）
20. 兰钦 А. М. 巴赫金的诱惑 //《外星人》（НЛО），1993 年，第 3 期（Ранчин А. М. Искушение Бахтиным // НЛО 1993 № 3）
21.《新时代文化语境中的“自己的—他人的”》，莫斯科，1996 年（«Свое-чужое» в контексте культуры нового времени. М., 1996.）
22. 塔马尔琴科 Н. Д. 巴赫金诗学：巴赫金学课程,《科学院学报》，文学与语言系列，1996 年，第 55 卷，第 1 期（Тамарченко Н. Д. Поэтика Бахтина: уроки бахтинологии. Изв РАН Сер лит и яз. 1996. т.55. № 1.）
23. 福斯托夫 А. А.　М. М. 巴赫金论著中的作者概念问题 //《作者意识的阐释形式》，沃罗涅日，1986 年（Фаустов А. А. К вопросу о концепции автора в работах М. М. Бахтина // Формы раскрытия авторского сознания. Воронеж, 1986.）
24.《М. М. 巴赫金哲学与现代世界伦理》，萨兰斯克，1992 年（Философия М. М. Бахтина и этика современного мира. Саранск, 1992.）

图书索引

1. Bibliographia Bachtiniana // 批评镜像中的 M. M. 巴赫金，莫斯科，1995 年。

与本专题相关的问题

1. 巴赫金是怎样理解诗学语言的内部对话性的?
2. 巴赫金理论中“独白”与“对话”、伦理与美学交际的主要参数。

3. 怎样理解巴赫金的论断“世界有意义”中艺术任务之间的联系?
4. 交际的二元和三元形式是它们之间的异同的意义。
5. 作为诗学言语单位的语言。
6. 作为对话的一种变体的“复调”。
7. 怎样理解巴赫金关于“没有无形式的内容,也没有无内容的形式”的思想?
8. 遭受非结构主义者批评的巴赫金的“对话”。

第十一章

“时空体”理论：艺术作品中的时空

巴赫金在自己的“对话诗学”中掌握并利用理论物理的最新成果（包括A. 爱因斯坦发表的狭义和广义相对论（1905年和1916年）），认真研究那些在欧洲文学的萌芽与形成史时从宇宙构成的新数据（尤其是其中的时空关系）角度可以做出的结论。M. M. 巴赫金的特殊功勋是创立了系统描述欧洲小说艺术世界的时空参数的新方法（“时空体”）。他的著作《长篇小说中的时间和时空体形式》是对这一专题深思熟虑的结果。巴赫金信手拈来的这一术语“时空体”被广泛使用（有时用得并不十分恰当），类似于爱因斯坦针对文学作品中创造的艺术世界的术语“四维时空连续统”。巴赫金根据这一“认识内心世界的中心点”，对欧洲长篇小说早期形式的典型做法（在作品的艺术世界中进行三个空间和一个时间的评价）进行了比较分析。研究表明，在文本和爱因斯坦相对论中的物理现实世界里，时间受到空间形式的平等制约。另外，时间特性与空间特性（形式、曲率）成比例。巴赫金在时空体的特性中找到了创建长篇小说体裁科学分类学的客观标准。

巴赫金认为，在古希腊罗马文化的基础上最先产生了三种认识艺术时间—空间的方法：冒险“考验小说”（朗戈斯的《达夫尼斯与赫洛亚》、阿西尔·塔季的《丽芙姬帕与科里多丰特》，日常冒险小说（佩特罗尼乌斯的《讽世录》、阿普列乌斯的《金驴记》）和古希腊、罗马的传记与自传（《苏格拉底的申辩》、普鲁塔克的《希腊罗马名人传》）。在古希腊“考验小说”中，巴赫金发现了“静止时间”效应或者“时间外显露”效应。周期性在季节交替中的缺失属于时间的反常现象，这里无法根据季节变化计算出时间的节奏。结果，艺术时间是“非历史的”“非日常生活的”“非传记的”“非生物的”——最后的一点（非生物的因素时间）被主人公在分离多年之后依然是翩翩少年所证明。这不妨碍作者紧张地体验充满斗争的分分秒秒与时时刻刻（在共同的“考验”情节向量范围内）。为了加强单独片段之间、忍受与制胜场面之间的联系，作者使用特殊的词的形式，比方说“突然”或“恰巧”，来提醒此处违反了因果关系原则。为了使情节沿着这一时间轨迹展开，必须让情形和意外事件显得庄重，所以，因果关系的异常证实了古希腊长篇小说中的时间异常。由此产生了大量的干涉主人公命运的非理性力量。借助一两个词（“以前”或者“后来”）将某一行为的完成阶段记录在这个狭隘的时间绘谱仪上，用这个简单方法可以记录下由情节构成事件的同时性或分时性。这种相对的和很狭隘的时间构成了作为情节载体的某一类型的主人公形成的前提。巴赫金指出，他们“积极，但无首创精神”，他们的一切行为被外部力量控制（被艾洛斯、其他诸神和命运控制）。所以，经验、知识、理智在这里没有丝毫意义。相反，各种预言、占卦、梦和预感特别重要。巴赫金强调，新时代长篇小说的情节中常见的通过“情形”传递首创精神，预示着希腊冒险时空体的存在。这里，会面的动机具有特殊性，因为在这里一定的时间总是与一定的方位相符。会面被解释为“偶然的同时性”。

希腊冒险考验小说的空间是“空的”，因为在这里民族学并不那么重要，对希腊、巴比伦或拜占庭的描述都一样。同时，希腊小说的世界是“别人的世界”，其中缺少它的主人公明白易懂的符号性的东西。无法证实这是“异域的”世界，因为在异国情调中“别人的”与“自己的”相对，但是，对它的主人公来说，在这种时空体中根本没有“自己的”和“别人的”。在这里人被剥夺了与祖国、家乡、种族的联系，被剥夺了后来将会决定欧洲文学中的时空体特性的一切联系。人是“个人的”“非正式的”和“孤独的”，被对他来说危险的和极其敌视的世界所包围。存在“空间与时间在技术上的抽象联系”，希腊冒险考验小说的时空体是最静止的、不动的。巴赫金指出，小说中的行为不会改变空间的特性，而冒险时间也“不留痕迹”。

与前面的时空体类型不同，日常冒险小说将冒险时间和日常时间融为一体。时间外的呈现将会消失，相反，明确地标示出了季节，主人公在空间中的运动同样第一次获得自己的轨迹。主人公的人生道路位于叙述的中心。

巴赫金在这种结构中发现了标示主人公道路的两个特点：1.他被披上"隐喻者"的外衣，2.他四处漂泊。在考验小说中，隐喻者植根于童话—民俗的"变换"（改变样貌、不同物体的同一性等等），起着类似于"突发事件"的作用。日常冒险小说中的时间发展不是直接的，而是跳跃性的，会在一定的情节交织点上长久停留。小说没有在自述时间上展开，描述的只是主人公生活中不寻常的、奇怪的和短暂的瞬间。偶然事件的作用依然很大，但是，倡议首次出现，暂时还不是正面而坚定的目标，而是"错误的倡议"（罪过、误解）。出现了一种现象，巴赫金建议将其称为"危机传记"。由此产生主要主人公的相应性格——这是一个年少轻浮、游手好闲、贪恋美色的浪子，正像巴赫金所表述的，是"事件的诱饵"。

在古希腊罗马传记和自传中第一次出现与主人公生活道路相吻合的情节"传记时间"。巴赫金总结出传记的两种类型：1.柏拉图式的小说（《苏格拉底的申辩》），其核心是"寻求真知者的生活道路"，此时它的命运更经常的是接受众多哲学学派考验其是否符合存在主义目标。2.雄辩体传记，它的意义起源于描述死者功绩的临葬悼词。该情节所依托的现实时空体是聚满人群的广场。人的社会存在性决定了传记充满着事件，可以预计，国家的所有机关体现在它的公民身上，因此传记是结果的查验，是它符合理想功能的报告。巴赫金强调，这里没有和"我之于我"相关的任何东西，所有叙述细节当众公开，所以传记与自传没有任何区别：主人公要么颂扬自己，要么颂扬他人。这一体裁完全不存在批评—分析式的开头，作者避免一切讨厌的东西。语调可能被确定为"歇斯底里—无法遏制"。在这种体裁中，古希腊人的外在形象导致他被完全剥夺内心世界，缺少巴赫金所说的"沉默思维"，这就是"古希腊、罗马传记"设计的存在形式。

在这个意义上，古罗马自传和古希腊自传相仿，但是它具有一系列的特点。出现了可以记录种族自我意识的"家庭档案"这一明确类型。这为极其深刻地感知历史时间奠定了基础，而且人的本“我”被解读为先人和后辈之间的联系纽带，它决定人在社会面前的责任度。按巴赫金的说法，这里尤其重要的是“幸福”范畴，被认为是“本我”与“社会的我”（国家的我）的全部融合。这种“幸福”观念指出了它与劳动、个人对社会生活的贡献不可分割。因此也就出现了被理解为完全融入社会生活的个人能力的“天才”观念。巴赫金指出，这一“幸福”范畴只是在19世纪才被“私有化”，在古罗马传记中依旧作为人的公开的自我意识。

在描述“孤独的我”的传记和自传形式时，巴赫金根据公开雄辩形式的变化指出了它们的来源。这是1.自我的讽刺—幽默（或戏谑）刻画（戈拉齐、奥维奇、普罗佩尔奇）或者2.矫揉造作的主人公被英雄化，巴赫金称之为“室内雄辩形式”。这些形式的共同点在于创建旨在理解两个人（作者和读者）的时空体。时空体被从广场移至“朋友圈”的隐私领域，产生了新的自我认知，取代“我—为—众人”——“我—为—你”。这催生了自我表现的新的可能性和空间与时间的另外一种关系类型。过去确定空间价值关系的主要支撑——幸福、成功、功劳——正在丧失自己的公开性并转向个人层面。从此第一次出现了“风景”（作为“视野”支撑的大自然与“环境”背景），也出现了适合这个世界的活动家——孤独的、私人的、非正式的、独立存在的人。行动地点从广场移到室内，按巴赫金的说法，它成为欧洲新文学的真正“故乡”。纪念性的丧失在这里与隐私性的获得相配合，旨在叙述单独的“我”，他期望理解另外的单独的“我”。

在《转换时间的时空体》中巴赫金分析了“历史转换”的形式，他认为它构成具有自身特点的某一类型的时空体。确切地讲，某种最低限度的空间和时间总是必需的，因为没有时间就不可能构建作品的内部世界。但是，这里的支撑点并不是现在，而是与当下疏离（情节时间的标记点）的将来或过去，这一类型所固有的结构具有空间—时间隐喻的特点。此时在“黄金时代”“真理”“大西洲”或“天堂”的过去中出现了地域化，这只是转换的后果——把将来可能实现的描述成过去的。这样一来，过去依靠将来变得丰富，虚无缥缈的“将来”变成更加坚定的“过去”。在这种时空体中，显而易见的是准备把“现在—这里”设定为疏离时间的基础。为了赋予虚构以现实性，它在时间（“黄金时代”）和空间上（“遥远的国度”）被最大限度地疏离，特权总是给予作为所创造的世界存在基础的过去。按照巴赫金的观点，世界末日主义属于时间和空间的这一组织类型：将来被想象成存在的结束（各种情形——宇宙灾难、可怕的审判、第三次世界大战等等），这时，当今世界丧失价值，重要和不重要无差别，从今天到时间结束的一段存在失去了理性的延展（有点像是漫长的垂死挣扎）。这一系统中的人在道德心理方面不断成长，他自身变得非常强大，不再靠社会和国家—政治的价值体系决定他的意义。所以这种时空体被积极地用在反乌托邦体裁中，同时解释了超人的“我”的尼采哲学动机与世界末日论意图（这是象征主义美学所固有的特征）之间的关系。

骑士小说的时空体与希腊小说冒险时间的进一步变异有关。这里的时间是离散的，被分割成一系列片段，段与段之间的联系具有抽象的技术性。这里自我认同考验起着组织作用，但已经不像是希腊小说中的“纯洁”，而是尽忠职守和爱惜名声。这里出现了希腊冒险小说的一整套情节：假死、乔装打扮、打探、改名换姓等等。事件经常建立在“A”取代“B”、“B”取代“A”的效果之上。骑士小说有别于希腊小说的特点是有个性的“神奇”命运（作为主人公所经历的一切波折的万能证明）取代无个性的“命运”。因此出现了符合他周围世界秩序的冒险英雄，他的性格被借助于“功绩”来描述，建功立业时他表现出了坚强意志和其他个人的素质，这是有别于希腊冒险小说的地方。大量的魔法师、巫师和预言家保证了出现这块“神奇”布料的频率，它能证明艺术世界充斥的一切空间和时间异常。另外的一个区别在于，骑士小说主人公在这个世界里是“自己人”（尽管他通常不在家乡），是他最好的代表。时间富有表现力，一天不同于另一天，梦境和见识把时间拉长或缩短。在此可以发现破坏空间的远近配置和歪曲空间的象征性的情况。

巴赫金把“小说中的骗子、丑角和傻瓜”这一结构划归为特殊的时空体类型。根据他的逻辑，时空体把一种类型的主人公塑造成自己的“视野”，把另一种“周围人群”塑造成某种与其相符的主人公类型。这一类型主人公的存在构成“异在”模式，同时他们的存在等同于他们在世界上所扮演的那个角色。这个角色可能被界定为在这个世界上做别人的基本权利——他们不满意现有的一整套社会价值观，他们认为，放眼望去事情的内幕与谎言无处不在。他们的社会地位只是面具，并不证明他们在存在中的真实地位。他们彼此间的内部区别可归纳如下：骗子——这是实用主义者，有意识地和成功地利用自己与现实生活的脱离，丑角——这是哲学家，他和周围生活的异化使他有机会按照自己的看法讲述事情的原委。傻瓜本能地从生活中脱胎而出，自己也不清楚这一切，自然不会高谈阔论和欺骗他人了。作为换喻形式的“拟人讽喻”的出现将他们所有人联合起来。这类主人公的一般角色是堕落的流浪者（年轻的教士、受雇的手艺人等）。巴赫金写道，在社会制度的沉重而阴暗的欺骗之下，他的欺骗“闪耀着真理的光芒”。随着这类主人公的出现，小说的命运被改变了，他是创建真正意义上的现代体裁的基础（塞万提斯、拉伯雷、斯威夫特、费尔金科等等）。新时代这一时空体的变体是“怪人”（譬如 B. 舒克申小说中的主人公）。

拉伯雷时空体有着特殊规则，其中最重要的是依靠“成长标准”。空间建立在下述原则的基础上：“有价值的”意味着“大的”和 / 或“遥远的”，具有不可思议的尺寸和相应的数量特征。否定的（价值不大的）同时会变少、被压缩、枯萎、死亡——这是创建空间基础世界的更新机制。这是拉伯雷用以将什物从相互尴尬的处境（由于在这个世界上现有的与应得的不符所造成的）中解放出来的方法。实现这一点的主要方法是创建主题—语义序列，巴赫金把它们分为7组：1.人的解剖学和生理学，2.服装序列，3.饮酒和狂饮，4.食物，5.性领域，6.死亡序列，7."排泄物"。这些序列在主要规律（大的=有价值的，小的=无用的）的作用范围内相互交叉，形成混合体，产生虚假的语源、符号演化成事件等等。有价值的东西的体积增大被巴赫金解释为有限的"我们的事件"追求无限性和万物融合的隐喻。

巴赫金把田园小说时空体纳入一个特殊范畴，其中包含田园的各种类型："爱情的""田间劳作的""手工劳作的""家庭的"。田园空间的主要特点是存在和"珍贵的一面"（国家、居民点、房屋、"家"）的紧密融合。时间在这里被理解为"世代相传的"，个体生命之间的界限消失了，"童年"和"老年"之间的区别也不见了。存在与某种神圣的区域吻合，它被压缩至可以一眼望尽的一块土地的大小，出现了不可分割的独立存在的世界。时空体的形式在这里像一条又长又窄的管道——无限的时间，在那里，生与死融合为一个存在过程以及与之相应的拥挤空间。在田园内部世界的重要参数中，巴赫金指出了人与大自然生活的紧密联系。食物和饮品具有了象征性、神圣性（比如H. B.果戈理的"守旧的地主"）。俄罗斯文学中的田园空间有时具有明确的地址，比如A. C.普希金的"高加索"、H. B.果戈理的"乌克兰"、Ф. M.陀思妥耶夫斯基的"瑞士"。当作者涉猎人与某种生存环境的关系这一题材时（其中包括在新时代的文学中），田园时空体的元素每一次都会出现。

分析不同的时空体模式，在文学主人公的"视野"与"周围世界"对立的思想轨道中，巴赫金排列出物体—意义序列，它们建立在某一类型文学主人公身上所固着的时空关系及其相应世界观比较的基础上。应当指出，他所提出的分类学远没有穷尽自己的手段。它仅仅是初步的提纲，显然需要更明确的说明，尽管在这条道路上暂时还没有看到很明显的成功。

相关文献与问题

有关时空体理论的作品

1. 佐托夫 С. Н. 艺术作品的艺术空间研究 //《国立罗斯托夫大学语文论报》，顿河畔罗斯托夫，1999 年，第 2 期（Зотов С. Н. Изучение художественного пространства художественного произведения //Филол. вестник Ростоквского гос. Ун-та. Ростов н/Д. 1999, № 2）
2.《艺术文学中的时间范畴》论文集，莫斯科，1987 年（Категория времени в художественной литературе. Сб. ст. М., 1987.）
3. 马利佐娃 О. А. 作为艺术文本组织原则的时空体 //《文本的语言学分析问题》，夏德林斯克，1993 年（Мальцова О. А. Хронотоп как принцип организации художественного текста //Проблемы лингвистического анализа тексuа Щадринск 1993）
4. 马马儿达什维利 М. К. 戏剧性的时间与空间 //《戏剧》，1989 年，第 4 期（Мамардашвили М. К. Время и пространство театральности // Театр. 1989. № .4）
5. 潘琴科 О. 维克多·什克洛夫斯基的“上下文”与雅各布森小说中的空间和时间 //《欧洲文化圈中的俄罗斯先锋队》，莫斯科，1993 年（Панченко О. Пространство и время в контекстах Виктора Шкловского и Романа Якобсона // Русский авангард в кругу европейской культуры. М., 1993）
6.《艺术中的空间与时间》，列宁格勒，1988 年（Пространство и время в искусстве. Л., 1988）
7.《文学和艺术中的节奏、空间与时间》论文集，列宁格勒，1974 年（Ритм,

пространство и время в литературен и искусстве. Сб.ст. Л., 1974.）

8. 塔马尔琴科 Н. Д. 叙事情节中“主观”时间形式的起源 //《科学院学报》，文学与语言系列，1995 年，第 54 卷，第 5 期（Тамарченко Н. Д. Генезис форм “субъективного” времени в эпическом сюжете //Изв. РАН. Сер лит и яз. 1995. Т. 54. № 5）

M.M. 巴赫金著作索引

1. 巴赫金 M.《图书索引》，萨兰斯克，1989 年（М. М. Бахтин. Библиографический указатель. Саранск, 1989.）
2. 巴赫金 M.M.《美学遗产与现代性》，两卷本，萨兰斯克，1992 年（М. М. Бахтин: эстетическое наследие и современность. В 2-х ч. Саранск, 1992.）

与本专题相关的问题

1. 在 M.M. 巴赫金的“时空体”理论中，艺术世界的时间与空间参数是如何结合的？
2. 在 M.M. 巴赫金的理论中，时空体和情节概念是如何相关的？
3. 希腊冒险考验小说中空间与时间的组织原则。
4. 怪诞手段在中世纪文化的价值观和拉伯雷的创作世界中的作用如何？
5. 阿普列乌斯的《金驴记》中“日常时间”是怎么形成的？
6. “田园时空体”的变体分类和田园时间的共同特点。
7.《金驴记》的情节中“时空体的转换”是怎样完成的？
8. 比较古希腊、罗马传记和自传中的“广场时空体”与“室内时空体”。

第十二章

Ю. М. 洛特曼的结构诗学

尤里·米哈伊洛维奇·洛特曼（1922—1993），1950年毕业于列宁格勒大学，从1963年起任塔尔图大学俄罗斯文学教研室主任，莫斯科—塔尔图结构主义学派创始人。20世纪60至70年代，洛特曼同塔尔图大学的同行Б. Ф. 叶戈罗夫、З. Г. 明茨等人以及莫斯科同行В. Н. 托波洛夫、В. В. 伊万诺夫、Б. А. 乌斯宾斯基、Б. М. 加斯帕洛夫等人在爱沙尼亚建立语言自由社团。得益于赫鲁晓夫“解冻”时期的新政策，Ю. М. 洛特曼借鉴欧美结构主义优点以及俄罗斯语文学20世纪20年代的成果，重建了被斯大林禁止的俄罗斯形式主义及“布拉格”学派中对文学作品研究的“形态学”传统。洛特曼以及其主导的学派用新思想、新观念丰富了“形式主义者”们所提出并由“布拉格学派”发展的科学概念，洛特曼尤其从文学存在的文化学视角，克服了前人所克服不了的困难，提出了更新、更完善的术语。塔尔图学派的重要成就是其“开放”原则的发展，也就是任何一种科学研究，不仅仅是人文学科，都可以“翻译”成为“学派”语言，首先是语言学、数学、信息理论、心理学以及公共符号学。从60年代开始，塔尔图成为俄罗斯语言“自由”的场所，这里经常举办文学会议、“夏令营”、主题研讨会，Р. О. 雅各布森还曾参加过其中一场。

Ю. М. 洛特曼出版了一系列著名的有关“符号学”的著作（符号系统论著），书中洛特曼与塔尔图专家们一起记录世界各国的语言；书中还收录了被官方“禁言”的一些专家的论著。很多“被遗忘”的文论者们，如П. 弗洛连斯基、Г. 施佩特、А. 别雷、О. 弗莱登伯格、Б. И. 亚尔霍、П. Г. 博加特廖夫等在洛特曼著作中的“科学记录”一章发表自己的作品，使作品终于得以和读者见面。

按照洛特曼学派的基础理论，文学作品要用特殊的语言来表述，用一种特定的模式来描述世界，同时，文学创作应该是一个把周围现实模式化的过程，即借助重塑来认知。无论是科学作品、政论作品还是人类活动的其他创作形式，都是通过词汇材料建立的模式化过程，这里就需要解释，文学家们所研究的材料以及被误解的“小说”到底是什么。洛特曼认为，可以用以下两种方式给它们下定义：从作品所具有的功能性；从文章内部结构。从一方面看，小说具备的是美学功能。换句话说，如果在非小说体裁的文章中首要解决的问题是“是什么”，那么小说的首要目的是回答“怎么做”。文学文本所透露的信息要比一般言语更多，更丰富，好像同时在用两种语言书写：有着语义功能的自然语言，和富有结构的美学语言。第一层自然语言是由自然语言的词汇和语法构成的，而第二层却是由各种各样有意无意的变化构成的——转喻、韵律、不寻常的词汇等等。这些用法是被读者有意或无意地记下来的。

从文本的内部组织来看，文本具有特定的内部属性，这在文本各部分关系中有着明显体现。文学小说作品的艺术意义并不是通过特定的“文学材料”显示出来的，而是通过材料之间的关系表达出来的。就好像一幅画不是因为铅笔勾勒出的线条而美丽，而是因为线与线之间的关系才美丽，小说也是同样的道理，其中体现出语义—韵律的结构美，正是这种结构而非作品中罗列的辞藻赋予作品以意义。读者通过它来研究类似艺术密码的经验，破译其时代赋予的、文本中想要表达的信息。每个文化时代都有属于自己的“正确”或“不正确”地理解“文学”或“非文学”文本、“大众”或“高雅”文学的模式。举个例子，同样一篇文本在不同历史时期可以被认为是“文学”作品或者“非文学”作品。比如，Д. 达维多夫的“游击理论经验”在 A. C. 普希金看来就是文学，而我们现在并不认为它是文学艺术作品。文学文本可以说是可逆翻译中的不变量，洛特曼依据两个符号主体关系原则提出了“重编码”理论，读者与文本相互作用就形成了符号缓冲区——这是一种混合语言，正是用这种语言实现对文学作品文本的破译。与这种“外部”重编码不同，“内部”重编码则是作品主人公所用语言的混合和相互作用的过程。文学作品正是这些外部和内部重编码作用的结果。

从文本与其他文本（或非文本）的关系来看，则有三个方面：限制性、表现度、结构性。限制性记录特定的“文本意义”以及“文本完整性”。表达度表示文本首先从“文本—符号”开始，顺着特定的符号梯度，将整个文本形成一个有机整体的程度。结构性为一个文章具有的层次、文章体系、“复杂构建的思想”以及构成其他符号的符号。

文本是构建在音形轴之上的，在其组合过程中，需要按照两种方向选择一种方案将其组合：与邻近符号结合或者与相似符号结合。在文学体系形成过程中，有一种“不规则原则”，也就是说，猜到一个文学作品想表达的意思要比猜到一篇非文学作品想表达的意思要困难得多。这种文本的“不规则”性使文学文本脱离自动状态，迫使它在积极的语义状态下编制信息。文本中有一种破坏系统性的机制，而这种机制正是其内部结构的一部分，比如转喻。从信息理论角度来说，文学文本是很反常的，因为在发挥其语义功能的时候，理论上会影响到其信息的传递，但是事实证明，文学文本中的这种语义发声与信息传递相互融合，是文本结构的一部分。

在洛特曼看来，文学作品不是用来“反映现实”的，而是在一种特殊视角下世界形成的一种模式，而文本正好体现出这样的视角。因此在文学作品结构的形成过程中，一个很重要的因素就是“框架”，要将文本的内部空间圈定在一个范围内。每一个结构元素都有着其固定的位置，与其他的元素区分开来，因为每个元素都与其他各种结构层之间相互联系，所以划分这些元素就要按照其所在的结构层进行划分。比如，“安娜·卡列尼娜”在Л. Н. 托尔斯泰的同名小说中可以指代女主人公的命运，也可以指代任何一个女人的命运、任何一个不被社会理解和珍惜的人的命运。作品在塑造其历史社会现实的各个方面时，可以发现两个基本方面：1. 文本塑造了全域（神话层面）；2. 文本按照情节需要塑造了特定的情节。其他的文学作品也具有上述的两个方面，只是在表达度上有所区别，并且这两个方面并不相互冲突。而且，根据这两方面的表达程度还可以建立文学历史的概念并建立文学类型学。比如，19 世纪上半叶，浪漫主义作家倾向建立“全域”模式，而 19 世纪 40 年代的“自然派”作家以及 20 世纪前 25 年的俄罗斯未来派作家们均倾向关注“物”以及时空概念的参与。

从内部空间的开放与封闭角度来看，文学文本可分为三种类型：1. 表示创世、开始的作品，比如《圣经》《往年纪事》；2. 根据“现实”轴发展的故事，比如《瓦西里·焦尔金》（A. 特瓦尔多夫斯基）；3. 讲述死亡、终点的作品，比如《三死》（Л. Н. 托尔斯泰）、《忏悔录》（卢梭）。洛特曼记录下了作品的开头与结尾的塑造功能，他确信作品的时空结构会严重影响到作品主人公的世界观以及价值体系。文学空间的建立就像圣像符号，具有尺寸规格，尽管这种空间符号一般不表现出来。文学作品中空间的特点在于，这种空间模式是借助表达而建立的，从而不具备空间特质。文学现实中各部分的意识价值关系正是其作品内部空间建立的媒介，比如，通过一些反义词“高 / 低”“左 / 右”“关 / 开”“这里 / 那里”等可以建立宗教、道德、政治、哲学模式，与空间形式紧密结合在一起，小说的情节就在这个空间中展开。

每一种具体的诗学语言都有着一套与其特定的世界结构相联系的意义体系。比如，反义词“高 / 低”，“高”在 Н. 扎博罗茨基的作品中是褒义词，而在 А. 普拉东诺夫的作品中则是贬义词。

空间是文学创作的传统主题，拥有特定的美学伦理特点。故事情节就在这个空间中移动，使文学文本中情节的连续发展可能得以实现。小说情节是由“故事”组成的，是在文学空间层面上，相对于语义场进行人物移动。因此小说中的故事不是简单从生活中借鉴过来的独立的故事，而是要和世界图景相联系，这种语义动作根据上下文，可以是，也可以不是简单的故事。

人物在语义场的移动不形成故事，这就为确切区分小说中的人物是“主要角色”还是“次要角色”提供了可能。在洛特曼看来，“故事”就是“犯罪”，是“革命”，越界就意味着与过去价值体系的分离。这里有褒义或贬义两种，比如，《罪与罚》中的拉斯柯尔尼科夫在小说开始脱离了基督教的价值体系，他在小说结尾脱离了“拿破仑思想”，这两个故事就形成了一个环形结构。

文学作品中文学和诗学语言的划分让洛特曼想到了文学作品文本的层级划分。而这种层级划分需要借助读者评价的变化。举个例子，同样一篇文本的不同结构组成层级可以看到有如下分级：出版校对、文学编辑和插图图表。洛特曼自己就出色地掌握了如何“转换”身份，即重新把自己当做各种各样的读者去阅读作品，也就是说，任意变换阅读密码。他认为这是语文工作者必备的技能，他也要求他的同事们掌握这项技能。深入研究时代的文化密码，就能够精确地理解当代的文学作品，利用A.维谢洛夫斯基的术语，就是有助于确定作家的“个人主动性”边界。洛特曼将这项研究应用到自己对普希金《叶甫盖尼·奥涅金》的评论以及自己的专题论文《论俄罗斯文化——18—19世纪俄罗斯贵族的日常和传统习俗》中。

根据洛特曼的“结构”思想，文学在抽象现实艺术体系中占有一席之地：无法用符号表述的最抽象的艺术——音乐，最直观的艺术——绘画。当然我们也知道一些特例：“自然音乐”和“抽象绘画”。洛特曼的功劳在于，他致力于描述这种科学概念，确定文学在文化体系中的地位和作用。社会中的语言分为三种：自然语言，比如，俄语、英语以及其他语言；人工语言，比如，代数、交通信号、军章等；以及二次模式系统，指建立在其他语言系统之上的语言，比如，宗教仪式、社会政治结构以及法律汇编等等。艺术就属于最后一类。艺术之所以有特点，是因为其“二次模式系统”建立在自然语言之上。艺术的符号意义可以在不同的思想背景下表现出来，而这些思想背景通过艺术符号的联系也会在相互之间建立更新的关系。文学文本是十分严肃整齐的，拥有最规整的系统。语文学家的任务就是发现这个系统中各个元素之间的联系。洛特曼认为，文学文本研究的目的在于系统地描述其结构中各层次的聚合轴和音阶轴。找出其结构常量，确定其相互关系，有助于精确（科学）描述文学作品的密码奥秘。

几乎人类创作的所有文学文本，都是在将周围世界模式化。从另一方面讲，对现实的艺术认知与科学认知是有着很大的差别的。其区别在于，艺术认知是将作者不熟悉的客体模式化，而科学认知是单纯将已经研究清楚的客体结构记录表述出来而已。非文学文本通常会有一个清单或者系统描述，而这种描述有着千篇一律的共性，容易被检验，不会出现“各种解释”。一般在出现歧义的时候，需要对信息作出解释。文学文本也有对现实的解释和记录清单，但是这并不是文学文本的目的，而是其达到目的的途径。文学文本自成一体，拥有世界观的信息潜力，这种世界观就是作品的内在结构的元素。所以文本拥有内部的情节发展，情节随着主人公，或是次要人物变化的世界观而变化，这是十分内隐的行为，只能通过读者的认知能力和价值体系去体会。

在创作一部作品时，作者有一个“计划”，并对即将要创作的模式有自己的价值体现。文学作品的文学形式和结构就是在创作材料中体现出来的艺术思想。在此可以明确的是，如果一个作品的写作技巧很差，那么作品的思想就不会好（就像文学评论家和社会学家有时断言的那样）；文学作品经常依靠作家的内在世界而建立一种新的世界观，客观地展现其特质和品质。因此，如果在科学中，模式应该是与客体同质的，模式与客体越相符，则品质越高，那么文学模式的质量则不取决于其与客观相符的程度，而是文学模式与客观事实不相符才好。文学信息的“真实性”范围与科学领域的研究方法不同，是遵循另一套规则的：艺术中的“真实”不总是，甚至从来就是不“真实”的，自成一体。文学作品重视通过作者的努力让其个人世界观的结构与文章模式相统一（可能与作者的世界观相似或者不同）。洛特曼认为，文学方法论的精确程度与语言学家对语言艺术的尊重程度成正比。在科学中重视的是重复，也就是读者理解的与作者表述的是同一样东西，而在文学作品中就是——绝不重复，作者一开始想要表达的东西可以和读者所理解的东西所不同。艺术模式（艺术作品）与作者个性之间存在着双向联系。作者根据其个人的世界观结构塑造创作模式，而他所创造的模式却将自己的结构强加给作者。结果就是，客观事实影响着作者，但“社会学家”认为，这样的影响并不是直接影响，而是间接地，通过作者自己所建立的模式来影响。

根据结构主义学派的基本概念，艺术具有符号交际性，艺术家致力于将自己的模式传递给大众，让大众接受自己的诗学语言，这样就用读者的“我”的结构建立起了自己的“我”的结构，从而获得“社会意义”。艺术创造的客体也不是客体本身，而是该创造客体和作者的关系。对于读者来说，作品中所体现出的各种关系有多真实，那么这个作品就有多真实（文学作品）。有鉴于此，洛特曼继承了Ю.蒂尼亚诺夫关于“文学演化”本质的观点，并证明，文学艺术的新体裁、新类型都是在现有文化艺术标准背景下产生的。19世纪中期俄罗斯小说的发展，只能在当时由普希金时代的众多作家建立起来的强大的诗学文化这一背景下产生；诗歌被散文取代或者散文被诗歌取代都依赖于两大前提：美学传统（规范）以及当代的用于沟通的文学语言。文学的两个主要功能——交流功能与象征功能——两者紧密结合。第一个功能回答的是“懂”和“不懂”的问题；第二功能则回答有关真理和谎言、真实性和可信度的问题。

因此，因为继承着形式主义者的传统，结构诗学要求对文学作品的结构进行功能性研究，不再使用以往研究苏联文学所用的词法清单的方法来开展研究，这是一种现代文化历史流派的模式。这个提议在20世纪60—80年代有当时的现实意义，而在今天，这种提法被后结构主义流派和解构主义流派认为是过时的。而结构主义学家（有些人比洛特曼更推崇结构主义）用极其专业的术语解释了那些人拒绝传统文学术语的原因，即他们利用隐喻以达到传递科学文本的新的意义。洛特曼继续“形式主义”学家的事业，尝试论证作为学者的文学家的作品的可能性：塑造多种文学（独一无二的）模式，同时创作一个艺术文本的科学（可复制）的模式以供研究。

洛特曼建立了国际公认的语文学派，完成了很多优秀的著作，其作品用各种文学评论语言撰写，其中包括在“历史诗学”框架下的创作。洛特曼是20世纪下半叶俄罗斯最优秀的文艺理论家之一。结构诗学在今天保留了自己的特点，与神话诗学和语言学相互关联，形成了新的理论方向：接受美学、叙事学、互文理论以及文化符号学。陈旧的交互学科分支开始动摇，依据某些完美理论去重构现实的热情开始高涨，这让人回想起宇宙目的论“俄罗斯宇宙无际观”，它对整个社会都产生了深远的影响。

相关文献与问题

Ю.М. 洛特曼的主要作品

1.《关于艺术》，圣彼得堡，1998 年（Об искусстве. СПб., 1998.）

2.《关于诗歌和诗人》，圣彼得堡，1996 年（О поэзии и поэтах. СПб., 1996.）

3. 结构诗学笔记 //《Ю. М 洛特曼和莫斯科—塔尔图符号学派》，莫斯科，1994 年（Лекции по структуральной поэтике // Ю. М. Лотман и тартуско-московская семиотическая школа. М., 1994.）

4.《精选文章》，三卷本，塔林，1992—1993 年，第一卷：文化符号学与类型学；第二卷：18 世纪—19 世纪上半叶俄罗斯文学史；第三卷：俄罗斯文学史，其他艺术形式理论与符号学，文化机制（Избранные статьи. В 3 тт. Таллинн, 1992—1993. Т.1. Статьи по семиотике и типологии культуры; Т.2. Статьи по истории русской литературы XVIII - первой половины XIX вв.; Т.3. Статьи по истории русской литературы. Теория и семиотика других видов искусств. Механизмы культуры.）

5.《论俄罗斯文化——18—19 世纪俄罗斯贵族的日常和传统习俗》，圣彼得堡，1994 年（Беседы о русской культуре. Быт и традиции русского дворянства（XVIII начало XIX века）. СПб., 1994.）

6.《文化与断裂》，莫斯科，1992 年（Культура и взрыв. - М., 1992.）

7. 历史文学背景下的文学传记 //《塔尔图大学学术笔记》，第 683 期，塔尔图，1986 年（Литературная биография в историко-литературном контексте // Уч. зап. Тартуского ун-та. Вып. 683. Тарту, 1986.）

8. 关于象似性修辞问题 //《戏剧空间》，学术会议材料，莫斯科，1979 年（К проблеме иконической риторики // Театральное пространство. Материалы научной конференции. М., 1979.）
9. 日常生活中的十二月党人：作为历史心理范畴的日常行为 //《十二月党人的文学遗产》，列宁格勒，1975 年（Декабрист в повседневной жизни.（Бытовое поведение как историко-психологическая категория）В кн.: Литературное наследство декабристов. Л., 1975.）
10. 文化类型学文章,《文学理论课程材料》第 1 期：塔尔图，1970 年；第 2 期：塔尔图，1973 年（Статьи по типологии культуры. Материалы к курсу теории литературы. Вып.1: Тарту, 1970; Вып.2: Тарту, 1973.）
11.《电影符号学和电影美学问题》，莫斯科，1973 年（Семиотика кино и проблемы киноэстетики. М., 1973.）
12.《诗歌文本分析》，列宁格勒，1972 年（Анализ поэтического текста. Л., 1972.）
13.《文学文本结构》，莫斯科，1970 年（Структура художественного текста. М., 1970.）

莫斯科—塔尔图学派的学术创作

1.《符号系统论著》，1—30 卷，塔尔图，1964—2004 年（Труды по знаковым системам. ТТ.1-30. Тарту, 1964-2004.）
2.《文化的象征体系》，文集，塔尔图，1987 年（Символ в системе культуры. Сб. ст. Тарту, 1987.）
3.《二次模式系统》，塔尔图，1979 年（Вторичные моделирующие системы. Тарту, 1979.）
4.《洛特曼集》，莫斯科，1995 年，第一卷（Лотмановский сборник. М., 1995. Вып. 1.）

5. 托罗普 П.《全面翻译》，塔尔图，1995 年（Тороп П. Тотальный перевод. Тарту, 1995.）

文论的结构符号学方向著述

1. 若尔科夫斯基 А. К., 谢格洛夫 Ю. К. 苏联结构诗学 //《塔尔图大学学术笔记》，1967 年，第 198 期，《符号系统论著》，第 3 卷（Жолковский А. К, Щеглов Ю. К. Из предыстории советских работ по структурной поэтике // Уч. зап. Тартус. ун-та. 1967, Вып. 198. Труды по знаковым системам, 3.）
2. 伊万诺夫 В. В.《苏联符号学史论纲》，莫斯科，1976 年（Иванов В. В. Очерки по истории семиотики в СССР. М., 1976.）
3.《Ю. М. 洛特曼和莫斯科—塔尔图符号学派》，莫斯科，1994 年（Ю. М. Лотман и тартуско-московская семиотическая школа. М., 1994.）

参考书目

1.《Ю. М. 洛特曼 70 年文集》，塔尔图，1992 年（В кн.: Сборник статей к 70-летию проф. Ю. М. Лотмана. Тарту, 1992.）
2. 基谢廖娃 Л. Ю. М. 洛特曼作品集 //《Ю. М. 洛特曼文章精选》，第三辑，塔林，1993 年（Киселева Л. Список трудов Ю. М.Лотмана//Ю. М. Лотман. Избранные статьи. Т.3. Таллинн, 1993.）
3. 塔尔图大学符号学出版物书目索引（1964—1992）//《Ю. М. 洛特曼与莫斯科—塔尔图符号学派》，莫斯科，1994 年（Библиографический указатель изданий по семиотике Тартуского ун-та（1964-1992）//Ю. М.Лотман и тартуско-московская семиотическая школа. М., 1994.）

与本专题相关的问题

1. 什么是作为文化语言的艺术结构符号学描写？
2. 什么是“二次模式系统”？与“一次”的区别在哪里？
3. 如何理解洛特曼关于诗学文本象似性符号的同一性？什么是“艺术代码”？
4. 什么是“对立”？主要的对立类型和在分析文学文本中的使用方法。
5. 什么是文本结构的“共时性”和“历时性”及其关系。
6. 请解释社会学方法中的“典型性”概念与塔尔图学派术语中的“作者密码”概念之间的联系。
7. 洛特曼所批评的“校园文学教学”（文学作品是“思想内容”加上“艺术特征”）的理论基础。
8. 诗歌文本中的意义是如何形成的？
9. 游戏与艺术有何相同与不同之处？
10. 什么是“文本观点”？其主要类型是什么？

第十三章

Ю. М. 洛特曼的符号域概念

符号域这个假说依托B. И. 维尔纳茨基的地球生物学观点，是Ю. М. 洛特曼对互文后结构观念的回答。维尔纳茨基认为生物领域是充满了活体组织和复杂功能联系的物质空间连续体。从另一方面讲，生物圈中不可或缺的统一体是将死体转变为活体的改造机制。符号域和生物领域具备两个因素，包括以下两点：1. 复杂的多层级系统，在不同元素相互作用下发挥功用；2. 在本系统中人们具备主要的收集和重新分配能量产生的功能，可以将此描写为“生活凝结”（生物领域），或者“思维凝结”（符号域）。可以将后一种理解为充满各种类型的符号组织和内部统一性的系统。上述每一种系统由于其多样性和与剩余环节的动态联系性而具有重要意义；相互作用的类型也不同，要知道符号系统只在符号连续性系统中发挥作用。

符号域假说的材料依据在于，任何对象均可作为符号客体被研究，任何符号客体都是特定的连续性符号，这些对象进入“说话者—受话者”的交际轨道中，是信息交换的基础。任何指向宇宙中别的独立点的符号系统与其他文本和点联系密切时就会构成符号域非文本统一体。外部看来似乎与后结构互文相似，但是此处包含一个重要补充：此处的上下文建立在对世界的独立对话和观点之上，而此处的这个世界本身具有面向真理的发展意义。符号域此时也是逻各斯中心主义互文。换句话讲，符号域和互文的区别要大于一神论和多神教之间的差别。在定位符号域的功用特性时，洛特曼依托文学文本的特点，此特点在20世纪60年代曾经被定性为“有限性、表达性和结构性”。

这些特征对符号域而言看起来具有有别于超符号系统和非符号系统的有限性（其他符号域的非符号现实性和符号现实性）；具有符号学的不均衡性，其轨道内符号域内部空间可以充当核心结构，也可以充当符号边缘；类似的术语在互文概念中是“认知论”“边缘地带”。这两个特点均指出了符号领域的局限性。符号学的特殊边界在结构上表现为文学文本恒同的特性；洛特曼指出，符号学的边界点可以用外部现象机制的感性接收器来对比，符号学边界上触觉表面让人联想起活体表面，同时，他指出，任何符号学永远只是现实的一部分，其中应包括其他符号领域，例如，尚未和源符号域取得联系的符号域。需要指出的是，符号学和所有存在基本不一致的情况下，符号域和互文的另一个差别在于：后者具备整体的“一切”，排除了外部的东西。必须指出，这种差异具有方法论特点：如果在互文中认知论原则“机密”占上风（所有的本质均在其中），那么在符号域中则遵循“秘密”原则——并不是所有的东西均位于此，而关于世界的知识原则上具有永不完整性。

符号域的复杂结构原则上不可测量，其中总包含几个紧密联系、交换信息的核心结构。相同的本质存在是信息交换的基础，符号域中所有成分的价值相同，而符号个性的潜能通过客体来实现，别的文本是指号过程的催化剂，新的语言由此产生。符号学干涉长期存在，催生出新的内涵和信息。应当指出，洛特曼将此描写为宇宙能源图景，在其中任何物质和能源形式自由转换成其他形式状态，与此同时，新本质的构建伴随发生。总指号过程中新语言的产生促进符号学内部进一步发展，物力论赋予系统活力，语言之间的转换长期存在，都尝试运用自己的语言去描写其他的符号客体。用一种指号语言去描述另外一个指号过程——偏描写；此种语法体系的构建增强了结构的严谨性，但也阻碍了它的发展（降低了边界的敏感性）。

对文学文本的分析在纯粹文学美学范围内借助于符号学进行。借助于进入美学交际的所有符号客体，洛特曼指出了所有符号客体相互作用体系中的原则性平衡，该体系中包括该符号学领域特有的文本、读者、时代文学代码和规则系统。符号学的不平衡性在于相互关系的复杂，任何符号领域均可获得个性，具备本质观点和世界观；在此意义上，指号过程是相互作用的、独立的、不可取代的（历史社会本质或者文本下的定义），具备文本观点，属于文学世界。这就使人们回想起巴赫金的对白，即在获得冗余幻想的基础上描写相互作用的过程，以及弗洛连斯基的观点：观念“面容—面孔—个人—面具”取决于符号圈的“个人”属性及其所有组成部分的基本可能性。

分析文学作品时，洛特曼在一系列作品中发现了情节构成层次上的符号学结构观点。在《罗密欧与朱丽叶》中，莎士比亚描述主角家庭关系时阐释了两个符号学个性。边界范围内发生符号学事件，尤其是悲剧情节的产生，洛特曼称之为“边界”小说。重要事件没有发生在小说的中心位置，而是发生在符号学客体边界上。在符号学过程中发生了意义迁移。实际上，符号学客体边界保证了符号学转喻，同时，可以将“中心 / 边缘”与“语言 / 言语”“自然语言 / 诗学语言”作比较。符号个性边界是符号构建与外部世界关系的重要因素。

原则上封闭型互文与开放型符号领域是对立的。洛特曼花费大量精力，借用因果原则去解释符号领域的开放性和不对称性。引用维尔纳茨基的话，任何客体从一开始就是不对称的，这是用于物质结构在左右关系上的不对称，如此，该物质结构用于构建原子世界。每一种符号个性，比如与其他符号现实产生联系的民族文化，都具备两个自我；洛特曼回忆巴赫金的“我为己”和“我为你”时指出，形象指号形成过程对新世界观的形式产生积极影响。“其他”成为符号个体自我意识的一种条件，然而事实上，除了分裂为两个“我”之外，指号过程不会进入个人世界观的内部和外部。

讲述巴赫金对白概念时，洛特曼指出动态相互作用符号体系的形成条件：两个相似但又不同的伙伴，以及信息接收时间和传递时间的交换。巴赫金的“叙述人、主人公和读者相互作用的”的观点得到洛特曼的支持，这说明对白（接收和传递）是存在的。世界文学上下文中的文艺美学对白的规律性成为洛特曼符号学形成的基础。两种符号个性之间的积极关系（巴赫金）催生出新的世界观（文学世界、新的语言等等）。构建类似于文学文本特点时，洛特曼指出，符号学可以具有记忆，记忆成分为定义指号过程提供了模式。在新语言和新文本形成过程中，符号能源节省原则发挥作用。在此，不得不指出A.波捷布尼亚的“思想经济”概念，这个远非完美的术语试图描绘大致相同的东西。

在分析不同版本符号个性之间的冲突时，洛特曼发现了与元语言构建相关的信息翻译的规律性。他指出，任何对其他语言的描写其实都是在描写自己，因为语言描写也是自我文化的一部分。定位于自动交际的符号统一性能催生出更大的思维积极性，但是会受到符号体系中两个自我影响的限制。任何情况下，任何符号学行为均应包含至少两种不同的语言代码，以及能为内部信息加工提供可能性的不同的符号体系。信息交换中的所有文本均属于符号学范畴，属于两极：在其中一极上，相对独立的不连续的符号是意义的主要载体（如化学公式），而在另外一极上，完整文本具备自身的文本内涵，等同于其他符号（如油画或者诗歌）。第一例由意义符号组合，第二例——文本语义空间相同。这两种可能性不可相互替代，通过建立特殊符号语言可以实现文本等值。

在交际过程中两者之间存在指号过程场，同时作用，互相补充；两种交际模式：常见的“我—其他”和其他科学自动交际模型开发“我—我”。此外，第二种模型使用更加广泛，实际上是不同指号环节广泛使用的联系手段。洛特曼划分出自动交际模式的两种主要功能：1.记忆功能（通过某些已知标志和信号）；2.作者像阅读他人作品一样阅读自己的文本，类似于“我—他”模式（比如诗人在刚出版的杂志上阅读自己的诗歌）。日志不传递信息，只解释自己和对象之间的关系。洛特曼指出了交际和自动交际的深层差异。第一种是：先想法，后文本；第二种是：先文本，后想法。因此作者的创作过程是交际的有限结合，文本与想法之间的过渡语言也就是必要的。作者的意识形态对符号域起到了缓冲的作用（比如A. C.普希金和Ф. M.陀思妥耶夫斯基）。因此，自动交际是第一个我变成第二个我的方法（巴赫金称之为不断变化着的第一个我）。

自动交际过程中包含两种代码，一种向另一种施压，改变信息编码形式。指号过程中，“我—我”频道被赋予了众多对立的（有时候是无序的）组织者功能。此外，自动交际是符号个性重新构建的重要手段。两种交际体系的差别主要在于，在“我—他”标准模式中，信息传递时容量越接近100%越好，而在自动交际模式中，这是必须的（永远都会超过100%）。Φ. M. 陀思妥耶夫斯基认为，在艺术中2×2=5，“我—他，我—我”模式中包含了所有符号空间。

因此，符号可以向前发展。其基础是预见和不可预测性之间的平衡性。通向未来的爆炸性过程具备不可预测性。任何互不相容的语义辞格可以构建转喻。洛特曼指出，从这一角度来讲，所有的抽象形象和演说格都属于转喻范畴。根据所描述的细节，或者替代方式，其表现为借代或者隐喻。托马舍夫斯基、雅各布森、艾柯和托多罗夫的转喻理论，明确表示出转喻和自然诗歌之间存在联系。洛特曼指出，对转喻和转喻支柱的拒绝会催生出非对立型世界文学历史（迄今尚未实现）。在浪漫主义中，借代和隐喻具有扩散性影响趋势，而在先锋主义中，并列原则发挥着作用。转喻是指号过程中不可译因素的主要处理方法，它借助于结构术语寻找真相。在诗学世界中，每一个符号都和特定的本质密切相关，保留着自己的个性。由此作者的创作工作与普遍名称的斗争密切相关，并且通过光电形象、转喻实现。在文本符号中存在特定形象的标志系统，该系统由世界观确定，并且是作品的主要价值所在。它由来源于目前这些特征系统的读者进行重新改造。

除了核心和边缘的数量划分，以及符号成分的两大主要联系类型，符号个性可以划分为“文本—代码”框架下的两大类型。因此，可以把构成指号过程的文本分为两类：1. 描写典型世界结构和回答“世界是如何构建的？”这一问题。此类型文本再现动态的世界图景，描写分散型空间结构。此种描写固化价值评价体系和指号过程组织方法。此种情况下，空间是按照左右、直线和曲线、打开和关闭的轴线构建的。这些文本和非文学文本类似，其内容包含在洛特曼早期的著作中。2. 空间中世界观的特定位置（内部的或者外部的参数变化）。比如，文学作品的点是主人公的个性自我，变化轨迹是情节。这些文本具有一定的篇幅，将“事件”固定为一种不重要的情况变化。相对于巴赫金，洛特曼将文学主人公锁定在其世界对立（拓展 / 包围）的必然性中（或者在社会生活群体中的个人的“我”之中）；这种情况下“移动 / 不可移动”的对立成为决定性因素——一系列主人公改变自己周围的环境（作品的主角或者社会流放者、异教徒、边缘人物），其他人的功能是通过自己的行为维持标准保持不动（配角或者具有社会正义的“社会成员”）。移动的主人公不断破坏指号过程的边界，并创建新的分类依据。空间建构原则和特征空间划分是情节的基础。符号系统具有动态、移动特点，它无限期增加文本数量，从而增加知识。这种方案的不足之处在于它们将符号个性显著地划分为“接受”和“传递”，而真相则作为成品出现在最相同的形式中。

事实上，洛特曼在自己的符号学概念中克服了 20 世纪 70 年代传统结构学中的不足，摒弃了一些未经检验的假设。在新观念中，文本不再是封闭的，而是同步的组织结构。作为结构诗歌学方法论基础的二元性被 M. 巴赫金研究的三元性取代。两者的差别何在？在二元结构中，坏的因素被抛弃，多余的被去掉。在三元结构中，则相反，多余的被暂停并保存下来。如果“文本”的概念以“结构诗学”为基础，这种方法本身也在发生变化，由此产生了符号域假说的研究模式，就是一个以不同方式相互关联的符号元素集合的符号空间。涉及指号过程的个性文本包含许多可能性。换句话讲，指号过程的意义空间是同步的。文本在符号学领域最终丧失了自身的语义独立性，只具备三个符号个性中的一个参与到总体指号过程，但是实际上，其从形式主义者变成了交际关系形式，变成了说话者与受话者两种存在立场的交叉区域。

在符号学假说中，文本在时间上和内部结构上绝缘；新的方法是基于文本作为一部电影——与现在相关，与时间轴有关，以历时为基础，并且文本中过去与未来的关系不对称。过去认为文本包含文本和非文本两种类型：1. 在结构中得以体现的文本的直接记忆；2. 在上下文中与非文本的对比。文本对话环境分为空间、时间两个点，这些点构成了文本的语义结构：从现在到过去，从现在到未来。如果因素是多余的，那么它就是完全不可预测性的。符号空间被理解为某整体结构上的众多文本的结合，这是现实；源文化代码的稳定性和有限性是其蓬勃发展的动机。部分系统处于不断移动的状态，系统中的任何因素都不会消失。根据蒂尼亚诺夫的假说，新的会纠正旧的因素，被忘记的会找到新的生命。

相关文献与问题

符号域概念参考书目

1. 伊万诺夫 В. В.《文化符号学选集》，第一卷，《符号系统、电影、诗学》，莫斯科，1998 年（Иванов Вяч. Вс. Избранные труды по семиотике культуры. Том.1 Знаковые системы. Кино. Поэтика. М., 1998.）
2. 伊万诺夫 В. В. 大城市文化历史符号学研究 // 空间符号学和符号学空间，《塔尔图大学学术笔记》，第 720 期，塔尔图，1986 年（Иванов Вяч. Вс. К семиротическому изучению культурной истории большого города // Семиотика пространства и пространство семиотики. Уч. Зап. Тартуского гос. университета. Вып.720. Тарту, 1986）
3. 洛特曼 Ю. М.《内部思维世界：人—文本—符号域—历史》，莫斯科，1999 年（Лотман Ю. М. Внутри мыслящих миров. Человек-текст-семиосфера- история. М., 1999.）
4. 洛特曼 Ю. М.《符号域》，圣彼得堡，2000 年（Лотман Ю. М. Семиосфера. СПб., 2000.）
5. 洛特曼 Ю. М. 俄罗斯文化符号学提纲 //《Ю. М. 洛特曼和莫斯科—塔尔图符号学派》，莫斯科，1994 年（Лотман Ю. М. Тезисы к семиотике русской культуры // Ю. М.Лотман и тартуско-московская семиотическая школа. М., 1994.）
6. 洛特曼 Ю. М. 文化现象 // 文化符号学，《符号系统论著》，第 10 卷，塔尔图大学学术笔记，第 463 期，塔尔图，1978 年（Лотман Ю. М. Феномен культуры //

Семиотика культуры. Труды по знаковым системам. Вып. X. Уч. зап. Тарт. ун-та, вьш. 463. Тарту, 1978.）

7. 洛特曼 Ю. М.《文化类型学文章》，第 1、2 期，塔尔图，1970 年、1973 年（Лотман Ю. М. Статьи по типологии культуры. вып. 1 и 2. Тарту 1970, 1973.）

8. 马尔科夫 В. А.《文本是一种社会文化现象》，第 5 届蒂尼亚诺夫论坛，里加，1990 年（Марков В. А. Текст как социокультурный феномен. Тыняновские чтения. 5-ые. Рига, 1990.）

9.《符号学选集》，莫斯科，2001 年（Семиотика. Антология. М., 2001.）

10.《符号圈》，莫斯科，1993 年（Семиотика. М., 1993.）

11.《符号学·交际·风格》，莫斯科，1983 年（Семиотика. Коммуникация. Стиль. М, 1983.）

12.《符号学与艺术创作》，莫斯科，1977 年（Семиотика и художественное творчество. М, 1977.）

13.《符号学与艺术计量学》，莫斯科，1972 年（Семиотика и искусствометрия. М, 1972.）

14.《文本—文化—叙事符号学》（符号学，第 23 卷），塔尔图，1989 年（Текст-культура-семиотика нарратива.（Семиотика, том 23）. Тарту, 1989.）

15.《人—文本—文化》论文集，叶卡捷琳堡，1994 年（Человек-текст-культура. Сб. ст. Екатеринбург, 1994.）

16.《文学文本：本体论与阐释法》论文集，萨拉托夫，1992 年（Художественный текст: онтология и интерпретация. Сб. ст. Саратов, 1992.）

结　语

现代文论的迫切问题

20 世纪 80 年代某些结构诗学概念理论的消亡迫使文学家们寻找新的科学方法论发展道路。例如，第一种——跨学科研究，处于与其他文论方法研究的交叉点上（如，神话诗学）。第二种——并不源于“二次模式系统”观念，但考虑了其决定性的现代化进程（Ю. М. 洛特曼《符号圈》）。第三种——后结构主义（相反的结构主义），认为上述语文学传统均处于被质疑之中，它实际上讲述的是发展中的学科，它取代了语文学词形变化表。

必须指出，任何关于诗学研究方法或者诗学文本分析的谈话最终均会停留在文学和文论之间的关系上。在此研究文学在现实中的地位，存在以下三种解决方案：

1. 在“关于世界的词汇”基础上构建“关于词汇的词汇”；文论被视作文学之上的上层建筑——即某些初级文本社会符号描写的组合；文学和文论在此进程中获得了属于自己的特征，彼此互不相容；世界是现实的；文学创造出了广义的文学模式，而文论创造出了文学作品的科学模式。

2. 文学和文论同样描写现实世界，是同一种进程的不同领域，本质上相互之间没有原则性差别；“关于世界的词汇”和“关于词汇的词汇”这两种概念可以相互转换；文论在此表现为特定的诗歌形式，只在主题上与传统诗歌形式有所不同；两者间不存在任何差别，然而均与现实历史生活相关。二者均创造出一系列描写生活的文本，所以对文学文本的解释是——它是文学的一部分。

3. 除了语言现实，世界中不存在任何其他现实；人们借助语言形式感知世界；“关于词汇的词汇”包括“关于世界的词汇”，因为文学属于文论内部活动；不存在任何“关于生活的词汇”；关于诗学语言和文学文本的问题不再存在；世界是独立的文本；任何词汇的使用均会涉及对某种因素的说明解释。

在第一种方案中形成了文学形式，借助于专门的符号描写科学语言，该形式可被系统化。在第二种方案中存在自由解释的真实性，其中不包含科学，但是包含强烈的文学直觉思考。在第三种方案中，相反，世界一词汇将人的自身说明定义为某种文本构建。

第一种模式中出现了文论“形态学传统”：从 A. 波捷布尼亚、A. 维谢洛夫斯基，经过形式主义者和 B. 普罗普，再到 Ю. M. 洛特曼的塔尔图学派（科学和艺术彼此相互区别，正是为了补充对方不具备的东西）。形态文论的典型特点在于承认文学标志的存在。20 世纪初文论家们的文本中存在着全球意识自信，这种意识保证了文艺的、理论的、最具风险的假说和实验在意义层面良好的稳定性。文学标志意识的重要性在于确定了构建基础。

在第二种方案中出现了包含各种变体的“历史文学”文论轮廓（在苏联前时期、苏联时期和苏联后时期）。思想观点的中心是文学文本的相对意义，或者作为文学的批评流派。原则上讲，科学和艺术相互交叉，关于词汇的准确涵义不具备任何分量甚至意义，因为诗学词汇是意义层面发展的最终级。该研究方向意味着破坏。由此应当相信不断发展的现实（除了词汇，因为词汇或多或少均会记录现实变化的轨迹）。文学词汇的研究工作不可能是独立的知识领域，因为其所在即来源。在此基础上产生的理论变体（如，H. 皮克萨诺夫的遗传文论）确信，文学文本来源于现实，根基于现实，也只能通过现实对其作出解释。诗学作为独立学科因为无用逐渐消失，并被其他学科文学文本所替代：社会学、心理学、语言学、民族学、数学等等。文论在第二种方案中本质上只是文学作品题材之一。

需指出，第三种文论模式具备两种相互对抗的变体：如果这是完整的、鲜活的、理性的词汇表达——最终意识本质中心位置则是具备无限权力的神——词汇或者是符号域；而如果世界是停滞混乱的——那么，在已经形成的空洞上面就是无限、停滞、冷漠的文本兼体。互文性这个词可以帮助理解这两种相互排斥的变体。

该理论出现不久，就立即否定诗歌学的特点，指出自己作为符号学科的事实。和方案二作对比，这里直接摒弃相互对抗形式。除了自由连接语言意识的现实之外，没有哪一种现实是真实存在的。社会——人们书面活动的产物（该活动构建了著名的认知世界的方法——文明）。只有考虑了不完整性的词汇才是科学的（如在方案二中。这是因为作为某种原则上无法触及的不变式的变体，任何时候任何人均不可能相应地接受这些词汇）。相反，试图找出词汇的某种具体含义的尝试也迷失在愚蠢的无休无止的引证以及某种重复变体上，形成了无来处、无去处的口头线索。最好的情况是追随线索片段或者与其他线索接触。这就好比在失重状态下的人的活动：试图发出的力量反而将人们推远。此处的逻辑如下：如果人类的所有活动均可视作文本的生产和接收活动的话，那么对此进程的描写就应是对人类现实生活的描写，有意识或者无意识地引证整体上下文，也就是人们常说的文本兼体。第三种方案中出现了Ж.德里达的“书写学”和Ю.克里斯蒂娃的“互文”概念，以及其他后结构主义模式。

超文本思维保证了生活在其中的人们的整体语文性，且不能认为这种思维是全新的：它存在于圣经中，存在于希伯来神秘哲学中，多次被众多思想家，例如，古代和现代诠释学家们引用。如果使用解构主义方法，就可以说明，本思想是A.波捷布尼亚关于“语言的臆断诗学性”假说中的引文（有意或者无意隐藏），该假说的基础是“词汇的内部形式”，其中附加了“作为世界文学统一联系体的世界测验”这一思想（由A.维谢洛夫斯基在《历史诗学》中提出）。一个世纪过去了，这个美丽又带有侵略性的符号语文学思想得以再生，从内到外被重新展开。尽管在此过程中，该思想的形式未曾改变，变得通俗易懂，但是这件“外套”的典型线路却无法被触摸。

类似于Л.安德烈耶夫同名小说中的“墙”的概念的超文本，需要最大化地用同一方向的力量，同时建立人们一切活动的界限。所有的事情都在同一个方向上发展或者在相反的方向上发展：向“神”的方向发展，是全面整体的世界观念“赞同”；拒绝逻各斯中心主义，是全面整体的世界观“反对”。关于文本兼体的后结构主义观点在此被视作俄罗斯象征主义者关于词汇是唯一真实的现实这一观点，然而缺少了因为空洞脱离现实而被取消的“奥列·路却埃”①“永恒的妻子”和“真理交响曲”。也可能出现关于未来文明整体自动化的神话传说（机器战胜了人类），出现提出掠夺性语言学怪物的想法、关闭词汇印证功用、吞噬“作者、主角、读者”、随后因其“声名狼藉的个性”吃掉“人们”的“典型敌人”。在此基督教的人化世界退居次位，而占据其地位的是失去人类特征、同时似乎又由世界“人化”成分（交际语言的条件性符号）构成的世界。

俄罗斯在对此问题的认识上向来有自己的传统。文学与生活相互关系问题的解决方案是哲学20世纪主要问题不可分割的一部分。形式主义者专注于对语言形态的内在分析，严重切断了文学文本的超文本联系，就像现在的后结构主义者一样，都会有意地否认“周围的现实”。他们承认物质是语言符号，所有由其中产生的东西都是已经制作完成的，他们否定文学语义学和折中主义者的历史文学观念，但不怀疑文学甚至任意语言符号最终依据的存

① 《安徒生童话》中《梦神》的主人公。——译者注

在，并以此为出发点。文学文本被形式主义者理解为特定的存在。文学作品的依据除了外部联系，也是指超文本联系之外的存在，而且依据具备可信赖的鉴定功用的符号本身。马克思主义者做出的关于同一现实标志层次上文学文本的结论坚定表明被神化的“物质”的存在。神话诗学派、用于文论家心理分析的人类心理学潜意识层次具备类似的涵义。

一方面很明显的是，任何一个决定人与存在关系的词，可以说是自给自足和内部一致的 / 无矛盾的，不论它是建立在哪一种主体的材料上。这些材料可以是人类在世界中的存在（文学），可以是人类关于世界存在的话语（文学国情）；并没有必要寻找无法解决的双方之间的同一个过程。词在这里可以理解为名称、姓名；名称可以理解为同时存在的现实和它的符号象征。在这里将符号同标志区分开来是可以的——如果我们给它另一种符号，比如说在文学或科学创造中。从这一角度，П. 弗洛连斯基、H. 别尔嘉耶夫、A. 洛谢夫、C. 阿维林采夫等人做了详细的描述，他们认为，只有创造力可以借助命名和重命名来更改周围空间的属性，创造新的实体，并改变现实。创作不可能不承认意义的存在，因为新事物不可能毫无根据地出现。正如不可能仅用一个炸药来解决某事，因此不可能在一个全面的“不”上构建创造过程，最后，即使在顺势疗法的剂量下，也应该出现一种“是”——此处向恶意的“逻各斯中心主义”敞开大门。事实上，如果我们试着将名字的真实性同文学作品区分开来，杀死它的灵魂——象征性，那么死去的名字就会被视为空壳，其意义和功能顶多作为“气球”被回忆起来（就如同小熊维尼历险记中送给驴子“丫丫”的气球）。

正如不同的人的社会的“我”可以是相同的，正是因为失去了自己的特点，象征性（即个性），一方面非常相似，另一方面出现自己的某种类别：引用和重复的东西。这里有与词在世界中三种相应位置的三种回答方式：

1. 词凭借其语义根源存在，在现实中被理解为这样或那样，但是被承认作为人之外的现实存在，因此关于这个词可以产生新的意义。2. 现实植根于词当中，文学作品当中所有的描述可以借助于文本外联系来进行解释（神话传说、社会方式、原型、无意识的等等）。3. 词根植于其他词中，这意味着有第三个，第三个至第四个，以此类推到无穷大。无穷的范式变体同无休止的语段相连接，这一现实性不仅是非实体的，而且是不存在的。

Ю. 洛特曼引用 A. 勃洛克的话“谎言是意义的重复”。如果剥夺词的象征性，任何一个意义只是重复的。有文论家这样说道：“任何想法都是以已知的新的（或者旧的）方式重复。”死去的词失去自己的完整性，缺少了意义，就不能成为构建艺术结构的基础，也不能成为由分裂的细胞组织构成的活的有机体。在洛特曼的结构主义当中，尽管他掌握很多的科学知识（有些导致了实证主义的观念），但他的思想是：艺术文本被理解为一种唯一的符号，应该把世界作为一个完整的模型从某个角度表达出来。如果把这些意义汇总起来，那么宇宙整体可以用一个词概括。这使我们无法认真地谈论结构诗学对艺术结构元描述中的“艺术分解”。相反，如果我们否认词的象征性（人关于世界的看法分解出彼此不相关的元素）是思想的侵蚀，则意味深长的话会分裂成独立的话语，分裂成一些人类文明超文本的实体化学链。这里主要的区别在于人类文明“超文本”的两种变体，可以归结为 Ю.М. 洛特曼的“不重复性”和 J. 德里达的“除了重复什么都没有”，以及符号域和互文之间的差别。

最终来讲，文学作为人类语文学反射的成果，很少创建词汇象征形象。当然，在这个意义上，词汇的派生性这一问题就消失了。文学基础和非文学基础之间的对抗程度下降了。类似于意识和对世界感知的自我意识之间差异的消失：关于想法和词汇之间的关系问题存在一种著名的观点——对于想法以及想法和精神生活的关系程度而言，词汇的意义很重要。A. 波捷布尼亚一百年前这样说道，之后德里达继续发展此观点，“不愿说出想法”——开始于文字学，包括对内外对立的自信的缺失。这个观点奉行尼采哲学中的查拉图斯特拉“善恶”哲学，同时消除文学符号的作用，引导读者远离中心主义教条，但是与此同时，又超越了这个词。与人道主义决定论心灵愉悦相反，尼采“超人类”哲学的崇高异议表现为阴暗的语文学“地下室”观点，该观点否定词汇与词汇之间的联系。

教条主义易被批评，确实，当遇到反抗教条主义的战士时，人们有时会因为某些原因批评原则性立场。立场越具原则性，越明确，越容易被批评。相反，有时候很难去批评折中主义者，不管他们是蓄意的还是无意的。当然，某种最终且广泛的诱惑形成了，文学作品的真实含义威胁到每一个研究者或者文本的解释者。科学威望借助于严格且富有挑衅的规定被树立起来（借助于注解手段）。

如果我们使用巴赫金的术语，俄罗斯文学批评史和外国文学研究的单独部分类似于集中营的营房，这就是“独白对话”不幸胜利的例子。为了完美且准确地描写研究者眼中文本的具体模样，人们常常忘记，这种准确性和完整性只从研究者自身特定的角度描写，研究者从未摆脱过自己的观点、日常生活观点和对宇宙结构的日常观点。在俄罗斯充满思想教条主义的语文学研究的艰难历程中，很容易发现其中充斥的逻各斯中心主义。

但是，回望20世纪俄罗斯语文学进程，不难发现，一切向相反方向发展；也许正是因为思想“中心”的残酷压力，俄罗斯语文学的发展进程一直伴随着“认知论困惑”、边缘病态、产生各种抗性的“实例代码”抗体。正是由于不断的压力，一个“理想型知识分子”出现了，这是一个不断怀疑的“局外人”，不被学术机构认可和逼视，这就是德里达和拉康的理想。换句话讲，宣讲边缘价值的后结构主义处于当下社会的中心地带，就像20世纪的俄罗斯古典语文学，也奉行逻各斯价值主义，正好处于边缘地带，远离中心型研究，通常得不到广泛认可（认可度通常在死后出现）。持此类观点的有A. 波捷布尼亚、Ю. 蒂尼亚诺夫、P. 雅各布森、П. 弗洛连斯基、A. 洛谢夫、

M. 巴赫金、Ю. 洛特曼等等。

对文本（失去有限性和结构性）作出解释的时候，德里达指出了中心的强大影响论。根据语法学，中心具有连续从属性。巴赫金也做出了相应的判断。相似之处在于，在批评伦理争执时，“我为自己，我为别人”类型等效。文本间的完整从属性来自文本的隶属性。两个互不相容独立的本质点的基础与美学事件一起消亡。在美学事件缺失的情况下，伦理事件，更准确地讲，是宗教事件出现了，因为对白的第二个参与者就是一切。如果从巴赫金概念内部去研究“我”和文本之间的关系的话，那么将会看到作者和主人公的关系模型，与“作者吸引住主人公”（谎言古典主义、社会现实主义）这一变体类似：作者（文本）将角色（人类的意识）变成自己思想的传声器，与此同时角色传达了作者的观点。

俄罗斯语文学的这个特点迫使人们想起俄罗斯语文学的平行性特点，俄罗斯语文学要在科学和文学认知形式上找到属于自己的方法。众所周知，这些因素并不妨碍自由负责的创作过程，类似的有陀思妥耶夫斯基和索洛维约夫对语文学和哲学交叉点领域的研究，还有 A. 别雷和 Ю. 蒂尼亚诺夫、O. 曼德尔施塔姆、B. 什克洛夫斯基在广义范畴对此术语的研究：这是关于世界准确真实词汇的寻找者。“关于词汇的词汇”这一概念在俄罗斯哲学传统中从来都不只是无个人特征的、客观存在的符号文本。

俄罗斯社会学流派的历史，从 H. 车尔尼雪夫斯基的简单概念到 B. 弗里契和 B. 佩列韦尔泽夫的最终结论，都证明着一般情况下在虚无主义的文论中心会形成对社会政治事实的否定基础，此外还伴随着关于艺术文本的自在性和内在性问题的解除。这可能是一种社会结构类型：无产阶级专政、男性的专横、白人的种族偏见、女权运动、某种社会制度抑或其他。“文学艺术”这一概念的界限经由一代语文学家的努力才得划定，自然，创作看起来是一种重复的、艺术性的游戏，而文学则失去了其对象。它自身则成为政治党派抑或是社会制度和基础的某种类似物，如此，这一学科最好的题材应当是反对荒诞的臆造词的大罢工或有组织的游行（有可能，游行这一词汇适用了J. 德里达的造词方法）。不能不认为，这一宏大的公共行为的“古罗马热情”与俄罗斯哲学的倾向和传统相距甚远，这一哲学常常指望一个词为词的一部分，指望被阐释的美的任意表现是宇宙之美的体现。这种以一定社会结构形式呈现的对“真理之敌”的具体化使得我们想起神秘主义文学的可能性，此种情况下则是对于文论问题心理分析的可能性。自然，解构的发生导致对诗性的破坏（Ю. 克里斯蒂娃），正如覆盖着人的话语的棉絮，使得诗歌从创作变为了蹩脚的引用。

很明显，逻辑学方法和后结构主义的相遇已经被学院折衷主义形态学流派的努力所证实。无论何种情况下，研究已经显得重复（研究的主要方式是——评论），个人的主观看法已经成为研究自然的主要的工具，术语不是本质的，而且和隐喻并无区别，系统诗学的存在则存有疑虑。描绘文本既已不能，因为文本既是引用，又是被研究的引用，科学研究的目的和内核消失，代之以粗略的自我表达的宇宙目的论或空洞无内容的游戏。诗学本身在20世纪初的出现即是和对某位诗人、某个时代或某一文学流派的艺术表达方法的解读有关，这种解读带着更好地阅读文本（亦包括文本之外的作者）的意图和目的。诗学只有在研究者先验地承认存在着以这种手段表达的艺术意义时才有可能。这一问题和一个符号区别于另一符号、一种诗语有别于另一种诗语的可能性有关；若我们否定诗歌密码的存在（即使是带有误差的描写），则诗学和整个文学理论则失去了其研究对象而不得存在，仿佛是离开了天体的天文学。

于是，欲要研究文学作品文本，研究者要回答两个问题：其要研究的客体是什么？（艺术文本、作品、话语讨论抑或其他），且带着怎样的目的展开其研究？这些问题的答案有很多类型组：艺术文本是精神的客体化（浪漫主义者），作品没有目的，美学活动是一种游戏（H. 伽达默尔，B. 弗里契，后结构主义），艺术创造——是社会现实的反映（社会学流派——B. 佩列韦尔泽夫），诗歌文本是某种艺术手段的系统集合（形式主义——B. 什克洛夫斯基）。对这些问题的任何一种可能答案都必须承认文本或是研究者自身对事件意义的正面态度；在对立的情况下，研究无法进行，它只会流于表面或粗略地回顾，并简单说“是”，或者是为了保障其可能性而说出永恒而沉闷的“不”。

对内涵的否定答案抹去了文学分析的必要性和可能性。外在的文本是一套明显的且易于描写的语言形式，我们承认对艺术文本的描写通过语言学方法可以被穷尽，文学研究的必要性自会消失，和对结构的否定一起，文学研究本身即显露了研究者的明显信念：对艺术文本而言存在着完全不能穷尽其解读方式的可能性、阐释方式和描写方式。一言蔽之——任何一种对于文本的解读方式都是来自外部的将人之理性加于文本的方法，换言之，无论我们怎样看待文本，我们总要承认在文本内部存在着机体或思想的空间，这才使得我们视文本为一种被建立在不总是熟悉的原则上的、被某一特定观点所揭示的（常常是终不得其解，但承认其有绝对的价值）东西，包括叙述点和主人公。于此得以明了，分析语言材料时，我们已经因此而承认了在宇宙之中存在着特定的法则和一定的意义，这些意义在作品中得到表达。其次我们才能谈及人类的敌人——中心主义。

逻各斯中心主义的道德心理基础是“右翼神话”，即居民的道德心理类型。病理学上，缩小到最小的精神视野没有让它把“另一个我”想象成独立于它而存在的，并且在国际地位上具有与它平等的权利的事物。在这些条件下“文学的存在是不可能的”这一结论完全正确。世界上并不存在两个“我”之间进行积极对话的可能性。早在德里达之前，巴赫金就描述了在“另一个我”中看到“其他”这一可能性消亡的原因。在其艺术创作的各个阶段——从这一艺术思想的诞生和“主人公”的形成，到他所处的“环境”和“艺术时空体”，再到艺术现实和社会现实的结合，他描述了作者与主人公、主人公与读者之间一系列典型的联系情况，为系统概念的建立奠定了基础。在这个意义上，巴赫金和德里达建立了牢不可破的伙伴关系：如果说前者阐述了具有“幻想过剩”特点的两个独立个体积极审美伦理联系的形成，那么后者则描述了这种联系缺失之后的灾难，给予了人类历史、艺术和文化方面的一系列悲观的评价。如果在互文的引文中被完全溶解的“人类的消亡”在后结构主义者那里得到了证实，那么在巴赫金那里，“整个人在台座上被展示”，由于“积极获取”和“热爱的态度”获得了稳定的个人存在观点。反二元的方法论，瓦解、解构了费希特学说的反对派“我”“非我”，拒绝了两个相互独立但能够互相理解的关于世界个人观点的可能性。很显然，这里完全抹去了审美和伦理之间的任何区别，这种区别是属于巴赫金的合理的证据。“逻各斯中心主义”的结构主义概念以整个欧洲传统为基础，是巴赫金努力的成果，但又一次转向了相反的方向——不是走向逻各斯，而是从它那里，尽可能远地延伸。

俄罗斯文学传统所特有的是其理论方面的问题直接影响到几乎所有“永恒”问题的提出。这很容易通过历史回顾性分析证明。俄罗斯语文学发展的历史告诉我们，任何只归结为内在联系而不注重其含义的文学理论（例如：形式主义）都会遭到失败。从另一方面来说，试图，并且只用文本外的相似之处（如社会学和弗洛伊德主义）的帮助来解释文本的概念，在最后总是显得不足，本身会从理论上被耗尽。我们还远远未能为语文学的进一步发展提出建议，但是，很显然，这两者之间的健康平衡是必然的。让我们来关注一下苏联学术折中主义的反常的生命力，这尽管有一定的概念贫乏，但是却展示出了奇迹般的稳定性。看来，这不仅是多种形式整合的活力，也是承认文本与其含义之间的联系（这个含义如何被理解并不重要，承认它的可能性才更加重要）。实质上，注释往往体现出这一含义研究者的个人经验，有时不能澄清有关文案的定性和结构参数。在俄罗斯语文学历史上，这一类型的工作大多充满了苏联时期的科学特征。另外，当然，与其说折中主义研究的是这些问题，不如说折中主义是寄生于这些问题之上。

如果把新俄罗斯文学的成就归结为一句话，那么也许听起来是这样的：每个人的生活质量和价值直接或者间接地确定了世界含义对于他们来说的固定质量（H. M. 卡拉姆津、H. B. 果戈理、Φ. M. 陀思妥耶夫斯基、H. C. 列斯科夫、Л. H. 托尔斯泰、A. П. 普拉东诺夫等）。同样的理念在俄罗斯语言学的作品中也明显存在。除了一个人对另一个人同情的目光之外，人不可避免的死亡为自己和他人呈现出一种不同程度的错觉：不仅在巴赫金和陀思妥耶夫斯基的作品中，在洛谢夫和布尔加科夫的作品中也是如此。作者的追求使“我”深入宇宙中，理解为仅仅只能作为“两型社会”而自然产生的效果。这是由著名的“指称性错觉”（格雷马斯）所指出的，绕过了“右翼神话”（巴特）。试图看到没有启发意义的词，就像试图在词语之外看到话语的世界。在理论层面上，这意味着一个悖论；即使是在“游戏”和“语言体操”的框架内，也不可能证明这种认同的可能性，就像一个不依靠任何东西的杠杆是无效的一样。在实践层面上，这意味着研究人员希望在文本本身之外寻找文本；或者没有认识到它的结构性边界，文本融入上下文中，出现了全面的互文。

所以，任何尝试创作非人道主义范畴文论观点的活动——在不同的年代不同的文论学派代表们均提出过——暂时仍然是毫无益处的。许多与方法论相关的科学研究方向的悲剧在于将科学的东西理解鉴定为准确无误或者非人道主义的。但是在爱因斯坦相对论中，以及在该理论在文论创作过程中的实际运用中（Π. 弗洛连斯基和 M. 巴赫金）都非常明确地证实了以下观点，主观的个人存在是宇宙构造图景创作的必要条件。在这个背景下，有一个简单的假设，我们周围的一切环境都是有意义的，由 M. 巴赫金创建，经 Ю. M. 洛特曼和 Д. C. 利哈乔夫证实的文学文本的主观模型看上去不是过于造作的启发式计划。

显而易见，事情的关键并不在于收集特定的代码和特征。文学交际过程中有三种个体观点的参与：作者的（也就是叙述人的）、主人公的、读者的。对其中任何一个或者所有的引文的叙述均会削弱中心主义结构以及交际过程本身。在俄罗斯文学创作传统中，作为 Ф. M. 陀思妥耶夫斯基真善美观点基础和依据的范畴或者 M. 巴赫金人类存在首要基础的范畴之间的差别显而易见。

谈到创作的挽救功能，H. 别尔嘉耶夫强调作者身份在伦理道德范围内自我解脱这一观点。拒绝自私观念，承认其他的就是其他类型的，这也是作者和读者之间的对话。实际上，作为人们认知自我、表达形象的文学创作是П. 弗洛连斯基所看重的。在其关于文论问题的作品中，明显发现有关美的传统观点，依据该观点，人在世界上最终走向真理。

应当指出的是，在集中作斗争的时候，人们证明和展示了自己对自身命运不可替代的依赖性。人类的命运就像是人们为自我同音位、同逻各斯中心主义作斗争、争取自身个性自由的过程。逻各斯中心主义说明了空洞的毫无意义的存在。而对此必须同时拒绝逻各斯。文学文本和宇宙构造，丢弃了结晶结构，变成了无定型玻璃——但是对于这些令人不安的问题的答案每次都会将我们带回“逻各斯中心主义”。在 19 世纪末，人道主义和人类学的绝境已经显而易见。俄罗斯的思想家对此做出了肯定的说明，例如 C. 布尔加科夫和 H. 别尔嘉耶夫。

启蒙教育和人道主义概念转折的观点迫使人们回想起人道主义作为必要王国的描写——H. 别尔嘉耶夫在自己的著作《创作的涵义》中给出了此观点。别尔嘉耶夫的观点帮助人们理解人对社会结构的强烈依赖性——抑郁性的自由、选择不存在的存在。自由在世界中是不存在的，人们只能选择受局限的自由形式——这是文学创作的基础。文学家的创作过程，不是直接自我表达，不仅仅是对“文本人”“音位功能”的词汇整理。别尔嘉耶夫称，拒绝自己周边世界涵义的存在性是谎言性的存在。而该丢失了自己涵义的周边世界——作为结果——成为“环境”（社会语言文本兼体）。该世界讲述了可怜无助的人们无论是在社会中还是个体心理学领域均无法表达自己的事实。

语文学家别尔嘉耶夫的功绩在于从个人命运方面研究自由和伴随的文论家行为的必要性，在于为自己的作品选择相关的主题和形式。别尔嘉耶夫将文学创作的工程描写为与决定论王国对立的人物形象的创建工程。复兴文学证实了以下观点：人的心灵价值要大于国家基础、外在利益和整个外部世界。19世纪、20世纪西欧文学包含了人的自我神化理论。最新欧洲文学的主题和问题的特点是人为自由而战。

“人类实质两极论”建立在著名的初级和派生系统（Ю. М. 洛特曼）以及“文学”“诗歌”语言（Р. 雅各布森）分支的基础上。此理论的关注是：临时的和同步提前的、（在某方面）有限的和无限的两极。“人死之后灵魂不死”这样的观点可以在诸如二级模式系统的诗歌论述中找到。这种诗歌实际上创造了一个对于具体的世界观来说十分必要的宇宙。没有“人类个体的绝对存在”这一认识，就不可能理解诗歌的语言是由不同的内在语言构成的两个人之间的交流工具。如果承认人既是马克思所说的明确的社会动物，也是弗洛伊德所说的性欲动物，或者是德里达所说的文字动物，那么就不能认识到诗歌作为特殊的语言组织方式这一本质。

否认艺术和非艺术的区别不可避免地使我们形成这样的观点，即“人的死就是其暂时和永久天性的消亡”的观点。拒绝做出困难选择的后结构主义实际上形成了人的“非两位一体”的观点。如果不能认识到人类这两个相反特质的统一性，我们要么走上狂热迷恋宗教和绝对否认人的暂时性存在的道路，要么一意孤行，披着“现实主义”的外衣，反对更高的、永恒的，以空间暂时性为外在表现的实质。就像人的暂时和永久性两位一体的观点建立在Ю. 洛特曼一级二级模式系统基础之上，在诗歌不确定的论证概念中显而易见的观点是：人总体上来说是暂时性的，与其外在的拘束因素紧密相关。可以想象自己是那样不自由的个体，同时又完全溶解在字里行间吗？否认人的内在，而只是描绘人的外在，如果只为强调人的外在独立性而一味解释他的动机，我们就会不可避免地与艺术文本的思想和结构背道而驰，而其基础正是独立自主的世界观。

П. 弗洛连斯基提出名誉对人的精神生活产生直接影响这一观点，他的结论与语言学的实证论趋势完全相反。他承认人类创作的自由，从精神的高度论证了这种自由，他认为不完全聚焦自我本身就是道德的缺陷。他确信人类按照自己的想法走自己的路，这些想法有很多相似之处。解构主义者认为互文中人类的发展就像带有病菌的饭汤，无望地与逻各斯中心理论作斗争。弗洛连斯基认为姓名就是名字和逻各斯的一种表达方式，除此之外，再无他意。可以说弗洛连斯基提出了互文的观点，聪明地、真诚地、专注地向他的支持者传播关于文字的思想。如果认为人类创造的所有文本只是一种翻译或者重新编码，真不知道弗洛连斯基从哪儿想出来他所谓的“附加物”。其同根词就是巴赫金的现代术语“多余幻像”。非结构主义怀疑词和现实之间特有的联系。现实，按照弗洛连斯基的观点，是一切活动的先决条件。没有现实，艺术就成了游戏。“没有这些先决条件，我们在实现一些眼前利益的时候表面上是有利的，或者我们的活动变成了娱乐活动，变成了打发时间的艺术。”[1]人类创造的标志是其生活动力的表达，这个标志就是理解各种思想的窗户。不从宇宙结构的角度出发而去尝试解释文学事实和人类的美学活动，这让我们想起了弗里契。他的理论依据跟后结构主义者一致，在很多情况下拥有很多追随者和支持者。弗里契也证实了文学缺乏历史的观点（在这个意义上弗

① П. А. 弗洛连斯基 2 卷本文集（第 2 卷），莫斯科，1990，第 341 页。——作者注

里契把紧密的同步性作为理论状态的基础）。这里出现了道德美学野蛮化的神秘主义概念，在这里生活现象和道德事实合二为一。弗里契创造了统一环境或现实，因此排斥自由创作，文学作品的创作过程也是相应意识形态的形成过程。失去自主性，完全屈服于周围环境的艺术家成为特定社会团体的直接情感表现者，弗里契对人是牺牲品和环境表现者这种论证性的描述感到不满，他认为艺术的出现和心理能力过剩有关。我们追随着弗里契对“有理性的人”的论证性描写之脚步，找到一些线索，帮助理解所有理论的重要实质，解释了原则上非自由的、被外在环境所限制的人的美学活动。对弗里契理论遗产的研究帮助人们理解为什么毫无意义的“统一人类”的艺术创作不可避免地创造了神秘的学说，形成了关于某种力量的神话，完全吸引和征服了人类。

后结构主义在其选择的破坏结构诗学的道路上否定文学文本中的基本双语现象。波捷布尼亚关于语言表达诗学意义的观点力求实现这个目的。依托“词汇内部结构”学说，波捷布尼亚证实，从一方面讲，任何词汇材料具备切合现实的内部形式结构，词汇材料还将意义转移，在这个过程中起决定性作用的是动态的上下文。波捷布尼亚揭示了诗学形式中所有的非诗学词汇形式，并创造出文化中诗歌的全球化膨胀思想，该观点说明，与语言相关的研究工作均具备诗学性质，是能修复自然语言、赋予自然语言新力量的工作。后现代结构主义从反方向展开对波捷布尼亚的这个观点研究：任何语言形式均可接近作为更大构建形式的、通俗易懂的辩论形式，且该辩论形式总是不完整，不受完整上下文（文本兼体）的限制。在此，表意层数量力求无限，文本结构坍塌，不再稳固，且受限于不断变化的阅读条件。如果巴赫金和洛特曼认为的诗学语言是宇宙结构时空标志符号的构建材料，那么此时语言现实性就是初级的，摘要性值得怀疑，按照弗里契的说法，作者是其所在社会群体的代表。任何文本均可被描写成文学性的——借助于其他来激活其诗学功能的文本组合。

所以作为最重要的文学规则的语用学和消极美学就被提到首要位置。在其最终联系集合背景下是不可能对文本作出解释说明的，内部结构就变成了文本兼体的“人质”——研究者开始脱离语义学、诗学，尝试从零开始阅读文本，而布拉格语言学小组要求最大限度地减少研究者个人观点的影响。个体接收变成了唯一的现实代码，研究者据此揭示作品中存在的内部矛盾。谬论在于，后结构主义者不仅质疑结构诗学复杂且发达的术语体系，还创造了属于自己的复杂的术语学。该术语学本质上就是系统隐喻，以崭新的方式出现在上下文中。

圈子封闭起来：文论思潮也许会满怀惊喜地接受，比如，20 世纪初的俄罗斯象征主义者——尼采哲学的信徒就是如此。研究者很自然地靠拢文学批评，文学批评的任务是创造文学文本的文学模式。文学文本科学模式创造的可能性问题无比尖锐地表现出来，让人不禁想起 20 世纪 10 年代俄罗斯形式主义形成时期。

能否找到用于构建真正准确客观、不包含具有自身价值的人这一因素的语文学概念的客观准则？脱离本质、无参照性原本，这些将人类带到异教徒神话世界中——在此世界中，一切意味着一切，而个人存在、自由、真理则获得了双重的相对意义。在文学进程中体现在文学叙述、文学目的论运动（A. 斯卡弗德莫夫）的接连消失。文学目的论观点与 O. 弗赖登贝格的叙述法理论相反。实际上所有在俄罗斯文论中留下痕迹的作品都与这种或那种将艺术概念驳斥为尚未发育完全的人的偶然性功能联系在一起。A. 洛谢夫、M. 巴赫金、Ю. 洛特曼、Л. 维果茨基和 Д. 利哈乔夫对此达成一致——这些研究者在科学方法上持对立观点，但在对俄罗斯语文学文化的根本观点上却达成了一致。俄罗斯文论克服了启蒙（黑格尔、马克思主义者和新实证主义者）观点，但在其他研究方向上出现阻碍——出现在俄罗斯的社会学派阵营：B. 弗里契、B. 佩列韦尔泽夫、Г. 波斯佩洛夫、Г. 弗里德连杰尔——俄罗斯文论派公认的中流砥柱人物、文学现象的马克思主义分析方法论有关书籍的作者。然而，在他们自己的研究著作中，出现了自相矛盾的现象——这是因为传统框架并未给予他们拒绝人与宇宙之间意义联系首要原则的机会。

研究者若无力将文学文本和现实区分开来，应该拒绝寻找伦理学和美学等量差异。文本不应只以自身以及文本组合为依据，就像明希豪森男爵[①]从来没有成功地用自己的头发把自己从水洼中拉出来一样。任何文本内涵的研究（对文本内涵无意义的臆断剥夺了文学作品的所有依据）都会涉及其价值——也就是说，本质的价值，涉及逻各斯中心主义中的宗教哲学问题。文本以外的因素保证文本的存在和所有文本研究的合理性：神话、社会现实、无限的其他文本。以某种方式被指定的神圣三位一体？这个问题的答案取决于：研究对象、研究目的、研究主题、术语学、运用的方法。有依据表明，能帮助理解每一个变体内部结构和理论前景的回答均是有益的。

① 德国作家拉斯伯的童话《明希豪森奇游记》中的主人公。作为一个著名的童话形象，明希豪森男爵口若悬河，滔滔不绝地为自己造出种种奇勋伟绩，并将这些臆造的功劳融入一个个怪诞的冒险故事之中。——译者注

参考文献

俄罗斯文论史

1.《俄罗斯文论学术流派》，莫斯科，1975 年（Академические школы в русском литературоведении. М., 1975.）

2. 若尔科夫斯基 А. К., 谢格洛夫 Ю. К. 苏联结构诗学的前期著述 //《塔尔图大学学术笔记》，1967 年，第 198 期，《符号系统论著》，第 3 卷（Жолковский А. К., Щеглов Ю. К. Из предыстории советских работ по структурной поэтике // Уч. зап. Тартус. ун-та. 1967, Вып. 198. Труды по знаковым системам, 3.）

3. 伊万诺夫 В. В.《苏联符号学史论纲》，莫斯科，1976 年（Иванов В. В. Очерки по истории семиотики в СССР. М, 1976）

4. 米哈伊洛夫 А. В.《文论与科学历史问题》，第 2 篇文章 // 高校学术讲座，语文科学，莫斯科，1991 年，第 4 期（Михайлов А. В. Литературоведение и проблемы истории науки. Статья 2-ая // Научные доклады высшей школы. Филол. науки. М, 1991, № 4.）

5. 马恩 Ю. В.《俄罗斯文学科学的发端》，莫斯科，1975 年（Манн Ю. В. Возникновение русской науки о литературе. М., 1975.）

6. 涅菲奥多夫 Н. Т.《外国批评与文论的历史》，莫斯科，1988 年（Нефедов Н. Т. История зарубежной критики и литературоведения. М., 1988.）

7. 尼古拉耶夫 П. А., 库里洛夫 А. С., 格里舒宁 А. Л.《俄罗斯文论史》，莫斯科，1980 年（Николаев П. А., Курилов А. С., Гришунин А. Л. История русского литературоведения. М., 1980.）

8. 《19 世纪末至 20 世纪初俄罗斯文论》，莫斯科，1982 年（Русская наука о литературе в конце XIX – начале XX века в. М, 1982.）

9. 《文学理论：历史进程中的主要问题》，1–3 册，莫斯科，1962—1965 年（Теория литературы. Основные проблемы в историческом освещении. Кн. 1-3. М., 1962-65.）

10. 《理论流派与对立，1920—1980》，莫斯科，1990 年（Теоретические направления и конфронтации 1920—1980. М., 1990.）

11. 《Ю. М. 洛特曼与莫斯科—塔尔图符号学派》，莫斯科，1994 年（Ю. М. Лотман и тартуско-московская семиотическая школа. М., 1994.）

文论参考书目

1. 布什科 О. М.《文学术语流派词典》，卡卢加，1999 年（Бушко О. М. Школьный словарь литературных терминов. Калуга, 1999.）

2. 瓦赫克 Й.《布拉格学派语言学词典》，莫斯科，1964 年（Вахек Й. Лингвистический словарь Пражской школы. М., 1964.）

3. 格列伊马斯 А. Ж., 库尔捷 Ж. 符号学，语言理论释义词典 //《符号圈》，莫斯科，1983 年（Греймас А. Ж., Курте Ж. Семиотика. Объяснительный словарь теории языка // Семиотика. М., 1983.）

4. 德日尔巴沙恩 Э.《文论词典》，第 2 版，埃里温，1980 年（Джрбашян Э. Литературоведческий словарь. 2-ое изд. Ереван, 1980.）

5. 伊科尼科娃 Е. А.《形而上学诗学简明词典》，南萨哈林斯克，2000 年（Иконникова Е. А. Краткий словарь метафизической поэтики. Южно-Сахалинск, 2000.）

6. 卡洛耶夫 Г. З., 德茹乌索伊托夫 Н. Г.《文论术语简明词典》，奥尔德若尼基德泽，

1971 年（Калоев Г. З., Джусойтов Н. Г. Краткий словарь литературоведческих терминов Орджоникидзе, 1971.）

7.《简明文学百科全书》(9 卷)，莫斯科，1962—1978 年（Краткая литературная энциклопедия в 9-ти тт. М., 1962—1978.）

8. 克维亚特科夫斯基 А. П.《诗学词典》，莫斯科，1966 年（Квятковский А. П. Поэтический словарь. М., 1966.）

9. 克维亚特科夫斯基 А. П.《诗学流派词典》，莫斯科，1998 年（Квятковский А. П. Школьный поэтический словарь. М., 1998.）

10.《文论术语词典》，科洛姆纳，1997 年（Литературоведческие термины. Материалы к словарю. Коломна, 1997.）

11.《文学术语概念百科全书》，主编尼科柳金 А. Н.，莫斯科，2001 年（Литературная энциклопедия терминов и понятий. Гл. ред. И сос. А. Н. Николюкин. М., 2001.）

12.《文学百科全书，文学术语词典》，2 卷本，编辑布罗茨基 Н., 卢宁 Э., 利沃夫 – 罗加切夫斯基 В., 洛扎诺夫 М., 切希欣 – 韦特林斯基 В., 第一卷，莫斯科—列宁格勒，1925 年（Литературная энциклопедия. Словарь литературных терминов. В двух томах. Под редакцией Н. Бродского, Э. Лунина, В. Львова-Рогачевского, М., Розанова и В. Чешихина-Ветринского. Т.1. М.-Л., 1925.）

13.《文学百科全书》，责任编辑弗里契 В.，莫斯科，1929 年（Литературная энциклопедия. Отв. Ред. В. Фриче. М., 1929.）

14.《文学百科全书》，主编卢那察尔斯基 А. В.，莫斯科，1939 年（Литературная энциклопедия. Гл. ред. А. В. Луначарский. М., 1939.）

15.《文论术语词典》，编辑克拉斯诺夫 Г. В., 第 2 期，科洛姆纳，1999 年（Литературоведческие термины. Материалы к словарю. Ред.-сост. Г. В. Краснов. Вып.2. Коломна, 1999.）

16.《文学百科词典》，莫斯科，1987 年（Литературный энциклопедический словарь. М., 1987.）

17. 莫斯特科娃 С. Я.《文论英语术语》，师范学院学生参考书，列宁格勒，1967 年（Мосткова С. Я. Английская литературоведческая терминология. Пособие для студентов пед. Институтов. Л., 1967.）

18.《文论术语词典》，季莫菲耶夫 Л. И., 图拉耶夫 С. В. 编，莫斯科，1974 年（Словарь литературоведческих терминов. Ред—сост. Л. И. Тимофеев и С. В. Тураев. М., 1974.）

19.《法国结构主义术语词典》，伊利宁 И. П. 编 //“支持”和“反对”结构主义，莫斯科，1975（Словарь терминов французского структурализма. Сост. И.П.Ильин.// Структурализм «за» и «против». М., 1975.）

20.《现代外国文论：百科全书参考》，莫斯科，1966 年（Современное зарубежное литературоведение. Энциклопедический справочник. М., 1996.）

21.《某些文论术语新解》，教材，梁赞，2000 年（Современное истолкование некоторых литературоведческих терминов. Уч. пособие. Рязань, 2000.）

22.《现代外国文论家指南》，莫斯科，1985 年（Современные зарубежные литературоведы: Справочник. М., 1985.）

23.《理论诗学：概念和定义》，文选，莫斯科，2001 年（Теоретическая поэтика: понятия и определения. Хрестоматия. М., 2001.）

24.《现代外国文论术语（西欧和美国）》，指南，责任编辑伊利宁 И. П., 楚尔加诺娃 Е. А., 莫斯科，1992 年（Терминология современного зарубежного литературоведения（Страны Западной Европы и США）. Справочник. // Отв. ред. Ильин И. П., Цурганова Е. А. М., 1992.）

25. 季莫菲耶夫 Л. И., 图拉耶夫 С. В.《文论术语简明词典》，莫斯科，1978 年（Тимофеев Л. И., Тураев С. В. Краткий словарь литературоведческих терминов. М., 1978.）

26. 季莫菲耶夫 Л. И., 韦恩格洛夫 Н.《文论术语简明词典》，中学生参考书，第 4 版，莫斯科，1963 年（Тимофеев Л. И., Венгров Н. Краткий словарь литературоведческих терминов. Пособие для учащихся средней школы. Изд. 4-ое. М., 1963.）

27. 哈尔金斯 B.《俄罗斯文学词典》，美国，1956 年（Харкинс В. Словарь русской литературы. США, 1956.）
28. 切尔涅茨 Л. В.《文论流派术语词典：艺术言语中的隐喻》,《语义词格》,《诗学》，莫斯科，2002 年（Чернец Л. В. Школьный словарь литературоведческих терминов: иносказательсность в художественной речи. Тропы. Стиховедение. М., 2002.）
29. 埃尔曼 С. И.《文学理论指南》，巴库，1912 年（Эрман С. И. Справочник по теории словесности. Баку, 1912.）
30.《读者百科全书》，叶卡捷琳堡，1999 年（Энциклопедия читателя. Екатеринбург, 1999.）
31.《美学词典》，莫斯科，1989 年（Эстетика. Словарь. М., 1989.）
32. 库登 J. A.《企鹅版文学术语与文学理论词典》，伦敦，1992 年（Cuddon J. A. *The Penguin Dictionary of Literary Terms and Literary* Theory. London, 1992.）
33.《现代批评术语词典》，波士顿，1978 年（*A Dictionary of Modern Critical Terms.* Boston, 1978.）

文论方法论

1. 阿夫托诺莫娃 Н. С.《人文学科结构分析的哲学问题》，莫斯科，1977 年（Автономова Н. С. Философские проблемы структурного анализа в гуманитарных науках. М., 1977.）
2. 巴拉绍娃 Т. В. “新批评方法论” //《理论·流派·概念》，莫斯科，1975 年（Балашова Т. В. Методология “новой критики” // Теории, школы, концепции. М., 1975.）
3. 巴赫金 М. М. 文论方法论 //《语境》，莫斯科，1975 年（Бахтин М. М. К методологии литературоведения. // Контекст. М., 1975.）
4. 别尔格 Л. С.《科学（内容、思想和分类）》，圣彼得堡，1922 年（Берг Л.С. Наука. Ее содержание, смысл и классификация. - Петербург, 1922.）
5. 博洛特诺娃 Н. С.《文本的语文学分析》，托木斯克，2001 年（Болотнова Н.С. Фило-

логический анализ текста. Томск, 2001.)

6. 布尔季耶 П. 文学领域 //《飞碟》，莫斯科，2000 年，第 45 期（Бурдье П. Поле литературы // НЛО, М., 2000, № 45.）
7. 瓦伊恩什杰伊恩 О. Б. 理论对抗或者阅读美学 //《文学问题》，莫斯科，1990 年，第 5 期（Вайнштейн О. Б. Сопротивление теории или эстетика чтения. // Вопр. лит. М., 1990. No 5.）
8. 韦列克 Р., 瓦连 О.《文学理论》，莫斯科，1980 年（Веллек Р., Варрен О. Теория литературы. М., 1980.）
9. 维诺库尔 Г. О. 语文学研究概论 //《会议集》，莫斯科，2000 年（Винокур Г. О. Введение в изучение филологических наук // Собрание трудов. М., 2000.）
10. 弗拉先科 Т. Л.《文论系统发展路径》// 巴赫金 М. М. 和科尔曼 О. // 乌德穆尔特大学学报，1991 年，第 2 期（Власенко Т. Л. К вопросу о путях развития системного литературоведения\\М. М. Бахтин и Б. О. Корман // Вестник Удмуртского ун-та, 1991, 2.）
11. 沃斯克列谢斯基 Н. А.《文学科学》，圣彼得堡，1887 年（Воскресенский Н. А. Словесность-наука. Спб., 1887.）
12. 加林斯卡娅 И. Л. 21 世纪初文论 //《20 世纪文化学》，莫斯科，2001 年（Галинская И. Л. Литературоведение на пороге XXI века. // Культурология. XX век. М., 2001.）
13. 金兹布尔格 Л. Я.《文学英雄》，莫斯科，1979 年（Гинзбург Л. Я. О литературном герое. М., 1979.）
14. 戈利德法因 И. 副文论 //《旗帜》，莫斯科，2000 年，第 4 期（Гольдфаин И. Паралитературоведение // Знамя, М., 2000, № 4.）
15. 格力高利耶夫 М.《文学与意识形态：文论研究内容与界限》，莫斯科，1929 年（Григорьев М. Литература и идеология. Предмет и границы литературоведческого исследования. М, 1929.）
16. 德米特列夫 А., 列夫琴科 Я. 科学方法：再议俄国形式主义方法论遗产 //《飞碟》，莫斯科，2001 年，第 50 期（Дмитриев А., Левченко Я. Наука как прием: еще раз о методологическом наследии русского формализма // НЛО, М., 2001, № 50.）

17. 日尔蒙斯基 В. М.《文学理论问题（1916—1926 年文章）》，列宁格勒，1977 年（Жирмунский В. М. Вопросы теории литературы. Статьи 1916—1926. Л., 1977.）

18. 泽恩金 С. “经典”与“现代”//《文学殿堂：俄罗斯与境外》，莫斯科，1999 年（Зенкин С. «Классика» и «современность» // Литературный пантеон: национальный и зарубежный. М., 1999.）

19. 泽恩金 С. 科学辩论中的语文学 //《飞碟》，第 50 期，莫斯科，2001 年（Зенкин С. Филология в спорах о научности // НЛО, № 50, М., 2001.）

20. 因加尔坚 Р.《文学理论》，莫斯科，1962 年（Ингарден Р. Теория литературы. М,. 1962.）

21. 卡威尔基 · 约翰 文学公式研究 //《飞碟》，1996 年，第 22 期（Кавелти Дж. Г. Изучение литературных формул.// НЛО 1996, № 22.）

22. 卡扎尔金 А. П. 文论的本质方法：入门笔记 //《20 世纪俄罗斯文学中的传统主义和现代主义》，托木斯克，1999 年（Казаркин А. П. Органический подход в литературоведении. Вводные заметки. // Традиционализм и модернизм в русской литературе XX века. Томск, 1999.）

23. 卡尔曼 Д. Ц. 20 世纪 90 年代文论 //《外国文学》，第 3 期，莫斯科，2001 年（Калман Д. Ц. Литературоведение, 1990-ые годы // Иностранная литература. № 3, М., 2001.）

24. 卡桑 Е.《哲学与文学中的存在主义》，莫斯科，1980 年（Кассан Е. Экзистенционализм в философии и литературе. М., 1980.）

25. 科洛季娜 Н. И.《文学文本的理解和阐释》，坦波夫，2001 年（Колодина Н. И. Проболема понимания и интерпретации художественного текста. Тамбов, 2001.）

26. 科佩洛娃 Н. И. 关于新教材（文学理论教学参考书述评）//《沃罗涅日大学学报》，第 1 辑，人文科学，沃罗涅日，2000 年，第 1 期（Копылова Н. И. О новых учебных

изданиях（рецензия на учебные пособия по теории литературы）// Вестник Воронежского гос. Ун-та. Сер. 1. Гуманитарные науки. Воронеж, 2000, Вып. 1.）

27. 库兹涅佐夫 В. 诠释学及从具体方法到哲学流派的路径 //《逻各斯》，莫斯科，1999 年，第 10 期（Кузнецов В. Герменевтика и ее путь от конкретной методики до философского направления // Логос, М., 1999, Вып. 10）

28. 库兹米切夫 И. К.《20 世纪文论：方法论危机》，下诺夫哥罗德，1999 年（Кузьмичев И. К. Литературоведение XX века. Кризис методологии. Н. Новгород, 1999.）

29. 库什利娜 О. 文论中的文学 //《飞碟》，莫斯科，2000 年，第 46 期（Кушлина О. Литература, интернированная в литературоведение // НЛО, М, 2000, № 46.）

30.《文论问题》，俄罗斯科学院高尔基世界文学研究所科学理事会“文化科学背景下的文学科学”会议论文集，莫斯科，2001 年（Литературоведение как проблема. Труды научного совета «Наука о литературе в контексте наук о культуре» ИМЛИ РАН. М., 2001.）

31. 利哈乔夫 Д. С.《关于哲学》，莫斯科，1989 年（Лихачев Д. С. О филологии. М., 1989.）

32. 马尔科维奇 Г.《文学科学的主要问题》（译自波兰语），莫斯科，1980 年（Маркович Г. Основные проблемы науки о литературе.（Пер. с польского）М., 1980.）

33. 梅拉赫 Б. С. 文论作为一门科学的主题和界限 //《文论的方法论问题》，莫斯科，1966 年（Мейлах Б. С. Предмет и границы литературоведения как науки. // Вопросы методологии литературоведения. М., 1966.）

34. 米哈伊洛夫 А. В.《西方文论背景下的历史批评》，米哈伊洛夫 А. В. 回译，莫斯科，2000 年（Михайлов А. В. Историческая критика в контексте западного литературоведения // Михайлов А. В. Обратный перевод. М., 2000.）

35. 蒙罗斯 Л. А. 探索文艺复兴：诗学与文化政治 //《飞碟》，莫斯科，第 42 期，13–36 页（新历史主义）（Монроз Л. А. Изучение Ренессанса: поэтика и политика культуры. // НЛО, М., 2000. № 42. С. 13-36.（Новый историзм））

36. 尼古拉延科 В. В. 论俄罗斯语文学（第 3 篇）//《飞碟》，莫斯科，1998 年，第 29 期

（Николаенко В. В. Письма о русской филологии（Письмо третье）. // НЛО, М., 1998, № 29.）

37.《从书本到互联网》（论文集），莫斯科，2000 年（От книги до Интернета.（Сб. ст.）М., 2000.）

38. 20 纪末语文学原理和方法，圆桌会议 //《斯塔夫罗波尔师范大学学报》，语文学科学，斯塔夫罗波尔，1999 年，第 22 期（Принципы и методы филологии – конец XX века. Круглый стол // Вест. Ставропольского гос. Пед. Ун-та. Филол. науки. Ставрополь, 1999, Вып. 22.）

39. 拉希姆库洛娃 Г. Ф. 游戏诗学和游戏修辞 //《罗斯托夫大学语文论报》，罗斯托夫，2000 年第 1 期（Рахимкулова Г. Ф. Игровая поэтика и игровая стилистика // Филологический вестник Ростовского гос. Ун-та. Ростов н/Д. 2000. № 1.）

40. 罗宾逊 А. Н. 关于俄罗斯文论的任务 //《俄罗斯文论杂志》，1993 年，第 1 期（Робинсон А. Н. О задачах русского литературоведения // Российский литературоведческий журнал. 1993, 1.）

41. 斯卡弗德莫夫 А. 文学史上理论与历史研究关系问题 //《萨拉托夫大学学术笔记》，1923 年，第 1 卷，第 3 期（Скафтымов А. К вопросу о соотношении теоретического и исторического рассмотрения в истории литературы. - Уч. зап. Саратовского гос. ун-та. 1923. Т. 1, вып. 3.）

42. 文学与现代性，《2000 年 11 月 23—24 日彼尔姆学术会议材料》，彼尔姆，2000 年，第 1 部分（Словесность и современность. Материалы научной конференции 23-24 ноября 2000 г., Пермь. Пермь, 2000, Ч.1.）

43. 斯米尔诺夫 А. А. 文学科学的路径与任务 //《文学思想》，1923 年（Смирнов А. А. Пути и задачи науки о литературе. // Литературная мысль, 1923.）

44. 斯米尔诺夫 И. П.《通往文学理论之路》，阿姆斯特丹，1987 年（斯拉夫文学与诗学研究）（Смирнов И. П. На пути к теории литературы. Amsterdam. 1987.（Studies in Slavic

Literature and Poetics))

45.《现代社会人文主义认识方法论问题》，萨马拉，2001 年（Современные проблемы методологии социогуманитарного познания. Самара, 2001.）

46. 索罗金 Б. Ф.《语文学哲学》，奥廖尔，2000 年（Сорокин Б. Ф. Философия филологии. Орел., 2000.）

47. 塔马拉琴科 Н. Д. 小说的文化哲学问题：巴赫金、Вяч. 伊万诺夫和尼采 //《20 世纪文学轶事：Г. В. 克拉斯诺夫 80 周年诞辰前》，科隆纳，2001 年（Тамарченко Н. Д. Роман как культурфилософская проблема: Быхтин, Вяч. Иванов и Ницше // Литературные мелочи прошлого тысячелетия: к 80-летию Г. В. Краснова. Коломна, 2001.）

48.《文学理论》，4 卷，编者波列夫等，莫斯科，2001 年，第 4 卷：文学进程（Теория литературы. В 4-х тт. Редколлегия – Ю. Б. Борев и др. М., 2001. Т.4 – Литературный процесс.）

49. 乌斯季诺夫 Д. 形式主义和年轻形式主义者，第一篇文章：摆问题 //《飞碟》，第 50 期，莫斯科，2001 年（Устинов Д. Формализм и младоформалисты. Статья первая: постановка проблемы. // НЛО, № 50, М., 2001.）

50. 弗赖 Н. 批评解剖学：概论一 //《19 至 20 世纪外国美学和文学理论：论著，文章，随笔》，莫斯科，1987 年（Фрай Н. Анатомия критики. Очерк первый. // Зарубежная эстетика и теория литературы XIX-XX веков. Трактаты, статьи, эссе. М., 1987.）

51. 哈利泽夫 В. Е. 大学文学理论：昨天、今天、明天 //《莫斯科大学学报》，第 9 辑，语文学，1992 年，第 6 期（Хализев В. Е. Вузовская теория литературы: вчера, сегодня, завтра // “Вестник Московского ун-та” . Сер. 9. Филология. 1992, № 6.）

52. 切尔涅茨 Л. В. 俄罗斯文论中理论诗学的命运（19 世纪下半叶至 20 世纪初）//《鲜活的思想：Г. Н. 波斯佩洛夫 100 周年诞辰前》，莫斯科，1999 年（Чернец Л. В. Судьба теоретической поэтики в российском литературоведениии（вторая половина XIX – начало XX в.）// Живая мысль: к 100-летию со дня рождения Г. Н. Поспелова. М., 1999.）

53. 切尔诺夫 И.《文学理论讲座讲义》，塔尔图，1976 年（Чернов И. Из лекций по теоретическому литературоведению. Тарту, 1976.）

54. 丘达科夫 А. П. 语言与文学科学类别 // 丘达科夫 А. П.《词汇—事物—世界》，莫斯科，1992 年（Чудаков А. П. Язык и категории науки о литературе // Чудаков А. П. Слово - вещь - мир. М., 1992.）

55. 莎拉波娃 Ю. В. 作为研究对象的文学文本 //《语言作为功能系统》，坦波夫，2001 年（Шарапова Ю. В. Художественный текст как объект изучения // Язык как функциональная система. Тамбов, 2001.）

56. 什佩特 Г. Г. 文学 //《符号系统论著》，第 15 卷，塔尔图，1982 年（Шпет Г. Г. Литература // Труды по знаковым системам, 15. Тарту, 1982.）

57. 埃特金德 А. 新历史主义（俄语版）//《飞碟》，2001 年，第 47 期（Эткинд А. Новый историзм. Русская версия // НЛО, 2001, № 47.）

文论教材

1. 阿布拉莫维奇 Г. Л.《文论导论》（第 7 版），莫斯科，1979 年（Абрамович Г. Л., Введение в литературоведение. 7-ое изд. М., 1979.）

2.《文学作品分析》，人文高校教材，莫斯科，1995 年（Анализ литературного произведения. Уч. Пособие для студентов и преподвателей гуманитарных вузов. М., 1995.）

3. 阿尔诺利特 И. В. 对话、互文性和诠释学（文学文本解释）问题，特别课程讲座，圣彼得堡，1995年（Арнольд И. В. Проблемы диалогизма, интертекстуальност и герменевтики（в интерпретации художественного текста）. Лекции к спецкурсу. Спб, Образование, 1995.）

4. 布罗伊特曼 С. Н.《历史诗学》，教材，莫斯科，2001 年（Бройтман С. Н. Историческая поэтика: учебное пособие. М., 2001.）

5.《文论导论》，大学生教科书，第 3 版，莫斯科，1988 年（Введение в литературоведение. Учебник для студентов. 3-е издание. М., 1988.）

6.《文论导论》，尼古拉耶夫 П. А. 编，第 3 版，莫斯科，1997 年（Введение в литературоведение. Ред. П. А. Николаев. 3-е издание. М., 1997.）

7.《文论导论，文学作品，主要概念和术语》，莫斯科，2000 年（Введение в литературоведение. Литературное произведение. Основные понятия и термины. М., 2000.）

8.《专业导论，文论基础》，大学一年级学生教科书，雅库茨克，1992 年（Введение в специальность. Основы литературоведческой подготовки. Пособие для студентов 1-го курса. Якутск, 1992.）

9. 弗拉先科 Т. Л.《文学——作者意识的一种形式》，大学生教科书，莫斯科，1995 年（Власенко Т. Л. Литература как форма авторского сознания. Пособие для студентов. М., 1995）

10. 沃尔科夫 И. Ф.《文学理论》，高校教材，莫斯科，1995 年（Волков И. Ф. Теория литературы. Учебное пособие для студентов и преподавателей. М., 1995.）

11. 金兹布尔格 Л.《作为一门科学和教学科目的文学理论》，莫斯科，1916 年（Гинзбург Л. Теория словесности как наука и как предмет преподавания. М., 1916.）

12. 格拉戈列夫 А. Г《文学的概念和经验基础（两部分）》，圣彼得堡，1934 年（Глаголев А. Г. Умозрительные и опытные основания словесности в 2 частях. Спб., 1934.）

13. 戈卢布科夫 С. А.《文论导论》，教学法，教材，萨马拉，1996 年（Голубков С. А. Введение в литературоведение. Уч-метод. Пособие. Самара, 1996.）

14. 格列赫尼奥夫 В. А.《文学形象与文学作品》，教师用书，下诺夫哥罗德，1997 年（Грехнев В. А. Словесный образ и литературное произведение. Кн. для учителя. Н. Новгород. 1997.）

15. 格力高利耶夫 М. С.《诗学概论》，第一部分，莫斯科，1924 年（Григорьев М. С. Введение в поэтику. Ч.1. М., 1924.）

16. 日尔蒙斯基 В. М.《文论概论》，系列课程，圣彼得堡，1996 年（Жирмунский В. М.

Введение в литературоведение. Курс лекций. Спб., 1996.）

17. 日尔蒙斯基 B. M.《文学理论，诗学，修辞学》，列宁格勒，1977 年（Жирмунский В. М. Теория литературы. Поэтика. Стилистика. Л., 1977.）

18. 泽恩金 C. H.《文论概论》，文学理论，教材，莫斯科，2000 年（Зенкин С. Н. Введение в литературоведение. Теория литературы. Уч. Пособие. М., 2000.）

19. 伊利因 O. И.《文学作品的共同属性》，教学法，教材，萨拉托夫，1972 年（Ильин О. И. Общие свойства художественной литературы. Учебно-метод. Пособие. Саратов, 1972.）

20.《文学文本概念分析》，教材，巴尔瑙尔，1991 年（Концептуальный анализ художественного текста. Уч. пособие. Барнаул, 1991.）

21. 库兹米切夫 И. K.《21 世纪普通文论概论》，下诺夫哥罗德，2001 年（Кузьмичев И. К. Введение в общее литературоведение XX I века. Лекции. Н. Новгород, 2001.）

22. 拉里奥诺娃 M. Ч.《文学理论课程讲义》，塔甘罗格，1998 年（Ларионова М. Ч. Материалы к курсу «Теория литературы». Таганрог, 1998.）

23.《文学理论课程讲义》，第 1 期，塔尔图，1970 年（Материалы к курсу теории литературы. Вып 1. Тарту, 1970.）

24. 梅列金斯基 E. M.《从神话到文学》，“神话理论与叙事体裁的历史诗学”课程教科书，莫斯科，2000 年（Мелетинский Е. М. От мифа к литературе. Учебное пособие по курсу «Теория мифа и историческая поэтиика повествовательных жанров». М., 2000.）

25. 梅尔兹利亚科夫 A. Ф.《美文学理论简明教程》（两部分），莫斯科，1992 年（Мерзляков А. Ф. Краткое начертание теории изящной словесности в 2-х частях. М., 1922.）

26. 米洛维多夫 B. A.《从文本符号学到话语符号学》，特别课程教材，特维尔，2000 年（Миловидов В. А. От семиотики текста к семиотике дискурса. Пособие по спецкурсу. Тверь, 2000.）

27. 莫特列茨 E. A.《文论概论》，教材，新库兹涅茨克，1999 年（Мотылец Е. А. Введение

в литературоведение. Уч. Почобие. Новокузнецк, 1999.）
28. 穆勒 - 弗赖恩费尔斯 P.《诗学》，哈里科夫，1923 年（Мюллер-Фрейенфельс Р. Поэтика. Харьков, 1923.）
29.《文论基础》，师范大学语文系学生教材，梅谢里亚科夫 В. П. 编，莫斯科，2000 年（Основы литературоведения. Уч. пос. для филол. факультетов пед. ун-тов. Под ред. В. П. Мещерякова. М., 2000.）
30. 波斯佩洛夫 Г. Н.《文学理论》，大学语文学专业教材，莫斯科，1978 年（Поспелов Г. Н. Теория литературы. Учебник для филол. Спец. Ун-тов. М., 1978.）
31. 普列斯 А. Г.《文学理论》，彼得格勒，1915 年（Пресс А. Г. Теория словесности. Пг., 1915.）
32. 普罗佐洛夫 В. В., 叶利娜 Е. Г., 克尼金 И. А.《文论概论》，萨拉托夫，2000 年（Прозоров В. В., Елина Е. Г., Книгин И. А. Введение в литературоведение. Саратов, 2000.）
33. 普罗金 В.А.《文学体裁理论》，教材，莫斯科，1999 年（Пронин В. А. Теория литературных жанров. Уч. пособие. М., 1999.）
34. 赖索夫 Д. А.《文学理论》，莫斯科，1885 年（Раисов Д. А. Теория словесности М., 1885.）
35. 萨库宁 П. Н.《在哪里及如何学习文学理论》，莫斯科，1897 年（Сакулин П. Н. Где и как проходить теорию словесности. М., 1897.）
36.《某些文论术语的现代解释》，教材，梁赞，2000 年（Современное истолкование некоторых литературоведческих терминов. Уч. пособие. Рязань, 2000.）
37. 斯佩克托尔 А. Л.《文论概论》，俄语语言文学系大学生教材，杜尚别，1988 年（Спектор А. Л. Введение в литературоведение. Учебное пособие для студентов факультутов русского языка и литературы. Душанбе, 1988.）
38.《理论诗学：概念与定义》，文选，莫斯科，2001 年（Теоретическая поэтика: понятия и определения. Хрестоматия. М., 2001.）

39.《文学理论》，文选，语文学专业大学生教材，符拉迪沃斯托克，2000 年（Теория литературы. Хрестоматия. Для студентов-филологов. Владивосток, 2000.）

40. 季莫菲耶夫 Л. И.《文学理论基础》，第四版，莫斯科，1971 年（Тимофеев Л. И. Основы теории литературы. Изд. 4-ое. М., 1971.）

41. 托马舍夫斯基 Б. В.《文学理论，诗学》，大学教材，莫斯科，2001 年（Томашевский Б. В. Теория литературы. Поэтика. Учебное сособие для студентов. М., 2001.）

42. 费多托夫 О. И.《文论概论》，语文学大学生教材，莫斯科，1998 年（Федотов О. И. Введение в литературоведение. Уч. Пособие для студентов филологических факульттетов. М., 1998.）

43. 法里诺 Е.《文论概论》（三部分），卡托维兹，1978 年（Фарыно Е. Введение в литературоведение. В 3 ч. Катовице, 1978.）

44. 法里诺 Е.《文论导论》，华沙，1991 年（Фарыно Е. Введение в литературоведение. Варшава, 1991.）

45. 哈利泽夫 В. Е.《文学理论》，学习指南，莫斯科，1991 年（Хализев В. Е. Теория литературы. Учебно-методическое пособие. М., 1991.）

46. 切尔涅茨 Л. В.《文论概论，文学作品：主要概念与术语》，教材，莫斯科，1999 年（Чернец Л. В. Введение в литературоведение. Литературное произведение: основные понятия и термины. Учебное пособие. М., 1999.）

47. 雅科夫列夫 Е. Г.《美学》，教材，莫斯科，2000 年（Яковлев Е. Г. Эстетика. Уч. Пос. М., 2000）

48. 亚茨克维奇 Л. Г.《诗学文本结构》，教材，沃洛格达，1999 年（Яцкевич Л. Г. Структура поэтического текста. Учебное пособие. Вологда, 1999.）

49. 法里诺 J.《文论概论》，第二版，华沙，1991 年（Faryno J. Введение в литературоведение. Wstep do literaroznawstwa. Wyd.2. W-wa, 1991.）

文学作品分析方法

1. 《文学作品分析》，人文高校教材，莫斯科，1995 年（Анализ литературного произведения. Уч. Пособие для студентов и преподавателей гуманитарных вузов. М., 1995.）

2. 安德烈耶娃 К. А.《文本叙述：结构符号阐释经验》，教材，秋明，1993 年（Андреева К. А. Текст-нарратив: опыт структурно-семиотической интерпретации. Учебное пособие. Тюмень, 1993.）

3. 巴拉诺夫 С. Ю.《艺术特征与文学作品分析》，教材，沃洛格达，1988 年（Баранов С. Ю. Специфика искусства и анализ литературного произведения. Учебное пособие. Вологда, 1988.）

4. 吉尔什曼 М. М.《文学作品：理论与分析实践》，莫斯科，1991 年（Гиршман М. М. Литературное произведение: Теория и практика анализа. М., 1991.）

5. 戈尔恩费利德 А. Г. 文学作品的诠释 // 选自《理论问题与创作心理》，第 7 卷，哈里科夫，1916 年（Горнфельд А. Г. О толковании художественного произведения // В кн.: Вопросы теории и психологии творчества. Т. Ⅶ . Харьков, 1916.）

6. 格里高良 А. П.《文学作品结构分析》，埃里温，1984 年（Григорян А. П. Анализ структуры литературного произведения. Ереван, 1984.）

7. 叶辛 А. Б.《文学作品分析原理和方法》，教材，第 2 版，莫斯科，1999 年（Есин А. Б. Принципы и приемы анализа литературного произведения. Уч. пособ. 2-ое изд. М., Наука, 1999.）

8. 泽里采尔 Л. З.《艺术作品分析工具——符号》，符拉迪沃斯托克，1990 年（Зельцер Л. З. Символ - инструмент анализа художественного произведения. Владивосток, 1990.）

9. 科尔曼 Б. О.《文学作品文本研究》，莫斯科，1972 年（Корман Б. О. Изучение текста художественного произведения. М., 1972.）

10.《文学作品分析方法论》，高尔基世界文学研究所集，莫斯科，1988 年（Методология анализа литературного произведения. Сб.（ИМЛИ）М., 1988.）

11.《俄罗斯文论家作品中的文学作品文本研究样本》，文选，3 期，第 2 版，伊热夫斯克，1995 年（Образцы изучения текста художественного произведения в трудах отечественных литературоведов. Хрестоматия. В 3-х вып. 2-ое изд. доп. Ижевск, 1995.）

12.《诗学：文学文本综合分析》，高年级中学生和语文系大学生教材，莫斯科，1994 年（Поэтика: Комплексный анализ художественного текста. Пособие для учащихся ст. классов и студентов филол фак. М., 1994.）

13.《文学作品分析方式》，教师用书（列宁格勒师范大学），莫斯科，1981 年（Пути анализа литературного произведения. Пособие для учителя.（ЛГПИ）М., 1981.）

14. 丘达科夫 А. П. 文学系统全面分析的问题（关于作家世界的两种模型）//《斯拉夫文学》，第 7 届斯拉夫学者国际会议，莫斯科，1973 年（Чудаков А. П. Проблема целостного анализа художественной системы.（О двух моделях мира писателя.）// Славянские литературы. VII международный съезд славистов. М., 1973.）

15.《语文学理解视角》，教材，巴尔瑙尔，1998 年（Филологические аспекты понимания. Уч. пособ. Барнаул, 1998.）

16.《文学文本》，论文集，萨拉托夫，1992 年（Художественный текст: онтология и интерпретация. Сб. ст. Саратов, 1992.）

17.《文学文本的美学性质、研究类型和方法论阐释》（1993 年 2 月圣彼得堡大学举行的国际会议报告摘要），圣彼得堡，1993 年（Эстетическая природа художественного текста, типы его изучения и их методологическая интерпретация.（Тезисы докладов международной конференции, состоявшейся в феврале 1993 г. в С.-Петербургском ун-те）Спб., 1993.）

文学理论选集

1.《文论概论》，尼古拉耶夫 П. А., 鲁德涅娃 Е. Г., 哈利泽夫 В. Е., 切尔涅茨 Л. В. 编，莫斯科，1979 年（Введение в литературоведение. Хрестоматия. Сост. П. А. Николаев, Е. Г. Руднева, В. Е. Хализев, Л. В. Чернец. М., 1979.）

2. 伊利因斯基 Н.《文学理论选集》，梯弗里斯，1914 年（Ильинский Н. Хрестоматия к курсу теории словесности. Тифлис, 1914.）

3. 尼古拉耶夫 П. А.《文论概论》，高校文选，第 3 版，莫斯科，1997 年（Николаев П. А. Введение в литературоведение. Хрестоматия для вузов. 3-е изд. М., 1997.）

4. 奥西马科娃 Л. Н.《文学理论选集》，莫斯科，1982 年（Осьмакова Л. Н. Хрестоматия по теории литературы. М., 1982.）

5. 波塔波夫 В. И., 佩什科夫 А. С.《俄罗斯文学历史与理论选集》，列维尔，1912 年（Потапов В. И. и Пешков А. С. Хрестоматия по истории и теории русской словесности. Ревель, 1912.）

6.《文学理论》，文选，符拉迪沃斯托克，2000 年（Теория литературы. Хрестоматия. Владивосток, 2000.）

7.《诗学》，面向大学生的文论问题选集，拉宁 Б. А. 编，莫斯科，1992 年（Поэтика. Хрестоматия по вопросам литературоведения для слушатиелей университетеа. Сост. Б. А. Ланин. М., 1992.）

8. 切尔诺夫 И.《理论文论选集》，5 卷，塔尔图，1976 年（Чернов И. Хрестоматия по теоретическому литературоведению. В 5 выпусках. Тарту, 1976.）

文学理论参考书目

1. 艾津什托克 И. Я., 卡加诺夫 И. Я.《俄文诗学著作索引（1900—1922）》，选自穆勒 - 弗赖恩费尔斯 Р.《诗学》，哈里科夫，1923 年（Айзеншток И. Я., Каганов И. Я. Указатель работ по поэтике на русском языке（1900—1922）. В кн.:Р. Мюллер-Фрейнфельс.

Поэтика. Харьков, 1923.）

2. 巴卢哈特 С. Д.《文学理论：附有简介的书目》，第 1 卷，共性问题，列宁格勒，1929 年（Балухатый С. Д. Теория литературы. Аннотированная библиография. т.1. Общие вопросы. Л., 1929.）
3. 巴卢哈特 С. Д. 最新精选诗学文献索引 // 托马舍夫斯基 Б.《文学理论，诗学》，第 5 版，莫斯科—列宁格勒，1930 年（Балухатый С. Д. Указатель новейшей избранной литературы по поэтике // Б. Томашевский. Теория литературы. Поэтика. Изд. 5, М.-Л., 1930.）
4. 塔尔图大学符号学出版物书目索引（1964—1992）//《Ю. М. 洛特曼和莫斯科—塔尔图符号学派》，莫斯科，1994 年（Библиографический указатель изданий по семиотике Тартуского ун-та（1964—1992）// Ю. М. Лотман и тартуско-московская семиотическая школа. М., 1994.）
5. 表现主义诗学作品索引 //《俄罗斯文学》，第 11 期，1982 年（Библиография работ по поэтике выразительности // Рус. лит. 11, 1982.）
6.《文学作品与文论索引》，图书馆学教材，2 册，莫斯科，1958 年（Библиография художественной литературы и литературоведения. Учебник для библиотечных интситутов. В 2-х ч. М., 1958.）
7.《"文学问题" 30 年，1957—1986》，内容索引，莫斯科，1988 年（«Вопросы литературы» за 30 лет. 1957—1986. Указатель содержания. М., 1988.）
8. 格力凡德 Н. В., 戈列尼谢娃 – 库图佐娃 И. В., 雷斯金 Ю. Д.《苏联文论与批评，文学理论》，图书索引，1917—1967，1–4 册，莫斯科，1989 年（Гельфанд Н. В., Голенищева-Кутузова И. В., Рыскин Ю. Д. Советское литературоведение и критика. Теория литературы. Библ. указ. 1917—1967. Ч. 1 - 4. М., 1989.）
9. 格力高利耶夫 В. П.《苏俄诗歌语言词典》，莫斯科，1965 年（Григорьев В. П. Словарь языка русской советской поэзии. М., 1965.）

10. 扎里菲扬 И. А.《文学理论》，索引与注释，莫斯科，1990 年（Зарифьян И.А. Теория словесности. Библиография и комментарий. М., 1990.）
11.《文学，文论，书目》，莫斯科，1956 年（Литература. Литературоведение. Каталог. М., 1956.）
12.《文学书目》，第一卷，文论，列宁格勒，苏联科学院，1932 年（Литературная библиография. Т.1. Литературоведение. Л., АН СССР, 1932.）
13.《文论，书目表》，基辅，1986 年（Литературоведение. Библиографический список. Киев, 1986.）
14.《1948—1968 年俄罗斯苏维埃社会主义加盟共和国教学机构出版物中的文论和方法论著作书目索引》，1-8 期（第 1 期和第 5 期为文学理论），1972—1975 年（Литературоведческие и методологические работы в изданиях пединститутов РСФСР. 1948—1968. Библиографический указатель. Сер. изд. вып. 1-8.（Вып. 1 и 5 - Теория литературы）. 1972—1975.）
15. 坎杰利 Б. Л.《外国文学和文论摘要参考索引》，列宁格勒，1962 年（Кандель Б. Л. Библиография русских библиографий по зарубежной художественной литературе и литературоведению. Л., 1962.）
16. 坎杰利 Б. Л., 费久什基娜 Л. М., 别尼娜 М. А.《俄国文学作品与文论（18 世纪末至 1974 年）》，莫斯科，1976 年（Кандель Б. Л., Л. М. Федюшкина, М. А. Бенина. Русская художественная литература и литературоведение.（Конец 18 в. – 1974 г.）. М., 1976.）
17. 马楚耶夫 Н. И.《1926—1928 年俄语与翻译文学和批评书目：文章与书评、文学理论与历史、批评、作者肖像》，莫斯科，1929（Мацуев Н. И. Художественная литература и критика, русская и переводная. 1926—1928. Библиографичесчкий указатель. Статьи и рецензии о книгах, теория и история литературы, критика, иконография писателей. М., 1929.）

18.《诗学：国家艺术史研究所文学艺术室年鉴》，1-6卷，列宁格勒，1926—1929年（Поэтика. Временник Отдела словесных искусств Государственного института истории искусств. I–VI, Л., 1926—1929.）

19. 罗戈温 В. 20年代思想美学讨论（书目资料）// 选自《苏联美学思想史》，莫斯科，1967年（Роговин В. Идейно-эстетические дискуссии 20-х годов.（Библиографические материалы）// Из истории советской эстетической мысли. М., 1967.）

20.《俄罗斯作家：人物目录词典》，莫斯科，1971年（Русские писатели. Биобиблиографический словарь. М., 1971.）

21.《符号学，交际，风格，评论集》，莫斯科，社会科学信息研究所，1983年（Семиотика. Коммуникация. Стиль. Сборник обзоров. М., ИНИОН, 1983.）

22. 斯卡弗德莫夫 А. 文学史上理论与历史研究关系问题 // 斯卡弗德莫夫 А.《俄罗斯作家的道德追求》，论文集，莫斯科，1972年（Скафтымов А. К. вопросу о соотношении теоретического и исторического рассмотрения в истории литературы // Скафтымов А. Нравственные искания русских писателей. Сб. ст. М., 1972.）

23.《苏联文论与批评：1917—1962年苏俄文学著作与文章》，莫斯科，1966年（Советское литературоведение и критика. Русская советская литература.（Общие работы）Книги и статьи 1917—1962 гг. М., 1966.）

24.《苏联文论与批评：1917—1967年文学理论》（1-4卷），社会科学信息研究所，1989年（Советское литературоведение и критика. Теория литературы.（1917—1967）（ч.1–4）М., ИНИОН, 1989.）

25. 特鲁布尼科夫 С. А.《文论和文学批评著作出版物》，教材，莫斯科，1960年（Трубников С. А. Издания литературоведческих и литературно-критических работ. Пособие для студентов. М., 1960.）

26. 福明 А. Г.《书目、人物目录、历史文献、年表和文学百科全书指南：1736年至1932年出版的俄国书籍和期刊著作系统注释索引》，列宁格勒，1934年（Фомин А. Г.

Путеводитель по библиографии, биобиблиографии, историографии, хронологии и энциклопедии литературы. Систематический аннотированный указатель русских книг и журнальных работ, напечатанных в 1736—1932 г. Л., 1934.）

27.《文学作品、文论、艺术：推荐文献索引》，莫斯科，1968年（Художественная литература. Литературоведение. Искусство. Рекомендуемый указатель литературы. М., 1968.）

28.《文学、批评、文论和美学中艺术与现实之间的审美关系：附有简介的文献索引》，特维尔，1993年（Эстетические отношения искусства и действительности в литературе, критике, литературоведении и эстетике. Аннотированный указатель литературы. Тверь, 1993.）

29.《哥伦比亚现代文学与批判性批评词典》，纽约，1995年（*The Columbia Dictionary of Modern Literature and Critical Criticism*. N.-Y, 1995.）

主要人名俄汉对照表

А

Аарне А.	安·阿尔涅
Аверинцев С. С.	谢·谢·阿维林采夫
Азадовский М. К.	马·康·阿扎多夫斯基
Алексеев М. П.	米·帕·阿列谢耶夫
Андреев Л. Н.	列·尼·安德烈耶夫
Апулей Л.	卢·阿普列乌斯
Аскольдов С. А.	谢·阿·阿斯科里托夫
Афанасьев А. Н.	亚·尼·阿法纳西耶夫
Ахилл Татий	阿西尔·塔季
Ахматова А. А.	安·安·阿赫玛托娃

Б

Бабель И. Э.	伊·艾·巴别尔
Балухатый С. Д.	谢·德·巴鲁哈特
Барт Р.	罗兰·巴特
Бахтин М. М.	米·米·巴赫金

Белинский В. Г.	维·格·别林斯基
Белый А.	安·别雷
Бердяев Н. А.	尼·亚·别尔嘉耶夫
Бернштейн С. И.	谢·伊·伯恩斯坦
Блок А. А.	亚·亚·勃洛克
Богатырев П. Г.	彼·格·博加特廖夫
Бонди С. М.	谢·米·邦迪
Брик О. М.	奥·马·布里克
Брюсов В. Я.	瓦·雅·勃留索夫
Булгаков М. А.	米·阿·布尔加科夫
Булгаков М. А.	米·阿·布尔加科夫

В

Вельтман А. Ф.	亚·福·韦尔特曼
Венгеров С. А.	谢·阿·文格洛夫
Вернадский В. И.	弗·伊·维尔纳茨基
Веселовский А. Н.	亚·尼·维谢洛夫斯基
Виноградов В. В.	维·弗·维诺格拉多夫
Винокур Г. О.	格·奥·维诺库尔
Волков Р. М.	罗·马·沃尔科夫
Воровский В. В.	瓦·瓦·沃罗夫斯基
Выготский Л. С.	列·谢·维果茨基

Г

Гадамер Г. -Х.	汉·格·伽达默尔
Гаспаров Б. М.	鲍·米·加斯帕洛夫
Гоголь Н. В.	尼·瓦·果戈理

Горнфельд А. Г.	阿·格·格伦菲尔德
Греймас А.-Ж.	阿·朱·格雷马斯
Гуковский Г. А.	格·亚·古科夫斯基
Д	
Давыдов Д. В.	杰·瓦·达维多夫
Дандес Э.	埃·丹杰斯
Деррида Ж.	雅·德里达
Добролюбовый Н. А.	尼·亚·杜勃罗留波夫
Достоевский Ф. М.	费·米·陀思妥耶夫斯基
Е	
Егоров Б. Ф.	鲍·费·叶戈罗夫
Ж	
Жак Лакан	雅克·拉康
Жирмунский В. М.	维·马·日尔蒙斯基
Жуковский В. А.	瓦·安·茹科夫斯基
З	
Заболоцкий Н. А.	尼·阿·扎博罗茨基
И	
Иванов В. В.	维·弗·伊万诺夫
Иванов В. И.	维·伊·伊万诺夫
Карамзин Н. М.	尼·米·卡拉姆津
Келтуяла В. А.	瓦·阿·凯尔图亚拉
Кристева Ю.	尤·克里斯蒂娃
Л	
Леви-Стросс К.	克·列维 - 斯特罗斯

Леви-Стросс	列维 - 斯特劳斯
Лесков Н. С.	尼·谢·列斯科夫
Лихачев Д. С.	德·谢·利哈乔夫
Лонгс	朗戈斯
Лосев А. Ф.	亚·费·洛谢夫
Лотман Ю. М.	尤·米·洛特曼
Луначарский А. В.	阿·瓦·卢纳恰尔斯基

М

Мандельштам О. Э.	奥·艾·曼德尔施塔姆
Маяковский В. В.	弗·弗·马雅可夫斯基
Мережковский Д. С.	德·谢·梅列日斯科夫斯基
Миллер В. Ф.	费·费·米勒
Минц З. Г.	扎·基·明茨
Мюнхгаузен К. Ф.	卡·弗·明希豪森

О

Овсянико-Куликовский Д. Н.	德·尼·奥夫相尼科 - 库里科夫斯基
Оле-Лукойе	奥列·路却埃

П

Пастернак Б. Л.	鲍·列·帕斯捷尔纳克
Переверзев В. Ф.	瓦·费·彼列维尔泽夫
Перетц В. Н.	弗·尼·别列特茨
Петерсон М. Н.	米·尼·别捷尔松
Петроний Г.	盖·佩特罗尼乌斯
Пешковский А. М.	亚·马·别什科夫斯基
Пиксанов Н. К.	尼·基·皮克萨诺夫

Пильняк Б. А.	鲍·安·皮利亚克
Платон	柏拉图
Платонов А. П.	安·普·普拉东诺夫
Плеханов Г. В.	格·瓦·普列汉诺夫
Плутарх Л. М.	卢·梅·普鲁塔克
Поспелов Г. С.	格·谢·波斯彼洛夫
Потебня А. А.	亚·阿·波捷布尼亚
Пропп В. Я.	弗·雅·普罗普
Пушкин А. С.	亚·谢·普希金
Пыпин А. Н.	安·尼·佩平
Р	
Руссо Ж.-Ж.	让-雅克·卢梭
С	
Сеземан В. Э.	瓦·艾·谢泽曼
Скафтымов А. П.	亚·帕·斯卡弗德莫夫
Смирнов А. А.	亚·亚·斯米尔诺夫
Соколов Ю. М.	尤·马·索科洛夫
Солженицын А. И.	亚·伊·索尔仁尼琴
Соловьев В. С.	弗·谢·索洛维约夫
Т	
Твардовский А. Т.	阿·特·特瓦尔多夫斯基
Тихонравов Н. С.	尼·萨·吉洪拉沃夫
Тодоров Ц.	茨·托多罗夫
Толстой Л. Н.	列·尼·托尔斯泰
Томашевский Б. В.	鲍·维·托马舍夫斯基

Топоров В. Н.	弗·尼·托波洛夫
Тороп П.	彼·托洛普
Тынянов Ю. Н.	尤·尼·蒂尼亚诺夫
У	
Успенский Б. А.	鲍·安·乌斯宾斯基
Ф	
Флоренский П. А.	帕·亚·弗洛连斯基
Фрейденберг О. М.	奥·米·弗莱登伯格
Фридлендер Г. М.	格·米·弗里德连杰尔
Фриче В. М.	弗·马·弗里奇
Х	
Харциев В. И.	瓦·伊·哈尔兹耶夫
Хлебников В.	维·赫列布尼科夫
Ч	
Чернышевский Н. Г.	尼·加·车尔尼雪夫斯基
Чуковский К. И.	科·伊·楚科夫斯基
Ш	
Шекспир В.	威廉·莎士比亚
Шкловский В. Б.	维·鲍·什克洛夫斯基
Шпет Г. Г.	古·古·施佩特
Щерба Л. В.	列·弗·谢尔巴
Э	
Эйхенбаум Б. М.	鲍·米·艾亨鲍姆
Эко У.	安·艾柯
Энгельгардт Б. М.	鲍·米·恩格尔卡特

Я

Якобсон Р. Ос.	罗·奥·雅各布森
Якубинский Л. П.	列·彼·雅库宾斯基
Ярхо Б. И.	鲍·伊·雅尔霍

主要作品名俄汉对照表

А

«Автор и герой в эстетической деятельности»

《审美活动中的作者与主人公》（米·米·巴赫金）

«Анна Каренина»

《安娜·卡列尼娜》（列·尼·托尔斯泰）

«Апология Сократа»

《苏格拉底的申辩》（柏拉图）

Б

«Быт и традиции русского дворянства (XVIII- начало XIX века)»

《18–19 世纪俄罗斯贵族的日常和传统习俗》（尤·米·洛特曼）

В

«Василий Теркин»

《瓦西里·焦尔金》（阿·特·特瓦尔多夫斯基）

«Воскрешение слова»

《词语之复活》（维·鲍·什克洛夫斯基）

«Врубель и фольклор»

《弗鲁贝尔与民俗》（弗·雅·普罗普）

Д

«Дафнис и Хлоя»

《达夫尼斯与赫洛亚》（朗戈斯）

Е

«Евгений Онегин»

《叶甫盖尼·奥涅金》（亚·谢·普希金）

Ж

«Жизнеописания знаменитых людей»

《希腊罗马名人传》（卢·梅·普鲁塔克）

З

«Записки по теории словесности»

《文学理论随笔》（亚·阿·波捷布尼亚）

«Золотой осел»

《金驴记》（卢·阿普列乌斯）

И

«Исповедь»

《忏悔录》（让–雅克·卢梭）

«Историческая поэтика»

《历史诗学》（亚·尼·维谢洛夫斯基）

«Исторические корни волшебной сказки»

《神奇故事的历史根源》（弗·雅·普罗普）

«Исторические основы некоторых русских религиозных празднеств»

《俄罗斯若干宗教庆典的历史原则》（弗·雅·普罗普）

Л

«Левкиппа и Клитофонт»

《丽芙姬帕与科里多丰特》（阿西尔·塔季）

«Лингвистика и поэтика»

《语言学与诗学》（亚·尼·维谢洛夫斯基）

«Литературная эволюция»

《论文学的演变》（尤·尼·蒂尼亚诺夫）

«Литературный факт»

《文学事实》（尤·尼·蒂尼亚诺夫）

М

«Морфология сказки»

《故事形态学》（弗·雅·普罗普）

«Мышлении и речи»

《思维与言语》（列·谢·维果茨基）

П

«Поэтике диалога»

《对话诗学》（米·米·巴赫金）

«Преступление и наказание»《罪与罚》

（费·米·陀思妥耶夫斯基）

«Психология искусства»

《艺术心理学》（罗·奥·雅各布森）

«Психология искусства»

《艺术心理学》（列·谢·维果茨基）

P

«Раковый корпус»

《癌症楼》（亚・伊・索尔仁尼琴）

«Ромео и Джульетта»

《罗密欧与朱丽叶》（威廉・莎士比亚）

«Русский героический эпос»

《俄罗斯英雄叙事诗》（弗・雅・普罗普）

C

«Сатирикон»

《讽世录》（盖・佩特罗尼乌斯）

«Семиосфера»

《符号圈》（尤・米・洛特曼）

«Слово в романе»

《长篇小说的话语》（米・米・巴赫金）

«Смысл творчества»

《创作的涵义》尼・亚・别尔嘉耶夫

«Собачье сердце»

《狗心》（米・阿・布尔加科夫）

T

«Тезисы Пражского лингвистического кружка»

《布拉格语言学小组提纲》（罗・奥・雅各布森）

«Теория “Формального Метода” »

《形式方法的理论》（鲍・米・艾亨鲍姆）